Knaur.

Knaur.

*Im Knaur Taschenbuch Verlag und im Droemer Verlag
sind bereits folgende Bücher des Autors erschienen:*
Die Herren Hansen erobern die Welt
Die denkwürdige Geschichte der Kirschkernspuckerbande
Die Bank der kleinen Wunder
Robert Zimmermann wundert sich über die Liebe
Freilaufende Männer
Königskinder
Das Leben ist nichts für Feiglinge

Über den Autor:
Gernot Gricksch, geboren 1964, ist Kolumnist, Kinokritiker und Autor von Romanen, Kinder- und Drehbüchern. Er lebt mit seiner Familie in Hamburg. Sein Roman *Robert Zimmermann wundert sich über die Liebe* wurde 2006 mit dem Literaturpreis DeLIA als bester Liebesroman des Jahres ausgezeichnet, die eigene Drehbuchadaption mit dem Norddeutschen Filmpreis und dem Bayerischen Filmpreis. Nach *Freilaufende Männer* wurde 2012 *Das Leben ist nichts für Feiglinge* mit Wotan Wilke-Möhring und Frederick Lau verfilmt.

Gernot Gricksch

Das Leben ist nichts für Feiglinge

Roman

Knaur Taschenbuch Verlag

Besuchen Sie uns im Internet:
www.knaur.de

Vollständige Taschenbuchausgabe November 2012
Knaur Taschenbuch
© 2010 Droemer Verlag.
Ein Unternehmen der Droemerschen Verlagsanstalt
Th. Knaur Nachf. GmbH & Co. KG, München
Alle Rechte vorbehalten. Das Werk darf – auch teilweise –
nur mit Genehmigung des Verlags wiedergegeben werden.
Redaktion: lüra – Klemt & Mues GbR
Umschlaggestaltung: ZERO Werbeagentur, München
Umschlagabbildung: Cover-Artwork © 2012 Senator Film
Satz: Daniela Schulz, Puchheim
Druck und Bindung: CPI – Clausen & Bosse, Leck
Printed in Germany
ISBN 978-3-426-63804-0

2 4 5 3 1

*Für Eric.
Es war ein Geschenk,
dich gekannt haben zu dürfen.*

Kapitel 1

»Die dritthäufigste Ursache für Verspätungen der New Yorker U-Bahn…«, begann Kim.
»Jetzt nicht«, unterbrach Markus sie und nestelte an seiner Krawatte herum. Er stand in seinem neuen schwarzen Anzug in der Küche. Den fast leeren Kaffeebecher hatte er auf der Spüle abgestellt. Er betrachtete den Schlips. Der war weinrot. Noch nie hatte Weinrot für Markus so bunt ausgesehen. Er überlegte, die Krawatte noch zu wechseln. Ein schwarzer Schlips vielleicht? Aber würde er damit nicht aussehen wie einer von den *Blues Brothers?*
»Die häufigste Ursache sind Gleisarbeiten«, hob Kim erneut an. Seine Tochter saß am Küchentisch, neben sich eine Tasse Zimt-Lakritz-Tee, die noch fast voll war. Der Tee roch, als sei irgendwo im Orient ein Chemiewerk explodiert. Kim blickte ihrem Vater direkt ins Gesicht, die Augen angriffslustig zusammengekniffen. »Die zweithäufigste Ursache sind Signalfehler. Aber die dritthäufigste …«
Kim machte eine Kunstpause. Markus seufzte.
»Die dritthäufigste sind Frauen auf Diät! Weibliche Passagiere, die wegen Schwäche oder Unterzuckerung in U-Bahnen und auf Bahnsteigen in Ohnmacht fallen.«
»Woher weißt du nur all diesen Kram?«, murmelte er.
»Das muss man sich mal vorstellen!«, ereiferte sich Kim.

»Nur weil diese blöden Ami-Weiber unbedingt sehen wollen, dass ihre Hüftknochen durch ihre Haut piksen wie bei einem Kind aus der Sahelzone, kommen tagtäglich Tausende von New Yorkern zu spät zur Arbeit. Oder zu spät zu ihrem *Weight-Watcher*-Treffen.«
»Ziehst du dich bitte um, Kim?«, bat Markus in so ruhigem Tonfall wie möglich. »Ausnahmsweise?«
»Nein«, sagte Kim. »Ich bin fertig angezogen.«
»Kim ...«, begann Markus.
Seine Tochter erhob sich. Fünfzehn Jahre alt und ebenso schwarz wie stolz. Nicht völlig schwarz natürlich – ihre Haut war bleich, fast wie Kalk oder, wenn man's diplomatisch formulieren wollte, wie Porzellan. Das passierte, wenn man sich in seinem Zimmer vergrub. Doch ihr hochtoupiertes Haar hatte sie glänzend schwarz gefärbt, zwei pechschwarze Kajal-Ringe umrahmten ihre Augen, die Fingernägel waren schwarz lackiert, und auch ihre Kleidung war komplett in derselben Nicht-Farbe gehalten. Von einigen kleinen Einsprengseln abgesehen: *Sepulcrum Mentis* stand blutrot auf ihrem T-Shirt. Der Name einer Gothic-Band. Kim hatte ihn Markus auf Wunsch einmal knurrend übersetzt. Er bedeutete »Grab des Geistes«.
»Bitte«, sagte Markus. »Mama zuliebe.«
»Mama ist tot«, antwortete Kim, und in ihrer Stimme lag eine Härte, die Markus schmerzte. »*Sie* hat mich immer so akzeptiert, wie ich bin. Mama hätte nie verlangt, dass ich mich verkleide!«
Jetzt brach ihre Stimme doch, Trauer durchstieß ihre trotzige, abgebrühte Attitüde. Kim erhob sich, die Augen feucht. Sie stürmte aus dem Zimmer, so würdevoll und cool, wie man eben stürmen kann.

Markus hätte fast aufgelacht, so absurd fand er den Satz seiner Tochter. Wenn sie jetzt nicht verkleidet war, wann dann? Er rief ihr nach: »Es ist ihre Beerdigung, verdammt noch mal! Mach das nicht kaputt!«
»Mama ist weg!«, kam Kims Stimme aus dem Flur zurück. »Sie ist tot. Heute wird sie nur verbuddelt. Was könnte man daran schon kaputt machen?«
Markus musterte erneut seine Krawatte. Sein Hals brannte. Er zitterte ein wenig. Kims obskurer Tee dampfte immer noch in der Tasse. Er roch jetzt wie Schwefel.

Kurz darauf schloss Markus die Haustür hinter sich zu. Kim saß bereits im Auto. Sie war hinten eingestiegen. Ganz so, als sei der Beifahrersitz auf ewig für Babette reserviert. Kim hatte ihre MP3-Stöpsel in den Ohren. Ein stupider, böser Bass dröhnte heraus. Das Mädchen hatte die Augen geschlossen. Markus fragte sich, ob sie womöglich ihre Mutter vor sich sah. Klammerte sich seine Tochter an die Erinnerungen an Babette, oder versuchte sie, sie loszuwerden, abzulösen, hinter sich zu lassen?
Wie trauerte Kim? Markus hatte keine Ahnung. Seine Tochter sprach nicht mit ihm. Nicht über Babette jedenfalls. Sie repetierte neuerdings nur ständig groteske Statistiken, erzählte von bizarren Todesfällen und kolportierte absurde Zufälle. Sie suchte Asyl in Absurdistan.
Markus lenkte den Wagen die Hauptstraße entlang. Der Ford Combi trug die Aufschrift »Partyservice Lindner«. Daneben war ein kleines Folienbild angebracht, das ein appetitliches Arrangement aus Wurstspießen, Käse und Obst zeigt. Babette hatte es immer lustig gefunden, dass sie mit dem Firmenwagen überall hinfuhren. Sogar in den Urlaub. »Allen Leuten läuft das Wasser im Mund

zusammen, wenn sie uns vorbeifahren sehen«, hatte sie lachend gesagt. »Das ist doch toll!«
Sie hatten viel gelacht früher. Früher? Noch vor zehn Tagen. Doch jetzt lachte niemand mehr. Der Beifahrersitz war leer, und dunkles Schweigen füllte den Wagen. Das Einzige, was man hörte, waren die leisen, knarzenden Bässe, die aus Kims Ohrstöpseln drangen. Markus bog auf den Parkplatz des Friedhofs ein.
Markus' Mutter wartete bereits dort. Sie hatte ihren Sohn gebeten, sich hier mit ihr zu treffen, nicht vor der Kapelle. Nicht inmitten eines Pulks von Menschen, die sie größtenteils noch nie gesehen hatte.
»Mama«, sagte Markus und umarmte sie.
»Wie geht's dir, Schatz?«, fragte Gerlinde. Ihre Stimme klang dumpf. Markus war gut eineinhalb Köpfe größer als sie, und wenn er sie umarmte, verschwand ihr Gesicht im Stoff seines Sakkos. Er lockerte den Griff, sah zu ihr hinunter und zuckte mit den Schultern.
Was sollte er sagen? Natürlich ging es ihm nicht gut. Wie sollte es jemandem schon gehen bei der Beerdigung der eigenen Frau? »Ich komme klar«, sagte er also. Was ja auch stimmte. Er würde das hier durchstehen. Es blieb ihm gar nichts anderes übrig.
Gerlinde wandte sich Kim zu. Das Mädchen stand etwas abseits, hatte immer noch die Stöpsel in den Ohren und schaute, als sie Gerlindes Blick spürte, vom Boden auf.
»Hallo, Oma«, sagte sie und zupfte tatsächlich den linken Dröhnstöpsel aus der Ohrmuschel.
Man sah Gerlinde an, dass sie versucht war, auch ihre Enkelin zu umarmen. Doch Kims Körperhaltung signalisierte den dringenden Wunsch nach Distanz. Gerlinde musterte Kim von oben bis unten, registrierte ihr un-

angebrachtes Grufti-Outfit – und verlor kein Wort darüber.

»Wir müssen los«, sagte Markus und wies auf den Weg, der zur Kapelle führte. Dort gingen bereits mehrere Trauergäste. Markus erkannte seine Freunde Piet und Susann, mit denen Babette und er sich regelmäßig zu Spieleabenden getroffen hatten. Susann hatte sich bei Piet eingehakt.

So wie sich Babette auch oft bei Markus eingehakt hatte. Markus' Gedanken schweiften ab. Er bildete sich ein, Babettes leichtes Gewicht, ihre Nähe und Wärme an seinem Arm zu spüren.

»Ich habe mir heute Morgen Babybilder von dir angeschaut«, sagte Gerlinde zu ihrer Enkelin und holte damit Markus in die Realität zurück. »Erinnerungen, weißt du.«

Kim nickte.

»Du warst ein lustiges Kind. Du hast ständig gelacht. Auf fast jedem Foto hast du gelacht oder gekichert oder gegrinst.«

»Das liegt daran, dass Leute immer nur dann fotografieren, wenn die Stimmung gut ist«, sagte Kim nüchtern. »Wenn irgendwann Aliens auf unserem entvölkerten Planeten landen und unsere Familienfotos studieren, werden sie denken, wir waren die scheißfröhlichste Spezies des Universums.«

»Kim!«, ermahnte Markus sie.

Sie blickte ihren Vater an. »Ist doch wahr. Oder hast du heute etwa eine Kamera mitgenommen?«

Markus antwortete nicht.

Er war so müde.

»Früher«, fuhr Kim fort, »als der Blitz bei den Kameras noch mit Magnesium betrieben wurde, im 19. Jahrhun-

dert, da erblindeten wegen falscher Dosierung rund 100 Menschen pro Jahr. Nur weil sie ein hübsches, fröhliches Foto von sich haben wollten.«
»Früher haben die Leute auf Fotos nicht oft gelächelt«, widersprach Gerlinde. »Früher haben sie immer ganz ernst in die Kameras geschaut.«
»Würde ich auch tun, wenn ich drei Sekunden später womöglich blind wäre«, antwortete Kim.
Die Glocken der Kapelle schallten über den Friedhof.
»Wir müssen«, wiederholte Markus seufzend.
Die drei setzten sich in Bewegung,
»Du siehst aus wie ein Mafiakiller«, sagte Gerlinde tadelnd und zupfte im Gehen an Markus' pechschwarzem Schlips.

Es waren viele Leute da. Achtzig mindestens, vielleicht sogar hundert. Babette war beliebt gewesen. Selbst einige der Mütter waren gekommen, wollten von der toten Erzieherin ihrer Knirpse Abschied nehmen. Markus hatte jedoch darum gebeten, dass keine Kinder zur Beerdigung kommen sollten. Denn wer weiß, vielleicht hätten einige der Frauen dies als günstige Gelegenheit genutzt, ihre Kleinen mit der unerfreulichen Tatsache des Todes bekannt zu machen. Eine Beerdigung als pädagogische Maßnahme. Die waren teilweise sehr seltsam, diese Mütter. Denen war einiges zuzutrauen.
Doch nach dem heutigen Tag würde Markus nichts mehr mit ihnen zu tun haben. Dieser Teil seines Lebens war mit Babettes Tod ganz plötzlich von ihm abgetrennt worden. Er würde nicht mehr beim Aufbau der Stände für das Sommerfest helfen, nicht mehr bei Ausflügen einspringen, wenn eine der Erzieherinnen krank war, nicht mehr kleinere Reparaturarbeiten an den Spielsachen aus-

führen. Es würde keine witzigen Kindergarten-Anekdoten mehr geben, keine Lästereien über übereifrige oder asoziale Eltern, keine Kindermund-Zitate mehr, mit denen Babette zu Hause das Abendessen aufheiterte. Seine Frau war nicht mehr da – und es machte Markus schwindelig zu erleben, was alles mit ihr verschwunden war.
Ihr Geruch in der Bettwäsche war kaum noch zu ahnen. Markus hatte sie absichtlich noch nicht abgezogen und gewaschen. Doch das war nur eine Frage der Zeit. Der kleine Mülleimer im Bad, in dem sich sonst in Klopapier eingewickelte Tampons, Kleenex-Tücher mit Lippenstiftresten, das Anspitz-Geschnetzelte von Babettes Kajalstift und andere weibliche Artefakte gesammelt hatten und der bislang täglich geleert werden musste, war immer noch so gut wie leer. Kim schminkte sich in ihrem Zimmer. Und Markus wollte gar nicht wissen, wie seine Tochter ihre Menstruations-Utensilien entsorgte.
Die Blumenvase auf dem Wohnzimmertisch war verwaist. Markus hatte Babette jeden Freitag Blumen mitgebracht – ein langjähriges Ritual, das er irgendwann fast mechanisch absolviert hatte. Jetzt war die Vase bloß noch ein hohles Gefäß. Markus fand die Vorstellung absurd, sie je wieder mit Blumen zu füllen. Es wäre taktlos. Er sollte die verdammte Vase in den Keller bringen. Zum Brotbackautomaten.
An der Garderobe im Flur hing noch Babettes Jeansjacke. Er brachte es nicht übers Herz, sie dort fortzunehmen. Bevor er zur Beerdigung aufgebrochen war, hatte er sanft mit dem Finger über den Stoff gestrichen. Babette hatte die Jacke erst zwei Wochen zuvor gekauft. Ein Schnäppchen, wie sie stolz verkündet hatte. Babette war eine euphorische Schnäppchenjägerin. Sie hatte sogar bei *H&M*

zu feilschen versucht. Babette war nicht geizig gewesen, ganz im Gegenteil, aber sie liebte das Gefühl, einer großen Ladenkette etwas von deren Gewinnspanne abgetrotzt zu haben. »Ist wohl so etwas wie ein David-gegen-Goliath-Ding«, hatte sie mal kichernd gesagt.
Am liebsten wäre Markus dort geblieben, bei der Jacke, im Flur. In der Sicherheit seiner Erinnerungen. Doch die Beerdigung der eigenen Frau konnte man ja schlecht schwänzen.

Markus zuckte zusammen, als Kim später am Grab nach seiner Hand griff. Damit hatte er nicht gerechnet. Es war eine angenehme Überraschung. Er hielt die Hand seiner Tochter fest und drückte sie sanft. Er drehte sich zu ihr um, wollte ihr einen tröstenden Blick zuwerfen. Doch Kim starrte auf den Boden. Sie hatte den MP3-Player nicht ausgeschaltet, lauschte irgendeiner Grufti-Band, anstatt die Worte des Pastors zu würdigen. Markus zwang sich, das zu akzeptieren. Er selbst konnte auch nichts mit Religion anfangen, hatte die Bibel immer bloß für ein simples Märchenbuch gehalten. Doch Babette war im Gegensatz zu ihm nie aus der Kirche ausgetreten, ging zumindest Weihnachten und Ostern in den Gottesdienst – mit Freunden, ohne ihren Mann und ihre Tochter – und glaubte fest, dass es irgendetwas gab, was über uns Menschen wacht.
Markus hoffte sehr, dass sie recht hatte.
Babette hätte eine kirchliche Beerdigung gewollt, glaubte er. Und deshalb sprach nun ein Pastor. Einer, der Babette nie kennengelernt hatte. Beim Vorgespräch, im Kirchenbüro, hatte er Markus gefragt, ob er auch ein paar Worte sagen wolle. Markus wollte nicht. Er hatte niemandem

etwas zu sagen. Nur Babette – der hätte er noch so viel zu sagen gehabt. So unsagbar viel.

Babettes Vater stand nahe beim Pastor und warf Markus einen wütenden Blick zu. Sie hatten sich vorhin nur flüchtig und kühl begrüßt. Hatten einander nie leiden können. Der Mann war ein Mistkerl. Ein Choleriker. Ein Despot. Seit er vor sechs Jahren Witwer geworden war, trank er. Nicht exzessiv, aber stetig. Es machte ihn noch feindseliger und wütender, als er ohnehin schon gewesen war. Wahrscheinlich würde Markus seinen Schwiegervater nach dieser Beerdigung nie wiedersehen. Das immerhin war okay – eines der wenigen Dinge, die durch Babettes Tod aus seinem Leben verschwinden würden, auf die er tatsächlich gut verzichten konnte.

Der Kopf seines Schwiegervaters neigte sich zur Seite, in Richtung Kim. Er kniff die Augen zusammen. Babettes Vater tat damit kund, wie empört er darüber war, dass seine Enkeltochter selbst bei solch einem Anlass als eine Art morbide Fantasygestalt daherkam und zu alldem auch noch Musik hörte. Markus tat so, als würde er die tadelnde Botschaft des Mannes mit der rotgeäderten Nase nicht bemerken. Er nickte Babettes Vater nur kurz und nichtssagend zu und wandte sich dann von ihm ab.

Gerlinde hatte das stumme Blickduell beobachtet. Erst jetzt bemerkte sie, dass ihre Enkeltochter weiterhin Musik hörte. Ohne zu zögern, ohne große Geste, beiläufig fast, zupfte Gerlinde dem Mädchen die Ohrstöpsel heraus. Sie baumelten nun an Kim herunter. Wenn man ganz genau lauschte, konnte man Marilyn Manson daraus krähen hören. Kim reagierte nicht. Sie ließ es sich einfach gefallen. Sie blickte immer noch ins Leere.

Markus' Hals schmerzte. So war es schon als Kind bei ihm gewesen. Er hatte selten geweint. Fast nie. Doch sein Hals, der brannte bereits beim kleinsten Anflug von Traurigkeit. Als Bambis Mutter gestorben war, damals im Kino, hatte seine siebenjährige Kehle regelrecht in Flammen gestanden. Doch seine Augen waren tränenfrei geblieben. Von allen anderen Plätzen im Kino hörte man es schluchzen und heulen, doch der kleine Markus war ein trockener Fels in einer Brandung von Kindertränen geblieben. Ein Fels, in dessen Innerem es brannte.
»Er hat nicht geweint, mein kleiner, tapferer Held«, hatte sein Stiefvater damals seinen Freunden vorgeschwärmt. So als sei es eine Leistung, keinen emotionalen Anteil zu nehmen. Markus war einer, der »sich durchbeißen« würde im Leben. Das war für seinen Stiefvater die logische Konsequenz aus seinem scheinbaren Mangel an Empathie. Und jetzt stand er da, der tapfere Markus, am Grab seiner großen, einzigen und wahren Liebe, die Kehle lodernd, die Augen ausgedörrt. Schwindelig. Er drückte die Hand seiner Tochter noch einmal, diesmal fester. Er spürte jedoch keine Antwort.

Markus beobachtete die Trauergäste. Die meisten waren tatsächlich nur zu Gast, dachte er. Sie waren mal eben zum Trauern vorbeigekommen, machten einen Mitleids-Tagesausflug. Danach würden sie nach Hause zurückkehren, zu ihren Lieben. »Armer Markus«, würden sie sagen und vielleicht noch: »Nicht eine Träne hat er geweint, der Markus.« Und dann würden sie wieder vollständig in ihr eigenes Leben eintauchen. Sie würden sich über die Gaspreise ärgern oder über das Fernsehprogramm, den IKEA-Katalog durchblättern, ihren nächsten Urlaub planen, kleine Röllchen an ihren Hüften entdecken, Sex haben, Frühstücksbrote schmieren, im Büro über den wieder mal kaputten Drucker fluchen oder aber auf dem Flur des Arbeitsamtes hocken und darauf hoffen, dass sie bald wieder in einem Büro sitzen und sich über defekte Drucker ärgern dürften. Sie würden zur Toilette gehen, Staubsaugerbeutel wechseln, die Geschirrspülmaschine einräumen, Nasenhaare auszupfen.

»Wie war's bei Babettes Beerdigung?«, wurden sie vielleicht ein paar Tage später von jemandem gefragt. Sie würden mit den Schultern zucken. »Eine Beerdigung eben. Wie Beerdigungen so sind«, würden sie antworten.

Oder?

Vielleicht würden sie auch sagen: »Ich weiß, es ist fies, aber ich hatte echt Schwierigkeiten, nicht loszulachen.«

Markus musterte die Trauergäste genauer. Grinste einer?

Wie viele von ihnen standen am Grab und bekamen es einfach nicht aus dem Kopf, *wie* Babette gestorben war? Dass sie nicht einfach abgetreten war aus dieser Welt, als Krebskranke oder als eines von vielen täglichen Verkehrsopfern. Sondern dass sie so bizarr gestorben war. Auf eine Weise, die das Trauern bremste. Weil das Ganze so unwirklich schien. Weil das Bild im Kopf klebte, das Bild von dem Clown.

Warum hatte Babette nicht normal sterben können?

Wie viele der Leute grinsten heimlich?

Es hatte in der Zeitung gestanden. Der *Morgenpost* war es eine ganze Seite wert gewesen. Kim hatte den Artikel aufbewahrt:

BIZARRER UNFALL!
Erzieherin im Kindergarten erhängt.
Sie war als Clown kostümiert.

Ein schreckliches Bild bot sich den Erzieherinnen Tanja D. und Bettina G., als sie gestern Nachmittag den Gruppenraum des Kindergartens Butterblume betraten: Ihre Kollegin Babette L. (40) hing tot am Fenster!
»Zuerst dachten wir, sie mache einen Scherz«, sagt Bettina G., »doch dann sahen wir, dass sie nicht mehr atmete.«
Babette L. hatte sich mit einer bunten, blechernen Kette erhängt – Teil eines Clownkostüms. Ihr Gesicht war grell geschminkt. Sie trug weite, mit vielen farbigen Flicken versehene Pluderhosen, eine rote Clownnase und eine grüne Perücke. Ihre Füße steckten in überdimensionalen, knallgrünen Schuhen.
»Sie trug dieses Kostüm schon seit Jahren zu jeder unserer Faschingsfeiern«, berichtet Tanja D. unter Tränen. »Die Kinder liebten es.«
Babette L. galt als fröhlicher Mensch. »Sie hatte keine Probleme. Sie liebte das Leben, und das Leben liebte sie«, sagt eine Nachbarin. Da auch kein Abschiedsbrief gefunden wurde, geht die Polizei von einem Unfall aus. »Offenbar wollte sie eine Girlande an der Deckenlampe befestigen und ist dann mit der metallenen Kette am Griff des Kippfensters hängen geblieben«, spekuliert ein Beamter.
»Es war ein verrückter Anblick«, berichtet der Rettungssanitäter, der als Erster eintraf. »Zuerst dachten

wir ehrlich gesagt, man wolle uns einen Streich spielen.«
Doch der Arzt konnte nur noch den Tod von Babette L. feststellen.

Mehrere Reporter hatten Markus an jenem Tag angerufen. Sie hatten einen Kommentar von ihm gewollt. Und vor allem wollten sie Fotos. Markus hatte keinem von ihnen geantwortet. Am Anfang hatte er nur wortlos aufgelegt. Später war er nicht einmal mehr ans Telefon gegangen.
Entweder Tanja oder aber Bettina musste den Journalisten die Bilder gegeben haben, die nun die Geschichte illustrierten: Babette in ebenjenem Clownkostüm. Bei der Feier des Vorjahres. Und Babette lachend, im Gras sitzend. Markus glaubte die Liegewiese im Tierpark darauf zu erkennen. Das Foto musste bei einem Ausflug gemacht worden sein. Sie blinzelte in die Sonne, und Markus konnte ihr Lachen förmlich hören. Babette hatte immer mit voller Wucht gelacht. Wie eine Naturgewalt.
Die Polizei hatte ihm nach der Obduktion das Clownkostüm ausgehändigt. Er hatte eine Empfangsquittung ausstellen müssen.
Die Tüte mit dem Kostüm lag immer noch in seinem Kofferraum.

Kapitel 2

Sie hatte gar nicht vor, zu gewinnen. Paula hatte nur deshalb an zwei Dutzend Internet-Preisausschreiben teilgenommen, damit sie ihre Telefonnummer angeben konnte. Während die meisten anderen Menschen, die an Web-Aktionen teilnahmen, das Formularfeld mit der Telefonnummer frei ließen oder, wenn sie vom System zum Ausfüllen gezwungen wurden, zumindest mit einer erfundenen Nummer versahen, legte Paula es gezielt darauf an, ihren Anschluss in die Listen von so vielen Telefonmarketing-Unternehmen wie möglich zu bekommen. Ja, sie *wollte* angerufen werden. Sie brannte förmlich darauf, dass wildfremde Menschen sie zu denkbar unpassenden Zeiten telefonisch belästigten, um ihr Versicherungen oder Zeitschriften anzudrehen, Timeshare-Appartements aufzuschwatzen oder Kleinkredite mit Wucherzinsen aufzuzwingen. Denn die Telefonmarketing-Fuzzis waren ihre liebsten Versuchskaninchen.
Paula träumte von der Schauspielerei. Sie war fest entschlossen, bei ihrem diesjährigen Vorsprechen an der Schauspielschule einen Platz zu ergattern. Zweimal war sie schon durch die Aufnahmeprüfung gerasselt. Mit wehenden Fahnen beim ersten Mal, relativ knapp im letzten Jahr. In vier Monaten würde sie ihre dritte und letzte Chance bekommen. Öfter als drei Mal durfte sich nie-

mand bewerben. Sie musste es diesmal einfach schaffen. Und dafür brauchte sie Übung. Übung, Übung, Übung!
Dass man wirklich gut spielte, fand Paula, zeigte sich erst, wenn die anderen gar nicht merkten, dass es ein Spiel war. Paula glaubte an das berüchtigte *method acting*. Ein guter Schauspieler spielte eine Rolle nicht nur – er versank in ihr. Selbst wenn es nur für ein paar Minuten war. Leider wusste jeder, der Paula auch nur flüchtig kannte, von ihrer Besessenheit, kannte ihren Traum von einer Mimen-Karriere und war deshalb auf jeden Auftritt von ihr gefasst.
Sie hatte schon ihrer besten Freundin unter Tränen eine Schwangerschaft vorgespielt. Sie hatte einem Nachbarn über Wochen hinweg dermaßen glaubwürdig vorgegaukelt, dass sie eine mehrfach wegen Gewaltdelikten vorbestrafte Asoziale sei, dass dieser tunlichst darauf achtete, nicht zur selben Zeit wie sie im Treppenhaus zu sein. Dem Filialleiter eines Supermarkts, in dem sie mal als Aushilfe gearbeitet hatte, hatte sie lange Zeit mit offenbar sehr glaubwürdigem Akzent weisgemacht, dass sie Aussiedlerin sei und ursprünglich aus Minsk kam.
Doch ihr Vorrat an unfreiwilligem Publikum aus dem privaten Umfeld war inzwischen erschöpft. Sie brauchte Frischfleisch. Die Telefonmarketing-Fuzzis, die sie aufgrund ihrer großzügig gestreuten Telefonnummer mehrmals täglich anriefen, waren dazu bestens geeignet. Jeder, der Paula anrief, kam in das zweifelhafte Vergnügen einer spontan improvisierten Vorstellung.

Als das Telefon klingelte und Paula auf dem Display keine ihr bekannte Nummer entdeckte, schloss sie die Augen und ließ den Zeigefinger blind über einem hand-

beschriebenen DIN-A4-Blatt kreisen, das neben dem Telefon lag. Dann schnellte der Finger herunter wie ein Adler im Sturzflug. Als sie die Augen wieder öffnete, las sie die Zeile, auf die sie zeigte. »Verlassene Ehefrau« stand darauf. Paula räusperte sich und nahm ab.
»Jaaaa?«, meldete sie sich mit matter Stimme.
»Spreche ich mit Frau Paula Falkenberg?«, wollte ein Mann mittleren Alters mit jovialer Stimme wissen.
»Ja«, bestätigte Paula müde.
»Schön, dass ich Sie erreiche, Frau Falkenberg. Mein Name ist Jorgensen. Ich rufe im Auftrag der NSL an. Ich...«
»Hat mein Mann Sie auf mich angesetzt?«, unterbrach Paula ihn. Ihre Stimme klang nun trotz aller unüberhörbaren Erschöpfung eine Spur kampflustig.
»Äh, nein«, antwortete Herr Jorgensen. »Ich bin von der NSL, der Norddeutschen Super-Lotterie.« Geübt spulte er sein Programm ab: »Frau Falkenberg – verreisen Sie gern?«
»Ich war mal in ... Venedig«, gab Paula Auskunft. Sie zerkaute die Worte, erging sich förmlich in enervierender Langsamkeit. »Vor drei Jahren war das. Mit meinem Mann. Wir...«
»Ja, Venedig könnten Sie bei uns auch gewinnen!«, unterbrach Jorgensen sie munter.
»Ganz Venedig?«, wunderte sich Paula.
»Äh ... Nein, natürlich nicht.« Er kam zum ersten Mal etwas aus dem Konzept. Aber es lag ein amüsierter Unterton in seiner Stimme. »Also, eine *Reise* nach Venedig können Sie gewinnen. Sie...«
»Ich will da nicht noch einmal hin«, wehrte Paula ab. »Es würde mich zu sehr an meinen Mann erinnern.«

»Es muss ja nicht Venedig sein«, versuchte es Jorgensen.
»Es war unsere Hochzeitsreise, wissen Sie.« Paulas Stimme klang, als würde sie knietief durch Erinnerungen waten. »Gleich am ersten Tag hat er…«
»Also, Frau Falkenberg, eigentlich geht es um Folgendes: Die NSL …«
Paula begann zu schluchzen. Vernehmlich zog sie imaginären Rotz hoch.
»Frau … äh … Alles okay?«, stammelte Jorgensen.
»Ich weiß gar nicht, was das alles noch soll«, schluchzte Paula nun. »Er hat jetzt eine andere, wissen Sie. So eine mit einem ganz winzigen Po!«
»Äh …«
»Dabei ist mein Po auch nicht gerade riesig, wissen Sie.«
»Frau Falkenberg, ich…«
»Ich habe sowieso nie verstanden, was die Männer an diesen kleinen Hinterteilen finden. Da hat man doch gar nichts zu greifen! Ich dachte immer, Männer greifen so gern nach…«
»Vielleicht kann ich Sie später noch einmal anrufen, Frau Falkenberg?«
Paula schwieg.
»Frau Falkenberg?« Jorgensen klang nun ernsthaft angespannt.
»Vielleicht sollte ich mir Fett absaugen lassen, was meinen Sie?«, schlug sie nun vor.
»Äh …«
Jetzt brach ihre Stimme. »Vielleicht bringe ich mich aber auch einfach um. Wer würde mich schon vermissen? *Er* bestimmt nicht!«
»So was dürfen Sie nicht sagen, Frau Falkenberg! Ich…«, begann Jorgensen erneut.

»Sie haben mir überhaupt nicht vorzuschreiben, was ich sagen darf und was nicht!«, schrie Paula plötzlich. »Sie sind genau wie er! Kommandieren mich herum. Wollen mich nach Venedig schleppen. Da fahren Sie mal schön allein hin, Sie … Sie! Bestimmt hat *er* Sie geschickt! Das würde zu ihm passen. Mir einen perversen Stalker auf den Hals zu hetzen!«

»Aber ich bitte Sie …«, warf Jorgensen kläglich ein.

»Da können Sie bitten und betteln, bis Sie platzen. Ich fahre nicht mit Ihnen nach Venedig!«, schrie Paula und hängte auf.

Sie ließ sich in den Sessel fallen, atmete tief aus, zählte bis drei und gab sich dann eine Zwei minus für diese Vorstellung. War ganz lustig, ja. Aber dem Charakter hatte es an einer klaren Linie gefehlt. Beim nächsten Mal würde sie versuchen, die Figur präziser zu konzipieren.

Paula schaute auf die Uhr. Noch eine halbe Stunde, bis der Nachmittagsdienst anfing. Sie hatte den Plan im Kopf. Hatte ihr Gedächtnis trainiert. Sie konnte 50 Nomen in der richtigen Reihenfolge auswendig lernen. In weniger als fünf Minuten. Schauspieler brauchten ein gutes Gedächtnis. *Theater*schauspieler zumindest.

Sie ging in die Küche und füllte unter dem Hahn ein Glas Wasser. Aus dem Kühlschrank holte sie zwei Falafel und den Rest vom Krautsalat, der noch in einer Tupperware-Dose lag.

Zuerst war heute der alte Höppner dran. 92 Jahre alt war er. Das musste man sich mal vorstellen: 92 Jahre alt zu werden! Paula fand das regelrecht atemberaubend. Höppner war fast blind. Und er war unendlich klapprig. Doch im Kopf immer noch völlig klar. Paula mochte ihn.

Für die große Morgentoilette (aufstehen, waschen oder duschen, rasieren, kämmen, Mund- und Zahnpflege) wurden 18,04 Euro berechnet. 39 Minuten durfte alles zusammen maximal dauern. Für den Toilettengang waren maximal sieben Minuten veranschlagt. Er kostete 4,92 €. Paula nannte es den Kack-Tarif. Eine Gebührenordnung für die natürlichste Sache der Welt. Ein tabellarisches Regularium für den Verdauungsprozess. Manchmal, wenn sie ihre täglichen Pflegestationen abrechnete, glaubte Paula, sie sei in einer Groteske von Franz Kafka gelandet.
Sie hielt sich selten an die Vorgaben. Was dauerte, dauerte eben. Es waren Menschen, mit denen sie zu tun hatte. Keine Automaten, die bloß befüllt, entlüftet und gereinigt werden mussten. Oft kam Paula zu spät zum nächsten Patienten auf ihrer Liste, obwohl sie schon – was sich auf ihrem Bankkonto schmerzhaft bemerkbar machte – weniger Termine pro Tag absolvierte als die meisten ihrer Kolleginnen. Das war sie den alten Leuten schuldig, fand sie. Vielleicht hätte sie es anders gesehen, wenn der Pflegedienst ein vollwertiger Job für sie gewesen wäre. Doch es war nur ein Provisorium. Eine finanziell nötige Überbrückung, bis sie endlich ihre Schauspielausbildung beginnen konnte. Ihre Senioren benutzte sie allerdings nie als unfreiwilliges Publikum für ihre darstellerischen Experimente. Die waren zumeist auch so schon verwirrt genug.
Paula ließ mit einem Teelöffel etwas Himbeermarmelade auf ihre Falafel kleckern. Das schmeckte ihr. Sie mochte es, wenn zwei Dinge aufeinandertrafen, die scheinbar nicht zusammenpassten und dann zu einer überraschend interessanten Symbiose wurden.

Als sie nach dem Imbiss in den Flur ging, ihre Jacke anzog und sich dann zu ihren Schuhen hinunterbeugte, klingelte das Telefon erneut. Sie blickte auf das Display, vollführte schnell ihr Finger-Adlerkreisen über dem Rollenzettel und nahm dann ab.

»Hallo«, meldete sie sich mit fiepsiger Stimme. »Hier spricht Lena Falkenberg. Meine Mama ist kurz im Wäschekeller, aber gleich isse wieder da. Und wer bist du?«

Kapitel 3

Heute essen alle Brownies! Die sind gleich alle. Normalerweise kippen wir die Hälfte von den Dingern weg, aber diesmal essen sie das Zeug, als ob es morgen verboten würde.« Ayse sah Markus mit einem gespielt strengen Blick an. »Hast du da etwa irgendwelche verbotenen Substanzen reingetan, Chef?«
»Natürlich nicht«, murmelte Markus. »Aber ist doch schön, wenn's ihnen schmeckt.«
Ayse musterte Markus, schüttelte kurz den Kopf, schnappte sich die große Schale mit der roten Grütze und trug sie Richtung Buffet. Bislang hatte Markus immer eine flotte Antwort auf jeden noch so blöden Witz gehabt. Doch seit der Sache mit Babette hörte er gar nicht mehr richtig hin. Es war, als liefe er auf Notstrom. Er war nicht richtig kaputt, aber angeschlagen. Abgedunkelt war er, der Chef.
Drei Wochen war Babette jetzt tot. Das war noch nicht lange, klar. Aber es war doch genug Zeit vergangen, als dass er langsam wieder aus dem Nebel auftauchen und zumindest versuchen konnte, wieder im Alltag Fuß zu fassen. Das Leben ging weiter, fand Ayse.
In der Türkei – also, wenn da jemand starb, weinte man. Da weinte man richtig. Man schrie sich den Schmerz aus dem Leib, wenn einem danach war. Man erledigte seine

Trauer. Aber diese Deutschen, die legten sie nur irgendwo ab, ihre Qual. Irgendwohin legten sie die, ihre Verzweiflung, kümmerten sich einfach nicht richtig darum. Und deswegen konnte sie dann ungestört als Traurigkeit weiterleben. Ewig.
Die drückten sich vor dem Schmerz und der Wut, die Deutschen. Die stritten sich sogar mit leiser, beherrschter Stimme. Die tobten nicht, die platzten nicht, die trotzten nichts und niemandem. Die schaukelten nur so vor sich hin auf den Wellen des Lebens.
Ayse mochte Markus. Aber dass er offenbar nie geweint hatte um seine Babette, verstand sie nicht. Also, wenn Ayse mal heiratete, dann wollte sie sich einen Mann suchen, der schreien würde, wenn sie stürbe. Ganz laut schreien müsste der. Einen anderen Mann würde sie nicht haben wollen.

Markus hielt sich bei dieser Feier zurück. Normalerweise war er allzeit bereit, ein unaufdringlicher, aber aufmerksamer Ansprechpartner für seinen Auftraggeber. Diesmal aber überließ er es Ayse, den Wünschen der Gäste nachzukommen. Sie war eine gute Angestellte. Die Seele seiner kleinen Catering-Firma. Ayse hatte alles im Griff. Sie nahm ihm seit Babettes Tod die meisten der Aufgaben ab, die eine direkte Kommunikation mit den Kunden erforderten. Markus war einfach nicht in Gesprächslaune.
Gerade bestückte er eine Konfirmation mit Kalt-Warmem-Buffet. Die Leute waren inzwischen bei den Desserts angekommen, die älteren Gäste tranken ihren ersten Verdauungsschnaps.
Der Junge, der hier konfirmiert worden war, hatte eine grotesk in alle Richtungen gegelte Frisur, dazu ein Lip-

penpiercing. Ein langer, schlaksiger, eitler Knabe. Er hatte drei seiner Freunde dabei. Gemeinsam lungerten die Jungs am Tresen des Clubhauses herum. Mit seinen Verwandten, die pflichtschuldigst ihre Geschenke und Geldumschläge abgegeben hatten und somit nicht mehr interessant waren, wechselte der gestylte Konfirmand so wenige Worte wie möglich. Markus war sich nicht sicher, aber der Junge sah so aus, als hätte er sich die Augenbrauen gezupft. Entweder das – oder er hatte irgendeine seltsame Hautkrankheit, die die Brauen zu zwei dünnen Strichen deformierte.

War das die Art von Junge, die Kim irgendwann anschleppen würde? Ein halbreifer Lackaffe? Unwahrscheinlich. Eher würde sich seine Tochter ein männliches Gothic-Pendant suchen. Einen wandelnden Klumpen schwarz geschminkter, pickliger Todesfaszination, die demnächst bei ihnen an der Tür klingelte. *Hey. Ist Kim da? Wir wollen Fotos vom Friedhof machen. Ist 'n Kunstprojekt.*

Markus schüttelte sich.

Hatte Kim schon einen Freund? War sie noch Jungfrau? Fünfzehn – das ist ein Alter, da weiß man rein gar nichts mehr über seine Tochter. Oder wussten andere Eltern mehr über ihre Kinder als Markus? Babette hätte alles Mögliche über Kim gewusst.

Warum hat er Babette eigentlich so wenig nach Kim gefragt? Weil er dachte, es eilt nicht. Weil immer etwas anderes war. Irgendwelcher Kram. Und dann war Babette plötzlich fort. Und all die Fragen blieben übrig.

So viele Fragen.

Markus ging früher. Normalerweise blieb er, bis der letzte Großonkel betrunken ins Taxi bugsiert wurde. Doch heute strich er, als die Cognac-Runden begannen, die Segel. Er war der Chef. Es war sein gutes Recht, das zu tun. Trotzdem hatte er ein schlechtes Gewissen. Als er Ayse bat, den Rest allein zu übernehmen, hatte er jedoch fast das Gefühl, sie sei erleichtert, ihren Boss endlich von den Hacken zu haben.

Markus hatte nur zwei Festangestellte. Norbert, der kochte. Und Ayse, die manchmal in der Küche half, vor allem aber bei den festlichen Anlässen, die Markus' Firma ausrichtete, alles organisierte. Weitere Hilfen wurden von Markus nur stundenweise engagiert. Das heißt, Markus zahlte sie stundenweise, engagiert wurden sie jedoch von Ayse. Zumeist waren es Verwandte von ihr. Es war schier unglaublich, wie viele Menschen über ein, zwei oder drei Ecken mit Ayses DNA gekoppelt waren. Und dass die bloße Tatsache einer genetischen Verwandtschaft offenbar automatisch einschloss, dass sich Ayse ihnen auch emotional verbunden oder zumindest in irgendeiner Form verpflichtet fühlte.

Auch an diesem Abend hatte Ayse zwei ihrer Verwandten als Aushilfen dabei. Nilgün, die so schüchtern wie flink war und oft bei Feiern half, sowie Massoud, der aus einem arabischen oder persischen oder sonstwie weiter östlich sprießenden Zweig der Sippe stammte.

Massoud war zum ersten Mal dabei. Er war so dick, dass Markus ursprünglich gefürchtet hatte, er würde die Hälfte des Buffets selbst plündern. Und vielleicht war er tatsächlich auch nicht ganz unschuldig an der auffallend starken Schrumpfung des Brownie-Kontingents. Aber gleichzeitig entpuppte sich Massoud als echter Wirbelwind – er war zuverlässig, selbstständig denkend und absolut goldig im Umgang mit den Gästen. Besonders die

Kinder, die im Saal herumwuselten, amüsierte dieser Brocken von Mann mit kleinen Scherzen und sogar mit Zauberkunststückchen. Ja, wenn er wollte, durfte er auch bei zukünftigen Feiern helfen. Wie Markus überhaupt fast immer den Verwandten von Ayse zustimmen konnte.

Markus verabschiedete sich von den Eltern des Konfirmanden, nahm den Dank über das gelungene Buffet und den tollen Service freundlich entgegen und setzte sich ins Auto. Dann atmete er ein paarmal tief ein und aus.

Und dann tat er gar nichts.

Irgendetwas hinderte ihn daran, loszufahren. Irgendetwas zwang ihn, einfach sitzen zu bleiben, durch die Windschutzscheibe zu starren und nichts zu tun. Markus schloss die Augen. Fünf, sechs Sekunden lang war da nichts als seliges Schwarz. Dann öffnete er die Augen wieder. Er blickte in den Rückspiegel. Sah die Lichter des Clubhauses. Da feierten die Leute. Er hörte leise den Ententanz. Der wurde oft ab einem gewissen Alkoholpegel aufgelegt. Dadadadadadadammm ...

Markus spürte, dass seine Hände zitterten. Er legte sie schnell auf das Lenkrad, hielt sich daran fest, atmete noch ein paarmal tief ein und aus.

»Nein«, sagte er. Und wusste absolut nicht, warum er das tat. Und was es bedeuten sollte. »Los jetzt«, sagte er dann. Und noch einmal, energischer diesmal: »Los jetzt!« Und doch drehte er nicht den Zündschlüssel.

Markus atmete noch einmal tief ein – und dann öffnete er plötzlich blitzschnell die Fahrertür, löste den bereits befestigten Sicherheitsgurt, lehnte sich weit hinaus aus dem Wagen, so weit es ging – und erbrach sich keuchend.

Eine knappe halbe Stunde und vier *Fisherman's Friend* später schloss Markus die Tür zu seiner Wohnung auf. Er zog seine Schuhe aus und hängte seine Jacke an die Garderobe.
Im Wohnzimmer lief der Fernseher.
Markus blieb im Türrahmen stehen und betrachtete den Bildschirm. CSI offenbar. Kim lag auf dem Sofa und hob nur den Kopf. »Es gibt ein Gift«, sagte sie zu ihrem Vater und zeigte auf die Glotze, »das lähmt dich ganz systematisch. Total der Reihe nach. Es fängt im großen Zeh an und endet bei deinen Haarwurzeln. Dann bist du endgültig steif wie ein Surfboard. Krass, oder?«
»Wenn die Sendung zu Ende ist, gehst du zu Bett, okay?«, antwortete Markus. »Morgen ist Schule.«
Kims Kopf verschwand wieder unterhalb der Sofalehne. CSI war noch nicht vorbei. Das Opfer war erst halb erstarrt.

Kapitel 4

»Wichtig ist jetzt vor allem Ihre Einstellung, Frau, äh …« Der Arzt blickte in die Unterlagen.
Gerlinde sah ihn nur an. Sie gedachte nicht, ihm zu helfen.
»Frau, äh …«
»Meine Einstellung zum Krebs ist feindselig«, sagte Gerlinde. »Ist das hilfreich?«
Der Arzt schwieg für ein paar Sekunden. Während er auf dem Patientenformular immer noch nach Gerlindes Nachnamen suchte, musste er gleichzeitig eine taktvolle, psychologisch geschickte Antwort auf die provokante Frage der Patientin finden. Zynismus war für diese Frau natürlich ein Ventil, eine Methode, den Schock zu kompensieren. Nicht unüblich, so etwas. Das durfte man nicht persönlich nehmen. Da musste man als Mediziner … Ah, gut. Der Name!
»Frau Lindner.«
Gerlinde nickte. »Sehr gut«, sagte sie. »Wir kommen voran.«
Über dem Kopf des Arztes schwammen zwei Schwäne. Es war ein großformatiges Foto in milden, milchigen Farben, das gerahmt an der Wand hing. Die Schwäne ließen sich auf einem malerischen See treiben und sahen in ihrer Schönheit ein wenig unecht aus. Und ein bisschen selbstverliebt.

»Jede physische Krankheit ist immer auch eine Manifestierung der psychischen Verfassung, Frau Lindner«, fuhr der Arzt ungerührt fort. »Zwischen Geist und Körper herrscht eine weitaus engere Verbindung, als man gemeinhin annimmt. Es ist jetzt wichtig, dass ...«
Gerlinde hörte nicht mehr hin.
Ärzte. Gelaber. Psyche.
Blödsinn.
Als ob man 100 Zigaretten am Tag rauchen könnte und trotzdem keinen Lungenkrebs bekommt, wenn man nur gut genug drauf ist. Gerlinde war jetzt 72 Jahre alt. Ihr konnte man mit diesem Strickpulli-Gequatsche nicht mehr kommen. Sie hatte genug Leute sterben sehen, um es besser zu wissen. Wenn deine Stunde geschlagen hat, dann ist es egal, ob du eine quietschaktive Frohnatur bist oder ein lebensmüder Mistkerl. Dann entscheidet sich höchstens noch, ob der liebe Gott dich abholt oder der Teufel.
Eigentlich glaubte Gerlinde nicht an diese Dinge. Aber seit sie ahnte, dass sie Krebs hatte, hoffte sie insgeheim doch, dass es da vielleicht etwas geben könnte. Danach.
Heute hatte sie die endgültige Diagnose bekommen. Von diesem Jungspund da, mit dem Pferdeschwanz und dem albernen roten Sticker am Kittel. Was sollte das überhaupt darstellen? Eine Schleife?
Heute war es offiziell geworden. Aber sie hatte schon länger geahnt, dass da etwas sein könnte. Blut im Stuhl. Diese Schmerzen. Acht Kilo Gewichtsverlust in drei Monaten. Gerlinde sah Arztserien, Gerlinde las die *Apotheken Umschau*, Gerlinde war nicht blöd. Natürlich hätte sie schon früher zum Arzt gehen können. Aber solange sie das nicht tat, war eben noch nichts in Stein gemeißelt.

Als sie schwanger war, damals, mit Markus, da hatte sie sich auch geweigert, es in letzter Konsequenz zur Kenntnis zu nehmen. Vier Monate hatte sie so getan, als sei nichts. Man hatte ja auch nichts gesehen. Gerlinde hatte damals ordentlich was auf den Rippen gehabt, ein kleines Bäuchlein besaß sie schon immer. Wenn sie frühzeitig etwas von der Schwangerschaft gesagt hätte – wer weiß? Vielleicht hätte sie dann jemand zu einer Abtreibung überredet. Ein uneheliches Kind von einem verheirateten Mann? Das war Anfang der sechziger Jahre zwar kein Weltuntergang mehr, aber durchaus noch ein Skandal. Vor allem in dem kleinen Kaff, aus dem sie kam.

Gerlinde ließ das Problem damals einfach keimen – und dann war es irgendwann wundersamerweise gar kein Problem mehr. Es war ein Kind. *Ihr* Kind. Ein großartiger Sohn. Gerlinde, 27 Jahre alt, unverheiratete Mutter, zog in die Stadt, nach Hamburg. Sie blühte auf. Alles war gut.

Den Krebs hatte sie auch keimen lassen. Und dann kam diese Sache mit Babette, all das Chaos. Sie musste sich um ihren Sohn kümmern und um ihre Enkelin. Da war keine Zeit für Bauchschmerz und Stuhlblut. Wegschieben, abwarten. Augen zu und durch. In der Zeit blühte er dann so richtig auf, der Krebs. Das Problem war größer geworden. Sehr groß sogar. Es klappt eben nicht immer, das Wegschieben.

»Die Metastasen haben sich leider schon weit ausgebreitet«, sagte der Pferdeschwanz nun. »Doch noch ist nicht aller Tage Abend.«

Was für ein altmodischer Ausdruck für solch einen jungen Mann.

»Ich werde Ihnen gleich für nächsten Montag einen Platz im UKE besorgen.«

»UKE?«, fragte Gerlinde.
»Verzeihung«, sagte der Arzt, und bestimmt machte er sich brav eine mentale Notiz, dass man mit Patienten nicht im Fachjargon reden sollte »*Universitätskrankenhaus Eppendorf*. Die sind dort spezialisiert auf Gastr…, äh, Darmkrebs.«
Darmkrebs. Das war ein Wort, das in Fernsehserien gehörte. In irgendeine Schicksalsschmonzette. Aber das hatte doch nichts mit ihr zu tun! Das durfte nichts mit ihr zu tun haben.
»Nächsten Montag geht nicht«, sagte Gerlinde. »Die ganze nächste Woche habe ich noch sehr viel auf dem Zettel. Eine Woche später wäre in Ordnung.«
»Frau Lindner!« Richtig streng klang es jetzt, das Jungärztchen. »Ich sag's mal ganz deutlich: Es zählt jeder Tag! Es geht um Leben und Tod, Frau Lindner. Um *Ihr* Leben!«
Gerlinde zuckte zusammen. Sie sah auf den Boden und überlegte.
»Gut«, sagte sie schließlich. »Am Montag also.«
Wie sollte sie es anstellen? Sie würde sich eine Geschichte ausdenken müssen. Ein Urlaub! Sie würde einfach behaupten, sie mache eine Busreise. An den Balaton. Da wollte sie schon immer mal hin, das wusste Markus. Sie würde sagen, es war eine Last-Minute-Schnäppchenreise im *Wochenblatt*. Das hätte sie ganz spontan beschlossen. Zwei … nein, drei Wochen am Plattensee. Man weiß ja nicht, wie lange so etwas dauerte, im UKE.
Markus durfte von alldem nichts wissen. Dem ging es eh so dreckig. Er war noch nicht mal ansatzweise über die Geschichte mit Babette hinweg. Er hatte sie doch so geliebt. Er tat Gerlinde so leid.

Der arme Junge.

»Frau … Lindner?« Die Stimme des Arztes schreckte Gerlinde aus ihren Gedanken auf. Sie klang dumpf und schien aus einem Nebel auf sie zuzuschweben.

Gerlinde sah den Arzt überrascht an. Er stand nun vor ihr. Wann war er denn aufgestanden?

»Wir schaffen das, nicht wahr? Kopf hoch!«, sagte er und hielt ihr die Hand hin. Gerlinde sollte sie greifen und aufstehen. Das verstand sie. Sie sollte den Raum verlassen.

Doch Gerlinde blieb sitzen. Sie hatte nicht die Kraft, sich zu erheben.

»Warum haben Sie ein Foto von Schwänen in Ihrem Sprechzimmer hängen?«, fragte sie stattdessen und wies auf das Bild.

»Das habe ich selbst gemacht«, sagte der Arzt nicht ohne Stolz. »Fotografieren ist ein Hobby von mir.«

Die Stimme des Arztes klang immer noch dumpf. So als wäre Gerlinde gerade aus einem Schwimmbecken gestiegen und hätte noch Wasser in den Ohren.

»Das Foto habe ich am Starnberger See aufgenommen«, sagte der Mediziner. »Meine Eltern haben dort ein Haus.«

»Aha«, sagte Gerlinde und erhob sich nun doch aus dem Stuhl. Es kostete sie Überwindung, aber es ging.

»Ich wünsche Ihnen alles Gute«, sagte der Pferdeschwanz und hielt Gerlinde die Tür auf.

»Was sollen Sie mir auch sonst wünschen«, sagte Gerlinde und trat auf den Krankenhausflur.

Kapitel 5

Sport. Gleich in der ersten Stunde. Kim hasste es. Sie hasste es, sich auf der Aschenbahn oder in der Turnhalle beweisen zu müssen. Es war so sinnlos. Von welcher Relevanz für ihr Leben war es, ob sie sich im 100-Meter-Lauf 0,5 Sekunden verbesserte oder ob sie im Volleyball den scheinbar unmöglichen Ball noch erwischte? Und sie hasste es, dass hier nur ihr Körper zählte.
Kim hasste auch ihren Körper.
Sie war viel zu groß für ihr Alter. Sie maß bereits 1,73 Meter. Mit 15 Jahren. Sie hoffte inständig, dass sie nicht mehr weiterwachsen würde. Sie wollte kein Freak werden. Ihr Busen, der war auch viel zu groß. Zuerst hatte sie sich noch gefreut, dass er sich vor all ihren Mitschülerinnen erhob. Er hatte sich schon in der Grundschule unter ihrem T-Shirt gewölbt. Aber dann wuchs er natürlich immer weiter. Viel zu schnell allerdings, viel zu heftig. Ständig brauchte Kim ein BH-Update. Regelmäßig hatte sie ihre Mutter um Geld gebeten, war mit ihr einkaufen gewesen. Die nächste Körbchengröße. Doch ihre Mutter war jetzt fort. Ihrem Vater würde sie irgendetwas von Schulbüchern erzählen, die sie kaufen musste. Sie konnte mit ihm ja nicht über ihre Brüste reden. Voll krank wäre das.
Wenn Kim durch die Halle lief, im Kreis, zum Aufwär-

men, dann guckten fast alle Jungs auf ihre Titten. Bis auf die kleinen Pisser, die *World-of-Warcraft*-Sammelkarten tauschten. Die anderen aber, die blöden Arschlöcher, die Scheiß-Spanner, die tuschelten und lachten, wenn es bei Kim wippte und schaukelte. Als ob das Phänomen der Schwerkraft der größte Witz aller Zeiten wäre. Kim hätte schneller laufen können, als sie es tat. Aber sie wollte nicht. Zu auffällig. Zu viel.

Sie hatte mal beim Zappen ein paar Minuten in einen dieser dusseligen Sexfilme reingeschaut. Auf RTL2. Da hatte eine Frau mit großen Brüsten oben ohne Seilspringen gemacht. Die Kamera ignorierte ihr Gesicht, hielt nur auf ihren nackten Busen. In Zeitlupe. Gott, sah das albern aus. Aber Männer fanden das wohl geil. Warum sonst käme es auf RTL2?

Denise, die blöde Zicke, hatte ihren Freundinnen erzählt, dass sie sich später bestimmt die Brust vergrößern lassen würde, wenn ihr Mann das wollte. Das hatte Kim im Vorbeigehen gehört. Kim würde sich dagegen lieber die Hälfte ihrer Oberweite abhacken. Ganz egal, ob ihr Mann das wollte oder nicht. Überhaupt: Welcher Mann?

Es war immer falsch, gleichgültig wie es war. So musste das wohl im Leben sein.

Immerhin: Da Kim so groß war, so fraulich, sah sie älter aus, als sie war. Sie konnte sich Alcopops im Supermarkt kaufen, wenn sie wollte. Gar kein Problem. Und es gab sogar ein paar Jungs zwei, drei Klassen über ihr, die sie manchmal anschauten.

Alex aus der 11. Klasse tat das allerdings nicht. Das hatte er auch gar nicht nötig. Alex war schließlich etwas ganz Besonderes.

Kim duschte nicht nach dem Sportunterricht. Deo-Spray musste reichen. Sie brauchte die Zeit, um ihr schwarzes Gothic-Haar wieder kunstgerecht hochzutoupieren und ihr finsteres Make-up zu restaurieren. Vor allem aber wollte sie nicht, dass die anderen Mädchen sie nackt sahen. Bestimmt würden die blöden Hühner den Jungs aus der Klasse bis ins Detail beschreiben, was es bei ihr zu sehen gab. Weil die Jungs sicher fragen würden. Und weil Mädchen immer reden, wenn Jungs fragen.

Manche ihre Mitschülerinnen waren weniger attraktiv als Kim. Entweder waren sie knochenhager, oder sie hatten einen viel zu breiten Hintern, oder sie waren schwabbelig dick und ihr Bauch stand weiter vor als ihr Busen. Aber andere, Mädchen wie Denise, waren richtige Models. Da stimmte einfach alles. Denise und ihre Clique, die rasierten sich sogar ihr Schamhaar, bis nur ein dünner Streifen übrig blieb. Kim tat das nicht. Kim kam sich schon unnütz eitel vor, wenn sie sich die Achselhaare entfernte. Aber das musste natürlich sein.

Wenn Kim im Umkleideraum stand und sich schminkte, trug sie in einem Ohr einen Stöpsel ihres MP3-Players. Manchmal hörte sie Musik, manchmal Audiobooks. An diesem Tag lauschte sie den *Säulen der Erde* von Ken Follett. Kim hätte gern im Mittelalter gelebt. Da ging's bloß ums nackte Überleben. Jeder hatte seine Aufgabe, jeder hatte seinen Platz. Alles war beruhigend überschaubar.

Als Kim kurz darauf die Sporthalle verließ, den MP3-Ohrhörer immer noch im Gehörgang, die abgewetzte Army-Tasche mit den Sportsachen an sich gepresst, stand da plötzlich Alex! Er und zwei seiner Freunde lümmelten an der Ecke hinter der Halle und rauchten. Kim zuckte

kurz zusammen, als sie ihn sah. Alex grinste sie an. Nein, besser: Es sah fast aus wie ein Lächeln!
Kim schaute schnell fort und eilte zum Klassenraum. Ihr Herz raste. In ihrem Hörbuch wurden gerade die Steinträger beim Dom-Bau geschunden. Einige starben qualvoll. Doch Kim hörte es nicht.

In der nächsten Stunde hatte sie Biologie. Die Klasse war in Sechsertische aufgeteilt, was das Teamwork fördern sollte. Auf dem Gymnasium war kooperatives und selbstständiges Arbeiten absolut angesagt. Meistens sah das allerdings so aus, dass ein paar Schüler alles leisteten und die anderen sich bloß dranhängten. Schleimige kleine Parasiten.
Manche Lehrer konnten erkennen, wer wirklich etwas draufhatte und wer nicht. Andere dagegen gaben allen Schülern einer Gruppe stets dieselbe Note. Herden-Denker. Wahrscheinlich waren die Lehrer, die nicht richtig hinschauten, genau die, die damals als Schüler selbst auch auf dem Trittbrett der Kreativen gesurft waren.
An Kims Tisch saßen die nicht-coolen Schüler. Zwei *WoW*-Sammelkarten-Fuzzis namens Jan und Steven, die picklige Jacqueline, die ernsthaft Rosamunde-Pilcher-Filme im Fernsehen anschaute, Faiza aus Afghanistan mit ihrem Kopftuch und ihrer Mäuschenstimme und all ihren Einsen und Zweien – die ihr aber auch nichts nutzen würden, wenn sie irgendwann ihren schwitzenden Cousin zweiten Grades aus Kabul heiraten musste.
Und dann war da noch Franz. Der war Russlanddeutscher und hatte ADS. Franz wippte nonstop mit dem Bein, stieß dabei wie ein ukrainischer Presslufthammer gegen die Unterseite des Tisches und ließ ihn vibrieren,

als würde eine U-Bahn unter dem Klassenraum hindurchfahren. Steven hatte sich deswegen mal bei Franz beschwert, aber Kim wusste, dass Franz nichts dafürkonnte. Sie hatte zu Steven gesagt, er solle sich einfach vorstellen, es wäre eine Troll-Horde, die unterm Tisch entlanglief. Rumpelrumpelrumpel. Wäre das nicht aufregend? Echte Trolle! Wie in Mittelerde! Steven hatte nervös gekichert und sich nie wieder getraut aufzumucken. Kim wusste nicht, was sie davon halten sollte, dass es Jungen gab, die Angst vor ihr hatten.

Franz lebte bei seiner Mutter. Die war vor Jahren allein aus Russland hergekommen und hatte sich das alles offenbar unkomplizierter vorgestellt, hier in Deutschland. Netter und gemütlicher. Und dass der Reichtum etwas war, was man nicht nur bei den anderen sah, sondern etwas, an dem man irgendwie auch Anteil hatte.

Sie suchte einen Vater für Franz. Und einen Mann für sich. Seit Jahren suchte sie schon. »Das Tolle an deutschen Männern ist, dass sie nicht ständig saufen, so wie bei uns zu Hause«, hatte sie Franz erklärt. »In Russland würde auch kein Mann auf die Idee kommen, beim Abwasch zu helfen.« Franz war bei der Ausreise zu klein gewesen, um sich an Russland zu erinnern, aber er hatte sich sein Geburtsland immer als eine Art Vorhölle vorgestellt, in der brockige, behaarte Barbaren durch die Städte stapften und grunzten und stanken und mit dröhnendem Lachen über Frauen stiegen, die in Schürzen auf dem Boden knieten und feudelten und schrubbten.

Die Kerle, die seine Mutter ständig anschleppte und derart eilig und vehement als potenzielle Ehemänner und Ersatzväter zu etablieren versuchte, dass sie allesamt schnell wieder die Flucht ergriffen, waren zumeist aber auch ziemlicher Schrott. Etliche von denen tranken sehr wohl. Und zwar reichlich. Und Abwaschen hatte Franz auch noch keinen von denen gesehen. Wenn das die tollen Männer waren, wie waren dann erst russische? Franz glaubte nicht mehr daran, dass seine Mutter einen Mann fand. Er selbst konnte auf einen Vater jedenfalls gut verzichten.

In der Nachttischschublade seiner Mutter lag ein Vibrator. Den hatte er gefunden, als er zehn Jahre alt war. Er hatte ihn genommen, damals, war damit zu seiner Mutter in die Küche gegangen, die da gerade mit einer Freundin saß und Kaffee mit Cognac trank, und hatte sie gefragt, was das denn für ein Ding wäre. Wozu es gut sei. Die Freundin seiner Mutter hatte gelacht. Seine Mutter hatte ihm eine schallende Ohrfeige gegeben.

Franz erzählte so etwas jedem. Er behielt nichts für sich. Vielleicht war das auch so ein ADS-Phänomen. Kim hatte dann wohl das Gegenteil. Von ihr erfuhr niemand irgendetwas. Jedenfalls nichts, was auch nur ansatzweise persönlich war.

Mit ihrer Mutter hatte sie manchmal etwas besprechen können. Sie war ihre einzige Freundin gewesen. Manchmal war sie aber auch nervig. Kim schämte sich, dass sie mitunter so kalt zu ihrer Mutter gewesen war. Dass sie sie angeschnauzt hatte, wegen Kleinigkeiten. Aber das ließ sich ja nicht mehr rückgängig machen. Daran durfte man einfach nicht denken. War sinnlos.

Was war das Gegenteil vom *Aufmerksamkeits-Defizit-Syndrom?* Schmerzhaft große Wahrnehmung?

»Die Anaconda ist die größte Schlange der Welt«, dozierte Koberg gerade.

»Wenn du von der gebissen wirst, ist sofort Schluss!«, rief Fitze dazwischen. »Das hab ich in dem Film gesehen. Voll krass!«
»Wenn du bei dem Film etwas weniger auf den Po von Jennifer Lopez und etwas mehr auf den Inhalt geachtet hättest«, sagte Koberg, »würdest du dich erinnern, dass Anacondas keine Gift-, sondern Würgeschlangen sind. Sie strangulieren ihre Opfer.«
Die Klasse lachte.
»Es gibt eine Broschüre der amerikanischen Armee«, warf Kim ein. Sie war seltsam aufgedreht, seit Alex ihr das halbe Lächeln geschenkt hatte.
»Diese Broschüre«, fuhr sie fort, »gibt den Soldaten für den Fall eines Einsatzes im Dschungel exakte Anweisungen, was zu tun ist, wenn man auf eine Anaconda trifft.«
Es wurde still in der Klasse. Koberg nickte Kim aufmunternd zu.
»Man soll auf keinen Fall weglaufen. Die Schlange ist sowieso schneller. Man soll sich stattdessen ganz still und starr auf den Boden legen, auf den Bauch, die Arme eng an den Körper gepresst. Anacondas werden nämlich umso wilder, je mehr sich ihre Beute sträubt. Wenn die Schlange dann kommt, wird sie dich zuerst anstupsen. Du musst ganz ruhig bleiben. Sie wird ein wenig mit dir herumspielen. Du darfst aber nicht in Panik geraten. Dann wird sie langsam anfangen, deine Füße zu verschlingen …«
»Iiiih!«, riefen die ersten Mädchen in der Klasse. Am lautesten natürlich Denise.
»Du musst ganz stillhalten. Die Schlange wird jetzt immer mehr von dir absorbieren. Es kann Stunden dauern, bis sie bei deinem Knie angekommen ist. Aber du darfst dich nicht bewegen.«

»Du bist so ein Freak, Kim!«, rief Denise.
»Lehmann, Klappe halten«, wies Koberg sie zurecht. Denise schmollte.
Kim fuhr fort: »Erst wenn sie bei deinen Unterschenkeln angekommen ist, sollst du dein Messer, das du hoffentlich bei dir hast, mit der Klinge nach außen vorsichtig und langsam in den Schlund der Anaconda pressen, direkt zwischen deinem Bein und dem Kiefer der Schlange und ihr dann mit einem langen, beherzten Schnitt die Kehle auftrennen.«
Es wurde laut in der Klasse. Einige lachten, andere machten dumme Kommentare, die Jungs riefen »Boah« und »Geil!«, manche Mädchen quietschten und kicherten.
»Wie so viele Ideen des amerikanischen Militärs«, sagte Koberg dann, »ist auch diese etwas weltfremd, oder?«
»Genau!«, ereiferte sich Franz. »Was, wenn die Schlange von der anderen Seite kommt und nicht bei deinen Füßen anfängt, dich zu verschlingen, sondern bei deinem Kopf?«
Alle lachten.
Mann, war das eklig.

Als Kim nach der siebten Stunde nach Hause ging, schaute sie sich um, ob sie irgendwo Alex sah.
Er war nicht in Sicht.

Kapitel 6

Paula schaute auf die Uhr. Sie versuchte es, so dezent wie möglich zu tun, damit Elsbeth nichts merkte. Doch die Alte hatte Augen wie ein Luchs.
»Schon wieder zu spät, Mädchen? Immer in Eile!«
»Sie wissen doch, wie das ist«, antwortete Paula und schob der Greisin einen weiteren Löffel mit pürierten Möhren in den Mund.
»Früher haben sich die Familienmitglieder umeinander gekümmert«, seufzte Elsbeth. »Erst haben die Eltern die Kinder aufgezogen, viel für sie geopfert, sie versorgt und beschützt. Und wenn die Eltern dann klapprig wurden, dann nahmen die Kinder sie unter ihre Fittiche. So war das. So gehörte sich das.«
»Ist ja eigentlich auch nur fair«, stimmte Paula ihr zu.
»Aber ganz ehrlich, Mädchen: Lieber lasse ich mich von dir füttern als von meinem Sohn.« Elsbeth machte Anstalten, ihre Hände in die Hüften zu stemmen, was in einem Rollstuhl allerdings selbst für jüngere, beweglichere Menschen keine leichte Übung gewesen wäre. »Mein Sohn soll schön sein eigenes Leben leben.«
»Ach?« Paula wunderte sich.
»Der findet mich peinlich«, verriet Elsbeth. »Als ob alles, was ich sage, dummes Zeug wäre. Dabei bin ich schon viel länger auf der Welt. Müsste doch mit dem Teufel

zugehen, wenn ich in der ganzen Zeit nichts gelernt hätte.«
Paula lächelte und führte einen weiteren Löffel voll orangefarbener Pampe an den Mund.
»Ihr könntet alle noch eine Menge von uns Alten lernen. Ich frage mich wirklich, warum uns keiner zuhören mag.« Elsbeth nahm die nächste Portion in den Mund und vollführte, obgleich unnötig, so etwas wie Kaubewegungen.
»Es gibt solche alten Leute und solche alten Leute«, sagte Paula. »Und nicht alle sind weise. Ich habe zum Beispiel einen Herrn zu waschen und zu füttern, der erzählt mir jedes Mal, dass die Juden die Welt zerstören.«
»Ach Gott, dieser Hitler-Kram!« Elsbeth verdrehte die Augen. Sie sah fast aus wie ein übermütiges kleines Kind, wenn sie das tat. Und sie tat es öfter, das mit den Augen.
»Ich bin jetzt sechsundachtzig. Die Hitler-Zeit war nur ein kurzer, schrecklicher Teil meines Lebens. Wir haben uns auch verliebt, weißt du. Wir hatten auch unsere Träume, unsere Sorgen, den ganzen Kram. Und im Gegensatz zu euch wissen wir inzwischen, wie sich so ein Leben anfühlt, wenn's dem Ende entgegengeht. Wie das funktioniert mit dem Zurückblicken. Was man da sieht. Und da sieht man nicht Hitler oder solch einen anderen Idioten, da sieht man Glück und Schrecken. Und vor allem eine Menge verpasste Chancen. Wir könnten euch alles erklären. Aber ihr wollt es ja nicht hören.«
Paula lächelte. »Zumindest heute nicht mehr«, sagte sie und schaute erneut auf die Uhr. »Bin schon zweiundzwanzig Minuten drüber.«
Elsbeth lachte. »Ich bin sogar schon ein paar *Jahre* drüber. Und ich bin trotzdem noch da!«
Paula staunte über sich selbst, als sie tat, was sie nun tat.

Sie legte den Löffel in die Möhrenpampe, beugte sich vor und gab Elsbeth einen dicken Kuss auf ihre faltige, von Altersflecken übersäte Wange. »Ich hoffe, ich bin auch solch ein Feger wie du, wenn ich mal alt bin«, sagte sie.
Elsbeth blickte sie erstaunt an. Und dann traten ihr tatsächlich Tränen in die Augen. Verlegen und so hastig, wie ihre morschen Gelenke es zuließen, wischte die alte Dame die Feuchtigkeit fort. Dann wedelte sie Paula mit einer Geste aus der Tür. »Du solltest einen knackigen Kerl küssen, keine alten Omas. Husch, Mädchen! Ab mit dir. Bis nächstes Mal.«
»Tschüss, Elsbeth«, sagte Paula und zog sich ihre Jacke an.
Elsbeth wischte sich noch einmal über die Augen.

Kurz vor 20 Uhr traf sich Paula mit Niels vor dem Thalia-Theater. Niels und sie waren Schauspielfreunde. Sie hatten zusammen diverse Workshops besucht, unter anderem über Improvisation und Pantomime. Niels plante allerdings keine Ausbildung an der Schauspielschule. Er leitete mit zwei Freunden ein kleines Theater am Hafen, stand dort auch regelmäßig in kleinen und mittelgroßen Rollen auf der Bühne. Das war für ihn die perfekte Balance: ein bisschen Kultur, ein bisschen Management. Er war geerdeter als die meisten anderen Schauspieler und Möchtegern-Mimen, mit denen Paula zu tun hatte. Und er war das, was Elsbeth einen knackigen Kerl nannte.
Paula küsste Niels zur Begrüßung auf die Wange. Er tat bei ihr dasselbe, legte ihr dabei aber wie selbstverständlich die Hand auf den Hintern.
Für gut zwei Stunden saßen sie dann nebeneinander, in einer der kleinen Logen im ersten Rang. Einmal versuch-

te Niels, Paulas Hand zu nehmen, während auf der Bühne Herr Puntila und sein Knecht Matti miteinander haderten. Doch Paula zog sie zurück. Nicht dezent und verlegen, sondern mit einer schnellen, ruppigen Geste. Die Botschaft, die sie ihm damit sandte, lautete: Händchenhalten war nicht der Deal. So weit kommt's noch.
Nach der Vorstellung gingen sie zu ihm nach Hause und hatten Sex. Fast immer, nachdem sie im Theater waren, landeten sie zwischen den Laken. Immer bei ihm. Nie bei ihr. Sex mit Niels war geil, wenn sie auch ein bisschen mehr Aggressivität an ihm begrüßt hätte. Niels hatte einen kuscheligen Grundzug, das war eher nicht so ihr Ding. Doch früher oder später kam sie dann doch. Und es war entspannend. Danach jedoch erhob sich Paula stets ziemlich schnell. Auch heute zog sie sich gleich danach an, etwas langsamer als nötig, weil sie wusste, wie er es genoss, ihr dabei zuzusehen, weil sie es ihm gönnte und weil sie selbst sich durchaus geschmeichelt fühlte, dass er ihren Körper sehenswert fand. Dann warf sie ihm eine Kusshand zu und wollte gehen.
»Warte«, sagte Niels. »Bleib. Nur heute. Ausnahmsweise.«
Paula seufzte. Sie hatte geahnt, dass es irgendwann so kommen würde. Die Zeichen deuteten schon seit einer Weile in diese Richtung. Händchenhalten und so. Aber das war nicht der Plan. Sie mochte Niels. Er war ein netter Kerl. Er war knackig. Alles war wunderbar unkompliziert gewesen. Aber jetzt war es vorbei.
»Mach's gut«, sagte sie und warf ihm ein Lächeln zu. Es war ein vage entschuldigendes Lächeln. War ja nicht seine Schuld. Es gab nichts, was er anders oder besser hätte machen können. Sie wollte sich einfach nicht verlieben. Und sie tat es auch nicht. Das war keine Frage des

Prinzips oder so. Sie verspürte einfach nicht das Bedürfnis. Sie brauchte niemanden, der sie ergänzte. Paula fühlte sich auch allein ziemlich vollständig.
Niels sah sie lange an, mit einem bohrenden Blick. Dann kniff er die Augen zu zwei funkelnden Schlitzen zusammen. »Warum bleibst du nicht? Bin ich nicht gut genug für dich?« Er zischte die Worte förmlich.
Paula zuckte zusammen. Das war nicht der Niels, den sie kannte. »Ich …«, begann sie. »Es war doch von Anfang an klar …«
»Du kannst nicht einfach …« Niels' Stimme wurde jetzt lauter. »Du spürst es doch auch! Warum leugnest du es?« Er richtete sich jetzt auf, saß kerzengerade im Bett, die Muskeln sichtlich angespannt. Wie ein Raubtier kurz vorm Sprung.
Jetzt zitterte Paula. »Ich muss gehen.« Hastig bewegte sie sich in Richtung Flur. Ihre Hose war noch offen, die Socken lagen noch auf dem Boden. Paula stolperte ungelenk aus dem Zimmer.
Und dann lachte Niels. »Gotcha!«, rief er. »Ich hab dich!«
Paula wandte sich um, verharrte im Türrahmen. Niels grinste sie an. »Eine meiner besten Improvisationen bisher, oder?«
Paula atmete tief aus. »Mann, du hast mir aber richtig Angst gemacht!«
Niels grinste. »Ich wusste, dass ich dich damit erwische.«
Paula schloss den Knopf ihrer Jeans, zog sich Socken, Schuhe und ihre Jacke an, warf Niels erneut eine Kusshand zu und verließ die Wohnung.
Als sie im Treppenhaus stand, hielt sie sich am Geländer fest. In ihrem Kopf pochte es. Niels' Vorstellung war verdammt überzeugend gewesen. Zutiefst beängstigend.

Kapitel 7

Markus hörte Kim im Bad. Er hörte sie in der Küche. Er hörte, wie sie die Haustür hinter sich schloss.
Es war nicht so, dass er noch nie morgens länger im Bett liegen geblieben war. Wenn er eine Feier ausgerichtet hatte, die bis tief in die Nacht ging, dann schlief er oft noch, wenn Kim zur Schule aufbrach. Babette hatte er morgens häufig nicht mehr gesehen. Sie musste ja bereits über eine Stunde vor Kim aus dem Haus. Die ersten Kinder wurden schon um 7.30 Uhr in den Kindergarten gebracht.
Babette war immer früh aufgestanden, sogar am Wochenende. Sie war eine Kaltstarterin. War auf Anhieb munter, sowie sie auch nur den ersten Fuß vom Bett auf den Boden setzte. Schlafen sei Zeitverschwendung, hatte sie immer gesagt. Das sei Leben im *Pause*-Modus. Babette war ein *Play*-Mensch gewesen, nicht selten war sie sogar *Fast Forward*.
Meist war sie bereits los, auf dem Weg zum Kindergarten, wenn Markus und Kim gähnend in die Küche geschlurft kamen. Babette hatte für die beiden bereits den Tisch gedeckt. In der Thermoskanne war Kaffee für Markus, in dem Becher mit dem schwarzen *Final-Destination*-Aufdruck hing ein Teebeutel, der von Kim nur noch mit kochendem Wasser übergossen werden musste. Der Wasser-

kocher war schon gefüllt. Das war angenehm. Und es war selbstverständlich.

Am Tag zuvor war Markus früh zu Hause gewesen. Er war sogar früh im Bett. Es gab also keinen Grund, dass er so lange liegen blieb. Außer dem einen: Er wusste nicht, warum er aufstehen sollte.

Mit Kim frühstücken? Noch mehr Geschichten über Männer, die sich beim Reinigen ihres Jagdgewehrs selbst erschossen hatten, oder über den wahren Hintergrund des tödlichen Unfalls mit der Wuppertaler Schwebebahn im Jahre 1999? Und wenn Kim dann fort war, zur Schule? Was dann? Vor 14 Uhr wurde er heute in der Firma nicht gebraucht. Die Zeit bis dahin war luftleerer Raum. Eine Schlucht, zu breit zum Überspringen, zu tief, um hinunterzuklettern und durchzuwaten.

Markus drehte sich noch einmal im Bett um. Er musste pinkeln. Seit einer halben Stunde schon. Niemand würde es merken, wenn er sich einfach erleichterte. Hier, im Bett. Er lag allein darin, er wusch die Wäsche allein. Es wäre ganz einfach.

Markus erhob sich und schlurfte ins Bad. Er pinkelte. Neuerdings tat er das wieder im Stehen. Dann stellte er sich unter die Dusche. Das Wasser war zu kalt. Früher hatte Babette immer vor ihm geduscht, da war das Wasser im Kessel und in den Leitungen schon vorgeheizt gewesen.

Um zehn Uhr saß Markus immer noch am Küchentisch. Die dritte Tasse Kaffee stand vor ihm. Er hatte das Radio ausgeschaltet. Zu viel blödsinniges Gequatsche, zu viel Musik, die von Idioten gemacht wurde. Er widerstand dem Drang, sich die alten Urlaubs- und Weihnachtsvideos mit Babette anzuschauen. Er hatte das einmal gemacht. Eine ganze Nacht lang, zwei Tage, nachdem sie gestorben war. Er dachte, es wäre vielleicht reinigend, ein Abschluss, ein Abschiednehmen. Doch es tat nur weh. Es tat so unglaublich weh! Dennoch konnte er nicht aufhören. Es fühlte sich an, als ob er sie noch einmal verlieren würde, wenn er den Fernseher ausschaltete. Babette, die lachte. Laut und ehrlich. Babette, die dirigierte, die ständig irgendwo hinzeigte. Hierhin, dahin. Immer ein Ziel. Das war Babette gewesen: pure Energie. Immer in Bewegung.

Er hatte auf *Pause* gedrückt. Das hätte Babette nicht gefallen. Er hat sie sich als Standbild angeschaut, seine Frau. Er liebte die kleinen Fältchen um ihre Augen. Babette hatte sie mit Creme zu bekämpfen versucht, und Markus war insgeheim immer froh gewesen, dass sie nicht wirkte. Sie waren so schön, die Fältchen. Sie machten sie … lebendig.

Markus hatte ein zweites Mal die *Pause*-Taste gedrückt. Babette bewegte sich wieder. *Battery low* meldete der Camcorder kurz darauf. *Please recharge.* Das war der Moment, in dem Markus es endlich fertigbrachte, auszuschalten.

Und dann war sie fort gewesen, seine Babette.

Markus ließ den halbvollen Kaffeebecher einfach auf dem Tisch stehen. Er zog sich an und verließ das Haus. Wenn er noch weiter einfach dasäße, würde er durchdrehen. Oder umkippen.

Markus hatte keinen Plan. Er musste nur raus. Zuerst lenkte er sein Auto instinktiv in Richtung seiner Firma, doch dann besann er sich eines Besseren. Er bog an der

nächsten Kreuzung ab und folgte den *Innenstadt*-Schildern. Kurz darauf steuerte er das Parkhaus gegenüber der Staatsoper an. Die ersten beiden Etagen waren für Dauerparker reserviert. Das ärgerte Markus. Wenn diese Typen sowieso dauerhaft parkten, war es dann zu viel verlangt, wenn sie sich einmal ganz nach oben begeben mussten? Da konnten sie dann stehen, bis sie rosteten. Und Leute wie er mussten nicht Stockwerk um Stockwerk des viel zu engen Parkhauses abarbeiten.
Die dritte Etage war für »Stundenparker«. Doch sie war komplett besetzt. Zuerst war Markus noch im Schritttempo an den parkenden Wagen vorbeigefahren, in der Hoffnung auf eine Lücke. Doch mit der Zeit wurde er sich immer sicherer, dass es keine gab. Er beschleunigte sein Tempo. In der vierten Etage sah's genauso aus. Alles war voll. Was machten die Leute bloß alle um diese Zeit hier? Scheiße! Was, wenn Ebene fünf auch zugeparkt war? Dann musste er das Parkhaus wieder verlassen. Aber die Typen sollten ja nicht glauben, dass er auch nur einen Euro bezahlte! Konnten die nicht unten ein Schild raushängen? *Besetzt!* War das denn zu viel verlangt?
Mit quietschenden Reifen bog Markus um die nächste Ecke. Die fünfte Etage. Die *letzte* Etage. Und – Scheiße! Voll! Eine einzige Parade von blechernen Autoärschen. Das durfte doch nicht wahr sein! Der Motor seines Wagens heulte, als Markus an der unendlichen Autofront vorbeiraste. Doch, halt! Da war ein leerer Parkplatz gewesen! Als Markus bremste, war er schon 15 Meter vorbei. Egal. Rückwärtsgang. Zügig setzte Markus zurück. Er fluchte, halb über sich selbst, halb über das Parkhaus, das seine Lücken so unerwartet offerierte. Dann ... krachte es.

Markus wurde nach vorn geschleudert und gleich darauf wieder zurück in den Sitz gepresst. Es hätte nicht viel gefehlt, und der Airbag hätte sich aktiviert.

»Scheiße!«, schrie Markus. »Scheiße! Scheiße! Scheiße!«

Er riss die Tür auf. Die krachte dabei an das Rücklicht eines parkenden Wagens. Rotgelbe Scherben fielen zu Boden.

»Scheiße!«

Markus sprang aus dem Wagen und knallte mit voller Wucht die Tür wieder zu. Dann wandte er sich ruckartig nach hinten um. Dort entdeckte er die Ursache des Unfalls: ein Toyota. Markus hatte ihn beim Zurücksetzen heftig gerammt.

»Scheiße!«, schrie er schon wieder. »Können Sie keinen Abstand halten?!«

Wutschnaubend rannte Markus auf das andere Auto zu. Er schlug mit voller Wucht mit der Faust auf die Motorhaube. Das tat weh. Markus hielt sich die Hand, während er durch die Windschutzscheibe des lädierten Wagens blickte. Am Steuer saß eine Asiatin. Klein war sie, konnte kaum über das Armaturenbrett schauen. Sie starrte ihn mit schreckgeweiteten Augen an. Auf dem Rücksitz, angeschnallt in einem Schalensitz, saß ein etwa fünfjähriger Junge. Er zitterte und weinte leise. Markus verharrte. Er schaute die Frau an, das Kind. Dann legte er die Hand auf das Dach seines Autos, suchte Halt, suchte Vernunft. Er schloss die Augen.

Was war bloß in ihn gefahren?

Langsam bewegte er sich auf den Wagen der Asiatin zu. Die drückte hastig den Türknopf herunter. Mit einem leisen *Zupp* schloss sich die Zentralverriegelung. Der Junge weinte jetzt lauter. Die kleine Frau hinter dem großen

Lenkrad war wie erstarrt vor Angst. Ihre Augen waren riesig. »Entschuldigung«, sagte Markus. Mit etwas leiserer Stimme jetzt, aber immer noch voller Adrenalin. »Es tut mir leid.«

Er klopfte an die Scheibe der Fahrertür. »Ist alles okay? Sind Sie verletzt? Es tut mir leid.«

Die Frau blickte zu Boden. Das Kind schrie nun wie am Spieß.

Drei Männer in Overalls kamen die Fahrbahn hochgerannt. »Gehen Sie vom Wagen fort!«, rief der eine Markus zu. »Weg da!«

Markus trat ein paar Schritte zurück.

»Es tut mir leid«, murmelte er noch einmal.

Die beiden größeren Overall-Männer bauten sich vor ihm auf. Der dritte – kleiner und älter als die anderen – versuchte, die Tür des Toyotas zu öffnen. Die Asiatin löste zitternd die Zentralverriegelung.

»Entschuldigen Sie!«, rief Markus ihr zu. Und wiederholte: »Es tut mir so leid.«

»Lass die Frau in Ruhe«, knurrte der kräftigste Overall ihn an. Der Frauenbeschützer kam mit dem Gesicht drohend nahe an Markus heran. Er roch nach Bier und Pfefferminz.

»Du Arschloch!«, knurrte er.

»Entschuldigung.« Jetzt flüsterte Markus nur noch.

Was für ein Mist.

Und er wusste nicht einmal, warum er überhaupt in dieses verdammte Parkhaus gefahren war.

Kapitel 8

Da gehört Muskatnuss dran«, fand Gerlinde. »Blumenkohl in weißer Soße – selbst wenn es so eine eklige Tütensoße wie diese ist – geht doch nicht ohne Muskatnuss. Ist doch nicht so, dass das viel kostet. Aber Blumenkohl ganz ohne Muskat?«
»Gibt aber auch eine Menge Leute, die kein Muskat mögen. Die meckern dann, wenn die Soße damit gewürzt ist«, sagte die Schwester und zog Gerlinde das Thermometer aus dem Ohr.
»Ich meckere nicht«, stellte Gerlinde klar. »Ich sag nur, wie es ist. Was gibt's denn morgen? Wenn ich das vorher weiß, gehe ich schnell rüber zu *Edeka* und hole mir die entsprechenden Gewürze.«
»Morgen gibt's für Sie gar nichts«, sagte die Schwester. »Morgen werden Sie auf null gesetzt. Übermorgen früh ist doch die OP.«
Gerlinde seufzte. »Darf ich denn wenigstens danach essen, was ich will?«
»Sie haben Darmkrebs, Frau Lindner. Sie dürfen nie mehr alles essen, was Sie wollen.«
»Sie sind aber eine feinfühlige Pflegerin«, sagte Gerlinde säuerlich. »So diplomatisch.«
»Für diplomatisch haben wir hier keine Zeit«, antwortete die Schwester und trug Gerlindes Werte in ein Formular

ein. »Und Sie machen auf mich auch nicht gerade den Eindruck, als müsse man Ihnen die Wahrheit mit Zucker reichen.«

»Ach, Zucker darf ich auch nicht mehr?«, antwortete Gerlinde.

Die Schwester lachte.

»Soll ich das Tablett mitnehmen?«, fragte sie.

»Nee, sollen Sie nicht. Wenn ich morgen gar nichts mehr essen darf, dann würge ich den Blumenkohl lieber noch runter«, antwortete Gerlinde. »Auch ohne Muskat.«

Die Schwester verließ kopfschüttelnd das Zimmer.

»Ist ganz nett, die Schwester Lena, oder?«, wandte sich Gerlinde ihrer Bettnachbarin zu. Doch die junge Frau hatte Kopfhörer auf den Ohren und schaute sich irgendeine DVD auf ihrem Laptop an. Wahrscheinlich hatte sie Gerlinde sehr wohl gehört, aber keine Lust, ihren Film zu unterbrechen.

Die alte Frau im hinteren Bett taugte auch nicht zum Plaudern. Die röchelte nur die ganze Zeit. Sie würde das Krankenhaus mit den Füßen zuerst verlassen. Das war für Gerlinde ziemlich offensichtlich.

Himmel, so viele kranke Leute! Sie wusste schon, warum sie Krankenhäuser nicht mochte.

Gerlinde erhob sich und ignorierte dabei, so gut es ging, den Schmerz, der ihre ganze Bauchregion durchschoss. Mühsam richtete sie sich auf, zog sich mit einiger Mühe ihren Jogginganzug an, schlüpfte in die Latschen und schlurfte den Gang hinunter in Richtung Cafeteria. Dann würde sie sich eben eine Zeitung holen.

Gott, war das langweilig hier!

Gerlinde kaufte eine Zeitung, dazu eine kleine Flasche Orangensaft. Dann verließ sie die Onkologie durch den Haupteingang und setzte sich draußen in dem parkähnlichen Stück Grün auf eine Bank.
Sie öffnete das Fläschchen und nahm einen kleinen Schluck.
Dann lehnte sie sich zurück. Es war ein wunderbar milder Tag. In einer Buche kletterte ein Eichhörnchen den Stamm hinauf. Auf dem Weg daneben schob eine Frau einen Buggy. Darin saß ein Mädchen, knapp zwei Jahre alt, schätzte Gerlinde. Die Frau war nicht mehr jung, wahrscheinlich die Großmutter des Babys. Andererseits: So genau wusste man das heutzutage ja nicht. Mit all den Hormonbehandlungen und Reagenzglas-Schwangerschaften und was man sonst noch las.
Das Mädchen hatte nun das Eichhörnchen entdeckt. Es juchzte und zeigte mit einem seiner kleinen Finger auf den flinken, putzigen Nager. Gerlinde konnte nicht verstehen, was das Kind sagte, aber die Frau lachte. Das Eichhörnchen hielt inne. Fast hätte man glauben können, es wüsste, dass es bestaunt wurde, und würde sich deshalb in eine besonders dekorative Position bringen.
Das kleine Mädchen konnte sich nicht mehr bremsen. Es kletterte aus dem Buggy und wollte zu dem Eichhörnchen laufen. Die Frau erklärte ihm nun offenbar, dass Eichhörnchen scheu waren. Dass man sie nur aus der Ferne bestaunen könne. Dann nahm sie das Mädchen auf den Arm. Gemeinsam schauten sie zu dem Tier hinüber, das immer noch ganz entspannt auf einem Ast saß. Die Kleine drückte sich eng an die Frau. Die Frau strich ihr sanft über den Kopf.
Gerlinde hatte zu weinen begonnen. Es war wie ein

Schlag ins Gesicht. Ganz plötzlich nahm die absolute Erkenntnis sie in den Würgegriff. Rein theoretisch wusste sie natürlich schon lange, was mit ihr los war. Was kam – und was alles vielleicht nie mehr kommen würde. Wirklich begriffen, es in voller Konsequenz erfasst, hatte sie es aber gerade erst.
Gerlinde weinte. Sie weinte ungebremst und hemmungslos.
Sie wollte nicht sterben.
Sie war noch nicht so weit.

Kapitel 9

Manchmal, dachte Kim, wäre es doch ganz gut, Freunde zu haben. Wenn man irgendwo hingeht und wartet, zum Beispiel. Dann wäre es schön, wenn man nicht allein dort herumhängen muss. Es war unangenehm, wenn man nicht wusste, wo man hinschauen sollte. Man musste beschäftigt aussehen oder zumindest so, als würde man auf jemanden warten. Kim hatte deshalb immer ein Buch dabei oder einen Manga-Comic. Und natürlich ihren MP3-Player. Und ihr Handy. Da konnte man unablässig etwas eintippen. Es sah dann so aus, als würde man SMS verschicken. Selbst wenn man in Wahrheit nur die Hintergrundbilder neu einstellte. Weil man, so wie Kim, kaum jemanden hatte, dem man überhaupt etwas hätte schreiben können.

Sie kannte eine Menge Leute hier. Klar. Sie befand sich in der Aula ihrer eigenen Schule. Aber da war kaum einer, mit dem sie hätte reden wollen. Die guckten doch alle alberne Casting-Shows im Fernsehen, die spielten Computerspiele, die diskutierten über Klamotten, die rasierten sich ihr Schamhaar zu Streifen. Was sollte sie mit denen? Und natürlich brannten auch die anderen im Gegenzug nicht gerade darauf, mit Kim in Kontakt zu treten. Kim zählte zu den Leprakranken der Schule. Wer sich mit ihr abgab, war für die coolen Zirkel kontaminiert.

Gerade fand das alljährliche Schulkonzert statt. Alle Musikprojekte des Gymnasiums stellten sich hier vor. Die beiden Chöre – die kleinen Quietscher aus der Unterstufe und die gar nicht mal so üble A-cappella-Truppe aus der Zwölften. Danach würde die Percussion-Gruppe spielen. Kim hatte die Theorie, dass das eine Art Beschäftigungsprogramm für die ganzen ADSler war. Man musste vermutlich nicht allzu musikalisch sein, um da mitklopfen, mitrasseln und mittrommeln zu können. Aber es brachte den kleinen Losern trotzdem ein bisschen Selbstbestätigung.
Dann war da noch die Big Band. Die spielte – na ja, Big-Band-Musik eben. Allerdings nicht sehr überzeugend, da etliche Bandmitglieder letztes Jahr Abitur gemacht hatten und die Reihen der Bläser arg ausgedünnt waren. Nachwuchs war offenbar nicht in Sicht. Der spärliche Musikanten-Rest trötete tapfer die West Side Story.
Zum Programm des Schulkonzerts gehörte auch eine Girlie-Band namens »Jewel Babes«. Die sangen bauchfrei zu Playback-Musik. Wahrscheinlich übten sie zu Hause vor der *Playstation* mit ihren *Singstar*-Mikros. Allerdings verwandten die fünf Hühner erheblich mehr Energie auf ihr Outfit als auf die Schulung ihrer Stimmen. Und das, was sie am Ende anzogen, lag irgendwo zwischen Lolita und Nutte. Eine von den fünfen war Denise. Natürlich.
Dann gab's noch die Frank-Zappa-Revival-Band. Drei Lehrer und vier Schüler. Ziemlich durchgeknallt. Kim hatte erst vor ein paar Wochen begriffen, was der Songtitel »Don't eat the yellow snow« bedeutete. Bäh.
Doch wegen keiner dieser Darbietungen wäre Kim erschienen. Nicht für Zappa, nicht für die Percussion-Zappler und auch nicht für die Little Big Band hätte sie sich

der Peinlichkeit ausgesetzt, am Rande einer Stuhlreihe sitzen und unablässig Tasten ihres Mobiltelefons drücken zu müssen. Nein, dafür gab es einen anderen Grund.
Kim war wegen *Street Unity* hier. Die Hip-Hop- und Breakdance-Truppe, in der auch Alex mitmachte. Ach was, *mitmachte!* Es war seine Gang! Alles kreiste da um ihn. Er war der beste Tänzer. Und der coolste Typ am Mikro.

»Hi. Ist hier noch frei?«, schreckte plötzlich eine Stimme Kim auf. Es war Franz, ihr zappelnder russlanddeutscher Sitznachbar.
»Nur wenn du versprichst, ruhig zu sein«, antwortete Kim.
Franz zog sich pantomimisch einen imaginären Reißverschluss über seinen Lippen zu. Dann setzte er sich auf den leeren Stuhl neben ihr.
Kim tippte wieder etwas in ihr Handy.
Franz' Knie wippten.
Kim tippte weiter. Sie schrieb SMS für den Speicher. Lange Botschaften, die nie abgesendet werden würden.
Franz wippte und wippte. Es klang, als zucke er im Takt ihres Tippens. Er platzte offenbar vor Anspannung. Und tatsächlich versagte im nächsten Moment sein oraler Reißverschluss.
»Ich trommel hier nachher«, stieß Franz hervor.
»Schön«, sagte Kim. Sie blickte weiter auf ihr Display.
»Wir kommen nach dem Oberstufen-Chor.«
»Okay.«
»Hörst du dir's an? Wir haben echt viel geübt. Ich trommel eine Menge, weißt du?«
Jetzt musste Kim doch ein wenig grinsen. Sie ließ das Handy sinken und sah Franz an.

»Ich weiß«, sagte sie.
»Sieht hübsch aus, wenn man ahnt, dass du lächeln kannst«, sagte Franz.
Kim zog sofort wieder eine Flappe und wandte sich wieder ihrem Handy zu.
»Ich trommle besser, als ich flirte«, sagte Franz und erhob sich. Als er ging, sah Kim ihm unauffällig nach. Er klopfte sich beim Gehen in einem komplizierten Takt auf die Oberschenkel.
Spinner.

Franz' musikalische Schlagfertigkeit war tatsächlich gar nicht so übel. Er war eine der beiden Hauptfiguren im Percussion-Ensemble. Der andere Solist war ein Junge aus der Sechsten, der vorwiegend Xylophon spielte. Er spielte es so schnell, als würde sein Leben davon abhängen. Das Ganze war längst nicht so dilettantisch, wie Kim vermutet hatte. Trotzdem war es elendig uncool, was die Truppe da abzog. »La Bamba« mit Conga und Triangel? Nee, echt nicht.
Kim schaute sich eine Darbietung nach der anderen an, allerdings nur mit einem Auge. Die meiste Zeit tippte sie weiter auf ihr Handy ein, eine SMS nach der anderen. Es war jetzt keine Verlegenheitsbeschäftigung mehr. Sie hatte Gefallen daran gefunden, alles einzugeben, was sie gerade dachte und fühlte. Sie tippte bis zur Höchstanschlagzahl, dann drückte sie »Später senden«. Bald wäre ihr interner Speicher vermutlich voll.
Dann kam Alex! Er trug Baggy Jeans und ein enges T-Shirt mit Aufdruck. Irgendein Graffito, das Kim nicht entziffern konnte. Insgesamt waren sie zu sechst. Sechs Jungs, aber keiner davon so heiß wie Alex. Der eine war

so ein kleiner Dicker und für die Comedy zuständig. Der rappte und machte alberne Bewegungen, aber für richtige Tanzeinlagen war er natürlich viel zu wabbelig.
Zuerst kam eine Hip-Hop-Nummer. Alex stand vorn an der Bühne, die anderen alle einen Schritt hinter ihm. Der Text war auf Deutsch. Aber die Anlage war mies eingestellt. Kim verstand nicht alles. Aber ein paarmal hörte sie *Wut* und *Hoffnung* und natürlich mehrmals *Fuck*.
Es folgte eine Tanznummer. Alex konnte sich auf dem Kopf herumwirbeln, immer wieder im Kreis. Kim wurde schon vom Zusehen schwindelig. Alex' T-Shirt rutschte herunter, als er seinen akrobatischen Tanz vollführte, ließ seinen Bauch sichtbar werden und seine Brust. Stahlhart. Durchtrainiert. Ein richtiges Sixpack hatte er. So wie Brad Pitt und Matthew McConaughey im Fernsehen.
Gott, Alex war so schön. Er war stark und wild – aber seine Augen, die waren braun, weich und ganz warm. Er war ein Prinz.
Nur vier Nummern durfte *Street Unity* vorführen, dann kam schon der nächste Act. Der Applaus war beträchtlich. Auch Kim klatschte natürlich, als die Gang sich verbeugte und mit allerlei Homeboy-Gesten hinter der Bühne verschwand.
»Na ja«, hörte Kim plötzlich eine Stimme. Sie zuckte zusammen. Franz stand neben ihr. »Musik vom Band? Nicht sehr kreativ, oder?«
»Das haben die vorher eingesamplet, am Computer. Das ist total kreativ«, zischte Kim.
»Uuuuh«, machte Franz grinsend. »Da hab ich wohl einen Nerv getroffen.«

»Verpiss dich, Spacko«, sagte Kim und drehte sich um.
Sie hörte, dass er ging. Sie hörte es daran, dass das Klopfen auf seinen Oberschenkeln immer leiser wurde.

Als die Zappa-Coverband auftrat, stand Kim draußen vor dem Schultor. Es war halb zehn. Gleich würde sie nach Hause gehen. Doch vorher wollte sie noch eine rauchen. Natürlich hätte sie das auch im Gehen tun können, aber insgeheim hoffte sie, noch einen Blick auf Alex zu erhaschen. Sie blickte durch die hellerleuchteten Scheiben der Aula und zündete sich ihre *American Spirit* an.
Auf der Bühne groovte die Band. Möller sang, ihr Kunstlehrer. Der hatte fast so lange Haare wie der echte Zappa damals. Kim hatte gewisse Schwierigkeiten, sich vorzustellen, dass Lehrer nach dem Unterricht weiterexistierten, dass sie ihre eigenen Leben führten, ihr eigenes Ding durchzogen. Dass sie nicht einfach weggeschlossen wurden, die Lehrer. Eingesperrt in den Waffenschrank der Schulbehörde, bis am nächsten Morgen um acht die Glocke auf dem Pausenhof wieder läutete.
Die Tür der Aula öffnete sich. Kim erstarrte. Es war Alex, der da aus dem Gebäude trat. Allein. Man sah ihn selten allein. Er hatte immer seine Gang dabei. Er besaß viele Freunde.
O Gott, er schaute zu ihr herüber!
Er bewegte sich in ihre Richtung!
Kim erstarrte.
»Hast du eine für mich übrig?«, fragte er, als er neben ihr stand, und wies auf die Zigarette in ihrer Hand.
»Äh, klar«, sagte Kim. Sie reichte ihm die Packung. Ihre Hände zitterten ein kleines bisschen. Er nahm die Packung. Achtete darauf, dass er ihre Hand dabei nicht berührte.

»Du heißt Kim, oder?«, fragte er, als er sich die Fluppe anzündete.
»Und du bist Alex«, sagte Kim.
»Nun sind wir uns offiziell vorgestellt«, lächelte er.
Kim konnte es nicht fassen. Er sprach mit ihr. Er rauchte ihre Zigarette. Er kannte ihren Namen!
Keiner sagte etwas. Alex lächelte. Er ruhte völlig in sich selbst.
»Tolle Show«, sagte Kim schließlich.
»Danke«, antwortete der Prinz. »Obwohl wir die dritte Nummer echt geschmissen haben. Das *Dr. Dre*-Cover.«
»*Bitches ain't shit*«, sagt Kim. »Ich fand's cool.«
»Wir haben total lange an den Gesangsharmonien gefeilt, aber Donnie lag voll daneben.«
»Hab ich nicht gehört«, beteuerte Kim.
»Ist sowieso eine einzige Soundgrütze«, seufzte Alex. »Schul-Aula eben. Wir spielen nächste Woche im *Logo*. Das wird cool. Da spielen wir auch die richtig geilen Nummern, das Zeug, das wir hier nicht delivern können, weil die Eltern und Lehrer sonst einen Herzinfarkt kriegen. Du weißt schon: Shootings, Fotzen, der miese Kram. Kommst du auch?«
Kim zögerte.
»Oh, 'tschuldigung«, sagte Alex. »Du bist erst in der Neunten, oder?«
»Wenn ich abends ins *Logo* will, kann ich abends ins *Logo* gehen. Da hat mein Alter gar nichts zu melden«, beeilte sich Kim zu versichern.
»Ey, Digger!«, rief nun jemand vom Eingang der Aula her. »Gleich sollen alle noch mal auf die Bühne, Verbeugerchen machen!« Es war Donnie. Der Daneben-Sänger.

»Komme!«, rief Alex. Er warf die halb gerauchte Zigarette auf den Boden und drückte sie mit seinen *Reeboks* aus.
»Wir sehen uns, Kim«, lächelte er.
»Bye«, antwortete sie.
Alex verschwand zu seinen Freunden in der Aula. Kim stand nur da. Sie hätte schreien können vor Glück. Er hatte mit ihr gesprochen. Und er war so charmant gewesen. So … nett!
Kim warf ihre Kippe auf den Boden und machte sich nicht die Mühe, sie auszutreten. Dann drehte sie sich um, Richtung zu Hause. Als sie plötzlich ein Rascheln im Gebüsch hörte, zuckte sie zusammen.
»Hallo?«, sagte sie.
Nichts. Ein Tier wahrscheinlich. Oder? Kim blieb noch stehen. Sie lauschte.
»Hallo?«, fragte sie noch einmal.
Jetzt wurde das Rascheln lauter. Franz trat aus dem Gestrüpp, keine drei Meter von ihr entfernt.
»Ich traue dem Typen nicht«, sagte er.
»Hast du etwa alles belauscht, du Arsch?«, schrie Kim. »Du perverser Stalker!«
»Der stimmt nicht, der Typ. Mit dem stimmt etwas nicht«, beteuerte Franz.
»Du lauerst Mädchen im Gebüsch auf, du Spinner! Mit *dir* stimmt etwas nicht!«, rief Kim. »Hau ab. Hau ab, oder ich schrei die ganze Schule zusammen!«
Franz sah sie nur an. Er stand direkt unter der Straßenlaterne. Traurig sah er aus. Enttäuscht.
»Hau ab!«, rief Kim noch einmal.
Franz drehte sich um und ging. Am Schultor vorbei, die Straße hinunter. Langsam. Ohne Trommeln, ohne Wippen. Er schlich.

Kapitel 10

Markus war bei der zweiten Flasche Rotwein angekommen. Er saß auf dem Sofa im Wohnzimmer, rieb sich die Schläfen und starrte ins Leere.
Es hatte ihn einige Anstrengung gekostet, die Beamten nicht zur Wache begleiten zu müssen. Er hatte selbst ein wenig Angst vor sich bekommen, als er da stand, im Parkhaus. Er war der Bösewicht. *Er!*
Der Junge war irgendwann ausgestiegen, hatte sich an seine Mutter geklammert, an seine kleine, zarte Mutter, die neben der zerbeulten Front ihres Wagens stand. Die beiden hatten ängstlich zu ihm aufgeschaut, mit ihren großen, dunklen, runden Augen. Und Markus hatte sich gefühlt wie der Verbrecher des Jahres.
Nein, er war nicht der Typ Mann, der Frauen und Kinder anschrie. Auch andere Männer schrie er nicht an. Wenn Markus auf der Tribüne des HSV stand, brüllte er ja nicht einmal die Spieler an. Er hoffte bloß, dass sie gut spielten. So war er eigentlich, der Markus.
Ein rundes Dutzend Mal hatte er sich bei der Asiatin und ihrem Sprössling entschuldigt. Auch bei den drei Overalls. Bei denen allerdings nicht mit derselben Überzeugung. Die gefielen sich zu sehr in ihrer Helden- und Retterrolle, ließen mächtig den Macho raushängen. Die behandelten Markus wie einen gemeingefährlichen Irren,

den man in Schach halten musste. Aber vielleicht war er das ja auch.

Als die Polizisten kamen – zwei waren es, beide noch ziemlich jung –, wurde die Sache formeller. Die hatten schon ganz andere Wüteriche gesehen. Für die war Markus Peanuts. Autounfall mit Blechschaden. Na gut, er hatte ein bisschen herumgepöbelt. *Big Deal*. Zumindest einer der Bullen sah so aus, als würde er selbst ganz gern mal ausrasten, wenn nicht sogar die Fäuste schwingen. Der hatte einen vorgeschobenen Unterkiefer, einen kneifenden, angepissten Blick, und er hatte ein blau-schwarzschimmerndes Gebilde auf dem Oberarm. Man sah es deutlich. Er hatte die Ärmel hochgekrempelt. Offensichtlich war er stolz auf seine Body Art. Markus war aufrichtig verwundert, dass sich Polizisten tätowieren lassen durften.

Sie nahmen seine Personalien auf, die Männer in Uniform. Sie überzeugten die drei heldenhaften Parkhausangestellten, sich zu trollen. Als das Trio davonstapfte, wieder nach unten, zum Kassenhäuschen, wirkten sie ein wenig beleidigt, dass die schnuckelige kleine Asiatin ihnen nicht vor die Füße fiel vor Dankbarkeit. Mehr als ein gefiepstes »Danke« bekamen sie von ihr nicht zu hören.

Markus hatte bereitwillig seine Versicherungsdaten herausgerückt, sich zusammengerissen, zerknirscht geschaut. Die Asiatin wirkte zwar verhuscht, hatte aber einen Willen aus Stahl und wollte trotz der Überredungsversuche der Polizisten nicht davon Abstand nehmen, Anzeige gegen Markus zu erstatten. Wegen tätlicher Bedrohung. Oder versuchter Körperverletzung. Oder was auch immer.

Als die Polizisten seufzend also schon kurz davor waren, ihn auf den Rücksitz des Peterwagens zu verfrachten und zur förmlichen Protokollaufnahme ins Revier zu fahren, sprach Markus es aus. »Es tut mir sehr leid«, sagte er, »aber meine Frau ist kürzlich gestorben. Ich bin ziemlich am Ende mit den Nerven.«

Da kippte alles. Die Polizisten fanden es nicht mehr nur lästig, ihn als Kriminellen behandeln zu müssen. Ihnen tat's jetzt aufrichtig leid. 'ne tote Frau, also echt – wenn das kein Grund war, mal ein bisschen auszuticken. War doch nur menschlich, oder? Er war ja auch keiner von diesen Asis, die sie sonst einkassierten. Dieser Mann war ein normaler Bürger, ein braver Steuerzahler. Das sah man auf den ersten Blick.

Und dann gab sich auch die Asiatin einen Ruck, zähneknirschend zwar und unter leichtem Druck der Gesetzeshüter, aber sie verzichtete schließlich darauf, ihn im Zuchthaus sehen zu wollen. Die Tote-Frau-Trumpfkarte wirkte Wunder. Markus ärgerte das. Aber er war natürlich auch erleichtert. Als er sich ein letztes Mal entschuldigend an seine Opfer wandte, kam der kleine Junge vorgeschossen, trat mit aller Wucht gegen Markus' Schienbein und versteckte sich dann eiligst wieder hinter seiner Mami.

Die Polizisten lachten.

Jetzt saß Markus im Wohnzimmer, die zweite Weinflasche halb leer.

Er hörte den Schlüssel in der Tür. Er schaute auf die Uhr. Kurz nach zehn.

Zu spät für eine Fünfzehnjährige, nicht wahr? Oder durfte Kim inzwischen so lange wegbleiben? Er wusste es

nicht. Er ging abends oft seinen Catering-Verpflichtungen nach. Und wenn er abends zu Hause war, dann war Kim eigentlich auch immer da. Sie ging nicht viel weg.
Musste er jetzt schimpfen, weil sie erst nach zehn nach Hause kam? Oder wäre das albern, weil es eine völlig adäquate Uhrzeit war? Babette hatte so etwas gewusst. Die wusste, wie die Dinge liefen.
»Hi, Papa«, sagte Kim, als sie ins Wohnzimmer schaute. »Du bist ja schon hier.«
Das war mehr Ansprache als für gewöhnlich. Das Gesicht seiner Tochter war obendrein seltsam entspannt. Gut gelaunt, fast. Wie auch immer das möglich war. Vielleicht nahm sie neuerdings Drogen? Oder sie tauchte langsam auf aus dem Tal der Tränen. Da wollte er sie nicht zurückstoßen. Er beschloss, dass zehn Uhr kein Thema sei bei einer Fünfzehnjährigen.
»Ich habe mir heute freigenommen«, sagte er. Was ja stimmte. Den Grund, warum er sich heute nicht befähigt sah, bei der Hochzeit einer peniblen und schon bei der Besprechung des Buffets permanent meckernden Braut und ihrem blöd danebenstehenden Bräutigam dabei zu sein, verriet er nicht.
»Und wo warst du?«, fragte er. Er gab sich große Mühe, freundlich zu klingen. Es war ein schmaler Grat zwischen Interesse und Verhör.
»In der Schule. Bei einem Konzert.«
»War's gut?«
»Super.«
»Wer hat denn gesp…«
»Gute Nacht, Papa.« Kim drehte sich um.
»Kim!«, rief Markus ihr nach. Sie wandte sich ihm wieder zu. »Setz dich doch noch ein bisschen zu mir. Wir unter-

halten uns ein wenig. Und nachher können wir noch die Talkshow gucken oder ...«
»Ich muss morgen früh zur Schule«, sagte Kim. Dann verschwand sie in ihr Zimmer.
»Gute Nacht, Kim«, sagte Markus zum Türrahmen.

Kapitel 11

Du bist keine Claire Zachanassian!«, eiferte sich Carsten. »Du bist nicht Dürrenmatts *alte Dame*. Mal ganz abgesehen davon, dass du weder alt und erst recht keine Dame bist, ist das einfach nicht der Typ von Figur, die du am besten kannst.«
»Darum geht's doch gerade!«, rief Paula. »Hallo? Spielen Schauspieler etwa sich selbst?«
»Die meisten schon«, murmelte Ariane. Sie war genervt von dieser nicht enden wollenden Diskussion. Sollte Paula fürs Vorsprechen an der Schauspielschule doch die Rolle nehmen, die sie für die beste hielt. War schließlich ihre Entscheidung.
»Eben«, stimmte Carsten Ariane zu. »Danke, Süße! Genau so ist das: Schauspieler können nicht komplett in jede Rolle schlüpfen. Es blitzt immer etwas von ihrem echten Ich durch. Und ich verstehe einfach nicht« – jetzt drehte er sich wieder zu Paula um –, »warum du es dir beim Vorsprechen extra schwer machen willst. Du bist ein Kumpeltyp, Paula. Du bist lieb und witzig und voller Energie. Menschen vertrauen dir ihre Geheimnisse, ihre Kinder und ihren Wohnungsschlüssel an. Du bist eine Blumengießerin, Paula. Keine, die den Schlüssel ihrer Nachbarn nutzt, um deren Schränke auszuräumen und ihre Schätze dann bei Ebay zu verkaufen. Du kaufst

wahrscheinlich sogar noch solche blöden Dünger-Stäbchen für deren Topfpflanzen. Auf eigene Kosten. Du bist so gut, Paula! So herzensschnuckelputzelgut! Das ist deine natürliche Aura. Spiel doch um Himmels willen solche Typen. Damit haust du die Prüfer garantiert vom Hocker! Spiel doch einfach die Adela aus *Bernada Albas Haus*. Warum willst du unbedingt eine alte, fiese Frau spielen?«

»Weil ich die tagtäglich bei der Arbeit sehe. Weil die mich faszinieren. Weil ich die studiert habe. Und weil ich glaube, dass sich die Prüfer freuen, wenn sich eine Schauspielerin mal etwas traut. Wenn sie nicht alle als die Blanche aus *Endstation Sehnsucht* über die Bühne wimmern.«

Carsten verdrehte die Augen und warf in einer ausladenden Geste die Arme in die Luft. »Ich geb's auf«, quiekte er.

»Du willst doch auch nicht immer nur maulende Tunten spielen, Carsten«, sagte Paula.

»He!«, protestierte er. »Pfui, Mädchen! Pfui!«

»Was für ein wunderbarer gemeiner Satz«, sagte Ariane. »Ein echter Claire-Zachanassian-Satz. Können wir jetzt bitte mit den Proben weitermachen?«

»Hol Toby, Loby, Roby und Koby«, quäkte Paula in brüchiger Altfrauenstimme, ließ ihr Kreuz einknicken und kniff den Mund so zusammen, dass an den Winkeln kleine Fältchen entstanden. »Meine Diener sollen die Bühne präparieren. Die ganze Stadt soll mich sehen.« Ihre Stimme klang wie Schwefel.

Ariane lachte. »Solche Frauen musst du pflegen?«

»Du hast ja keine Ahnung«, antwortete Paula, jetzt wieder mit normaler Stimme.

»Ich bin überhaupt nicht tuntig!«, rief Carsten dazwischen. »Ich könnte einen Mafia-Killer spielen, wenn ich wollte.«
»Ja. Undercover im türkischen Bad«, sagte Paula.
»Biester!«, rief Carsten und schraubte seine Stimme in solch theatralische Höhen, dass die Parodie nun deutlich erkennbar war. »Ich könnte sie alle erschießen, die bösen Buben. Und ich bräuchte nicht einmal eine Pistole.«
»Kinder, nun werdet doch mal erwachsen«, schaltete sich Ariane ein. »Die Prüfung ist in nicht einmal zwei Monaten. Und wir sind alle drei noch nicht mal ansatzweise fit dafür!«

Sie probten bis zwei Uhr morgens. Bis Arianes Nachbarn an die Wand klopften. Paula und ihre Freunde umarmten sich zum Abschied, versicherten einander noch einmal, dass sie alle die Prüfung schaffen würden, dass sie alle es einfach draufhätten, dass die Schauspielerei ihre Berufung sei.
Als Paula nach Hause kam, war sie völlig überdreht. An Schlaf war vorerst nicht zu denken. Paula schaltete den CD-Player ein. Sie hatte einen Faible für Salsa, mochte die Energie, die in dieser Musik steckte.
Paula hatte sich ein Glas Rotwein eingeschenkt und bewegte im Sitzen den Oberkörper zur Musik. Wie machten es die Frauen bei lateinamerikanischen Tänzen, dass sie so dominant und sinnlich zugleich wirkten, so feurig und feminin in wunderbarer Eintracht?
Zwei Gläser Wein später ließ sich Paula ins Bett fallen. Sie schlief sofort ein.
Am nächsten Morgen wurde sie von Stimmen aus dem

Treppenhaus geweckt. Irgendwelche Leute stiefelten die Stufen hinab und unterhielten sich dabei in unangebracht großer Lautstärke. Paula drehte sich knurrend auf die andere Seite, versuchte noch einmal wegzudösen, als ihr müder Blick auf den Wecker fiel. Verdammt! Sie hatte vergessen, den Wecker zu stellen! Sie hatte verschlafen! Hastig sprang sie aus dem Bett, warf sich nur ein paar Klamotten über und hetzte zu ihrem ersten Klienten. Im Auto steckte sie sich drei *Fisherman's Friends* in den Mund. Das war nicht so gut wie Zähneputzen, aber besser als nichts.

Der alte Herr Ludewig hatte Alzheimer. Der merkte nicht, dass sie zu spät war. Er merkte nicht, dass sie ihn diesmal tatsächlich so zügig abfertigte, wie es der Dienstplan und die Pflegeverordnung vorsahen. Als Paulas Handy klingelte und ihre Chefin sie wütend fragte, warum sie noch nicht bei der inkontinenten Frau Zeitler am Eppendorfer Weg angekommen sei, dachte der alte Herr Ludewig, das gruselige Geheul, das Paula aus einer albernen Laune heraus als Klingelton eingestellt hatte, sei eine Sirene. Es dauerte fast eine Viertelstunde, bis Paula den verwirrten und wimmernden Greis davon überzeugt hatte, dass sie nicht mit ihm in den Luftschutzbunker müsse.

Als sie bei Frau Zeitler eintraf, hatte ihre Chefin sie bereits ermahnt, dass sich ihre nächsten beiden Patienten schon nach ihr erkundigt hätten. Paula hing gnadenlos im Zeitplan zurück. Das Dilemma ließ sich erst lösen, als eine Kollegin ihr kurzfristig – und natürlich nicht, ohne zu protestieren – drei Patienten abnahm und Paula von ihrem 13-Uhr-Termin, den sie in Wahrheit erst kurz vor 15 Uhr beendet hatte, direkt zum 15.15-Uhr-Termin flitzen konnte.

Um 17.40 Uhr – vierzig Minuten später als gefordert – saß sie im Büro ihrer Chefin. Sie erhielt eine offizielle Abmahnung.

Zwei Monate noch. Zwei Monate musste sie noch durchhalten. Dann würde ihr Dürrenmatts alte Dame die Tür zu ihrer wirklichen Berufung öffnen.

Kapitel 12

Piet duldete keinen Widerspruch. »Wir haben jetzt vier Wochen pausiert. Das war auch völlig okay. Aber jetzt ist es gut. Du kannst dich doch nicht ewig einigeln.«
»Ein Spieleabend ist so ziemlich das Letzte, wonach mir momentan der Sinn steht«, antwortete Markus.
»Dann spielen wir eben nicht. Dann reden wir nur«, schlug Piet vor.
»Wirklich. Ich …«, Markus seufzte. »Ich muss mich noch sammeln.«
»Du warst seit einer Woche nicht mehr bei der Arbeit«, sagte Piet. »Ich habe neulich Ayse im *Maybach* getroffen. Sie sagt, du hast dich regelecht im Haus verkrochen. So geht das nicht weiter, Markus. Wir sind deine Freunde. Wir lassen dich nicht in die Twilight Zone abrutschen.«
Markus antwortete nicht. Piet meinte es wirklich nur gut. Er und seine Susann waren seit fast fünf Jahren mit ihm befreundet. Und ihre wöchentlichen Spieleabende, an denen neben Piet, Susann, Markus und … Babette … auch noch Ines und Ralf teilnahmen, waren immer eine nette Tradition gewesen. Und ein großer Spaß. Aber jetzt? In dieser Situation? Und ohne Babette?
»Markus?« Piets Stimme drang durch den Hörer und wie durch einen Nebel zu ihm. »Markus? Bist du noch dran?«

»Piet, echt, das ist keine gute Idee. Ich würde euch völlig die Laune versauen.«
»Unsinn! Außerdem bist du ja nicht unser Pausenclown. Ob gut drauf oder schlecht – wir wollen dich morgen hier sehen. Und weil ich keinen Widerspruch mehr hören will, lege ich jetzt auf. Morgen, Markus. Um acht. Wir freuen uns auf dich.«
Klick.
Markus seufzte noch einmal und drückte die rote Off-Taste seines schnurlosen Telefons. Er legte es vor sich auf den Tisch. Dazu musste er den Pizzakarton ein Stück zur Seite schieben. Der Karton stieß gegen die Alu-Schale, in der sich noch die Reste der Spaghetti Carbonara befanden, woraufhin die über den Rand kippte und mit einem Platsch unten aufschlug. Sahne-Speck-Pampe spritzte über den Holzfußboden. »Scheiße!«, schrie Markus. Er schlug mit der flachen Hand auf den Tisch. »Scheiße!«
Dann zwang er sich zur Ruhe, atmete tief aus, rieb sich mit der Hand über das Gesicht und lehnte sich auf dem Sofa zurück.
Er würde es wegwischen, bevor Kim aus der Schule kam. Überhaupt würde er ein wenig Ordnung schaffen.
Als Kim zwei Stunden später die Tür aufschloss und ins Wohnzimmer schaute, schlief ihr Vater. Er hatte sich auf dem Sofa zusammengerollt. Es war dunkel im Raum und es muffelte.
Kim ging zum Fenster und zog die Gardinen zurück. Sie öffnete das Fenster weit. Als wolle die Welt draußen ihre neu zugeschalteten Beobachter begrüßen, hupte in diesem Moment ein Lastwagen laut und dröhnend. Markus knurrte und schlug die Augen auf. Er sah Kims missbilligenden Blick.

»Hey«, sagte Markus und richtete sich auf. »Ich hab eine Idee. Wollen wir zu dem Chinesen gehen, da, wo Mama und wir immer …«
Kim schüttelte den Kopf. »Ich hab keinen Hunger«, sagte sie.
»Oder wir setzen uns einfach auf den Balkon und…«
»Nein danke«, unterbrach seine Tochter ihn. »Ich muss noch Hausaufgaben machen.«
»Oh, okay«, murmelte Markus und sah zu Boden.
Kim begann, den zugemüllten Tisch abzuräumen.
»Sie fehlt mir so sehr«, sagte Markus und bereute es noch im selben Moment. Er war doch der Vater, er musste der Starke sein. *Er* musste *Kim* trösten, nicht umgekehrt. Andererseits: Brauchte Kim überhaupt Trost? Markus wusste es nicht. Er hatte nicht die geringste Ahnung, was in seiner Tochter vorging, wie sehr sie ihre Mutter vermisste, wie groß ihr Schmerz war.
»Ich erledige das schon«, sagte Markus und nahm Kim den Pizzakarton und eine leere Flasche aus der Hand. »Mach du mal deine Hausaufgaben.«

Kapitel 13

Elsbeth war am Dienstag gestorben. Der denkbar schönste Tod: Sie hatte sich mühsam aus dem Bett erhoben und zur Toilette schlurfen wollen. Es war eine Weltreise für die gute alte Elsbeth. Der Weg dorthin kam ihr vermutlich vor wie die Besteigung des Mount Everest. Sie hatte ihre Windel um. Sie hätte den Weg also gar nicht wagen müssen. War wohl eine Frage des Stolzes. Auf halber Strecke zum Bad war sie dann umgekippt. Hirnschlag. Einfach so. Keine Minute hat es gedauert, ehe Elsbeth nicht mehr war.
Am Donnerstag kam dann der alte Ludewig ins Heim. Er war schon zum dritten Mal irgendwo in der Stadt aufgefunden worden, völlig orientierungslos. Das war das Signal für die Sozialbehörde, eine Einweisung vorzunehmen.
Der alte Ludewig hatte es gern gehabt, wenn man ihm den Nacken streichelte und das Kinderlied vom Fuchs und der Gans vorsang. Dann hatte er die Augen geschlossen und war wieder zum kleinen Jungen geworden. Gelächelt hatte er dabei, der alte Ludewig. Ganz unschuldig. Im Heim würde keiner für ihn singen. Er würde einen mehr oder weniger effektiven Tabletten-Mix bekommen, dreimal täglich, und schon bald würde er noch weniger wissen als vorher, ob er Kind war oder Greis,

Fuchs oder Gans. Sie würden ihn abschalten, den alten Ludewig.
Paula hatte sich geschworen, sich zu töten, wenn sie merkte, dass sie Alzheimer bekam. Diese Krankheit kündigte sich schließlich an. Da hatte man Zeit, einen würdigen Abgang hinzubekommen. Paula wollte nicht, dass man sie als verwirrte, pflegebedürftige, buchstäblich erbärmliche Person in Erinnerung behielt. Sie wollte in den Köpfen der Leute als das muntere Wesen weiterleben, das sie eigentlich war.
Manchmal allerdings, in den selbstquälerischen Momenten des Tages, fragte sie sich, wer sich überhaupt an sie erinnern sollte. Sie hatte so ihre Zweifel, ob sie je einen Mann haben würde. Die Spezies Kerl war nicht ganz korrekt konstruiert. Sie war in entscheidenden Punkten inkompatibel zu ihr. Und Kinder bekäme sie ganz sicher nicht. Dafür war sie erst recht nicht geeignet. Paula war jetzt 29 Jahre alt. Sie hatte theoretisch noch eine Menge Zeit, ihre Meinung zu ändern. Doch das hielt sie für extrem unwahrscheinlich.

Es prangten nun zwei große Lücken in Paulas Terminkalender. Angesichts der Tatsache, dass sie ein gravierendes Problem damit hatte, Kurztermine in angemessenen Abständen abzuarbeiten, hatte ihre Chefin diesen Umstand zu einer kurzfristigen Maßnahme genutzt: Sie hatte Paula noch zwei weitere Stammpatienten abgenommen, von denen sie sich nicht einmal verabschieden durfte, und ihr stattdessen einen Intensivklienten aufgedrückt. Intensivklienten waren Kranke, deren Zustand so beeinträchtigt war, dass sie zwei- bis dreimal täglich aufgesucht werden mussten.

Die meisten Pflegerinnen mochten die Intensiven nicht, da man sie emotional nicht so leicht wegstecken konnte. Wenn man drei, vielleicht sogar vier Stunden am Tag denselben Menschen versorgte, war es nahezu unmöglich, an dessen Schicksal keinen Anteil zu nehmen. Paula verstand, dass viele ihrer Kolleginnen nach Feierabend zu Hause, bei ihren Männern oder Familien, schnellstmöglich alles vergessen wollten, was sie während ihres Dienstes mit ansehen mussten. Doch Paula war anders. Sie konnte viel Halt geben, ohne dabei selbst ins Taumeln zu geraten. Sie liebte die Menschen, sie verstand sie, sie fand zumeist die richtigen Worte und Gesten. Und doch ließ Paula die Patienten niemals durch die innerste ihrer emotionalen Schutzschichten dringen. Die war aus Stahl. Die war aus Titan. Die war ihr heilig. Was hinter dieser Schutzschicht lag, gehörte nur ihr. Ihr ganz allein. Da hatte niemand etwas zu suchen.

Paula musterte die zwei DIN-A4-Zettel, die die nötigsten Daten über die Intensive enthielten. Es war eine Frau, 72 Jahre. Gerlinde Lindner hieß sie. Hatte gerade eine Darmkrebs-OP hinter sich und musste nun zu Hause betreut werden. Dreimal pro Tag. Morgens, mittags, später Nachmittag. Wenn nachts etwas Unerwartetes mit ihnen passierte, waren auch die Intensiven in den Hintern gekniffen.

»Hallo, Gerlinde. Ich bin Paula. Vom Pflegedienst.«
Paula stand im Türrahmen der Wohnung und reichte der Frau, die sich gekrümmt an dem kleinen Telefontischchen festhielt, einen stützenden Arm.
»Ich bin Frau Lindner«, sagte die Patientin mit leiser, brüchiger Stimme und verlagerte einen beträchtlichen

Teil ihres Körpergewichts auf Paula, die sie nun festhielt.

»Wenn ich irgendwann völlig gaga bin«, ächzte sie und sah Paula mit scharfem Blick an, »wenn ich mein eigenes Spiegelbild nicht mehr erkenne, wenn ich mir in die Hose pinkle und sabbere, ohne mir danach den Rotz vom Kinn zu wischen, dann darfst du mich einfach ungefragt bei meinem Vornamen nennen. Aber ansonsten wartest du gefälligst, bis ich es dir anbiete, Mädchen!«

Während die alte kranke Frau mühsam und stockend diesen Monolog herausgekeucht hatte, hatte Paula sie in kleinen Schritten bis ins Wohnzimmer begleitet, wo ihre Patientin sich dann mühsam auf das Sofa sinken ließ. Paula half ihr, die Füße hochzulegen, und deckte sie mit einer Wolldecke zu.

»Entschuldigen Sie, Frau Lindner. Ich habe es nicht respektlos gemeint«, sagte Paula. »Also, wie geht es Ihnen?«

»Ich hab Krebs in den Gedärmen«, antwortete Gerlinde. »Raten Sie mal, wie es mir geht.«

»In den letzten Jahren wurden erhebliche Fortschritte in der Krebsbehandlung gemacht«, sagte Paula. »Da ist inzwischen ganz viel möglich.«

»Das sagt mein Arzt auch«, brummte Gerlinde und justierte unter leichtem Stöhnen ihre Liegeposition. »Alles eine Frage der Einstellung, sagt er.«

»Das stimmt«, pflichtete Paula ihr bei.

»Ich hab's nicht so mit diesem Geist-und-Willen-Firlefanz«, knurrte Gerlinde. »Ich glaube an Medikamente und Operationen. Von mir aus könnten sie mir einen Staubsauger da hinten reinschieben und den verdammten Krebs raussaugen.«

Paula nickte und zwang sich, sich Gerlindes Vorschlag nicht allzu bildlich vorzustellen.

»Morgen beginnt meine zweite Runde Chemotherapie. Das mit den Haaren ist mir egal. Will ja keine Männer mehr becircen. Aber sie sagen, es wird eine heftigere Dosierung als beim ersten Mal. Mir wird es sehr schlecht gehen. Und ich bin diesmal zu Hause, nicht im Krankenhaus«, fuhr Gerlinde fort. Obgleich es ihr sichtlich schwerfiel, die Worte herauszupressen, redete sie immer weiter. Es war ihr offenbar ein Bedürfnis, zu sprechen. Es hatte ihr wohl schon lange niemand mehr zugehört.

»So eine Chemo ist unangenehm, das stimmt«, sagte Paula. »Doch die Heilungschancen sind groß. Haben Sie Verwandte, die Sie bei der Behandlung unterstützen?«

»Mein Sohn ...«, Gerlinde zögerte, »... hat so viel eigene Sorgen. Der muss sich erst mal um sich selbst kümmern.«

Paula verzog das Gesicht. Noch so ein egomaner Mistkerl! Bevor sie diesen Job angenommen hatte, hatte sich Paula nicht vorstellen können, wie viele Männer und auch Frauen ihre Eltern einfach dahinsiechen ließen. Sich nicht kümmerten. Keinen Anteil nahmen. Sie waren ihnen lästig, die Alten. Und fast immer nahmen diese sie in Schutz.

»Er ist arm dran, mein Sohn«, seufzt Gerlinde. »Ganz arm dran.«

Paula kniff den Mund zusammen. »Okay«, sagte sie dann. »Am besten machen wir erst einmal einen Plan. Sie sagen mir, was zu tun ist. Was Sie noch selbst können und was nicht. All so was.«

»Wenn du versuchst, mich zu waschen, schreie ich«, sagte Gerlinde. »Ich bin kein Baby.«

»Nee, Sie scheinen eher in der Trotzphase zu sein«, antwortete Paula grinsend.
Gerlinde lachte laut auf. Dann hob sie mühsam den Arm und streckte ihrer neuen Pflegerin die Hand hin.
»Nenn mich Gerlinde, Mädchen«, sagte sie.

Kapitel 14

Markus hatte geduscht. Es hatte ihn aufrichtig schockiert, wie nachdrücklich er sich dazu zwingen musste, ins Bad zu gehen, sich auszuziehen, in die Wanne zu steigen und dann nicht einfach nur dazustehen, nackt und leicht zitternd, sondern den Wasserhahn aufzudrehen, sich einzuseifen, Shampoo in sein Haar zu massieren, den Schaum wieder auszuspülen, sich abzutrocknen und als Krönung dieses mühsamen, spektakulären Vorgangs auch noch eine frische Unterhose anzuziehen, dazu ein neues T-Shirt und Socken, eine gewaschene Jeans. Markus hatte das Gefühl, einen Marathonlauf bewältigt zu haben, als er schließlich im Flur stand. Restauriert und präsentabel stand er da – aber auch erschöpft. Markus sah in den Spiegel.
»Loser«, sagte er.
»Reiß dich zusammen«, sagte er.
»Arschloch«, sagte er.
Er übte ein Lächeln. Es sah aus, wie das verlogene Grinsen von Politikern, die sich bei irgendwelchen Tagungen auf Gruppenfotos zusammenstellten und vergeblich versuchten, wie jemand auszusehen, den man mögen sollte.
»Loser«, sagte Markus noch einmal zu seinem Spiegelbild. Doch das grinste nur entfernt menschenähnlich zurück.

Eine Stunde später stand er bei Piet und Susann vor der Tür. Er räusperte sich und klingelte. Piet öffnete.
»Hey, Alter«, sagte sein Freund und umarmte ihn. Es war eine aufrichtige und herzliche Umarmung, das spürte Markus. Und er war dankbar dafür. Die Tüte, die Markus in der Hand hielt, schlug leicht gegen Piets Rücken. Sie enthielt eine Flasche Rotwein sowie drei Aluschalen mit kaltem Fingerfood. Das hatte er am Vormittag bei Norbert bestellt und auf dem Weg zum Spieleabend schnell in der Firma abgeholt.
Jetzt erschien auch Susann im Flur. Sie umarmte Markus ebenfalls. Und auch ihre Umarmung kam von Herzen.
»Die anderen sind schon da«, sagte sie und ging in Richtung Wohnzimmer. Markus folgte ihr.
»Hey«, sagte Markus, als er ins Zimmer trat. Ines und Ralf standen auf und begrüßten ihn. Wieder Umarmungen. Diesmal aber unsicher, verlegen. Die beiden kannten ihn längst nicht so gut wie Piet und Susann. Sie waren keine Freunde, nur Bekannte. Trivial Pursuiter eben. Ralfs Schulter war angespannt und hart wie Beton. Markus wusste, dass sich viele Leute schon deshalb wünschten, er wäre kein Witwer geworden, damit sie sich keine Gedanken darüber machen mussten, wie sie ihn zu behandeln hätten. Sollten sie so tun, als ob nichts wäre? Oder mussten sie sich mitleidig nach seinem Befinden erkundigen? Zuhören, nicken, Mut zusprechen, trösten? Oder einfach selbst losflennen, damit er wusste, dass er nicht allein war? Fast alle taten es wie Ralf: Sie spannten sich einfach an, guckten ratlos und haarscharf an ihm vorbei.
Erst jetzt bemerkte Markus, dass sich noch jemand im Raum befand. Hinten, am Bücherregal, stand eine Frau, die er noch nie gesehen hatte. Eine schlanke, rothaarige

Enddreißigerin mit blasser Gesichtsfarbe und ein paar aparten Sommersprossen. Sie trug eine glänzend schwarze, enge Lederhose, die ihre tadellos geformten Beine bestens zur Geltung brachte. Markus hatte seit Jahren keinen Menschen mehr in Lederhosen gesehen. Waren die jetzt wieder modern? Oder war die Frau eine Nostalgikerin? Überhaupt: Wer war sie?
»Hallo, ich bin Margarete«, sagte die Frau, die nun auf ihn zutrat und dabei ihre Hand ausstreckte. Er schüttelte sie.
»Markus«, stellte er sich vor.
»Margarete ist eine Freundin von uns«, erklärte Susann. »Aus Marburg. Sie ist ein paar Tage zu Besuch.«
»Margarete aus Marburg«, sagte Markus und sah sie an. »Isst du auch gern Margarine?«
Susann und Margarete lächelten höflich.
»Und hältst dich nicht mit Marginalien auf?«, führte Markus seinen missglückten Witz fort.
Die anderen sahen ihn nur an. Verkrampft lächelnd, peinlich berührt.
Was, zum Teufel, machte er da? *Halt's Maul, Markus!*
Markus zuckte verlegen mit den Schultern. Für eine Weile standen sie alle stumm da, grinsten in starrer Ratlosigkeit. »Ein Bier?« Piet lächelte Markus an.
»Habt ihr vielleicht einen Tee?«, sagte der.
»Äh ... ja, klar«, antwortete Piet. »Rooibos?«
»Gern«, sagte Markus.
Warum hatte er das gesagt? Er wollte gar keinen Tee. Er wollte nur nicht Bier trinken. Bier war zu gemütlich. Bier war Spaß. Spaß war böse. Tee war brav. Tee war passend.
Piet war bereits in die Küche verschwunden.
»Also, Margarete aus Marburg, was machst du hier in Hamburg? Einfach nur Urlaub?«, fragte Markus.

»Ich habe hier einen Workshop«, antwortete sie.
»Was für einen Workshop denn?«
Markus sah aus dem Augenwinkel, dass Susann Margarete einen mahnenden Blick zuwarf.
»Hypnose«, sagte sie.
Markus lachte. »Bist du Zauberkünstlerin?«
»Ich bin Ärztin«, sagte sie.
»Oh«, sagte Markus.
Susann atmete tief aus. Und Markus begriff.
»Psychiaterin?«, fragte er.
Margarete nickte.
»Aber das sollte ich nicht wissen«, vermutete Markus.
»Piet und Susann hatten Angst, dass du dann sofort wieder gehen würdest«, gestand Margarete.
»Bitte sag, dass du wenigstens wirklich aus Marburg bist«, sagte Markus.
»Zumindest bin ich da geboren.« Margarete lächelte schief.
»Sollst du prüfen, ob ich demnächst Amok laufe oder mir die Pulsadern aufschneide?«
»Hast du das denn vor?«, fragte Margarete.
Markus schüttelte ungläubig den Kopf. Ines und Ralf wünschten sich sichtlich, Hunderte von Kilometern entfernt zu sein. Beide blickten betreten zu Boden.
»Wir machen uns Sorgen«, begann Susann schließlich einen Erklärungsversuch.
»Wir sind doch deine Freunde …«, ergänzte Piet, der zwischenzeitlich zurückgekehrt war, eine Tasse dampfenden Tee in der Hand. »Ayse hat gesagt, du bist völlig im Arsch.«
»Meine Frau ist tot!«, platzte es nun aus Markus heraus. Seine Stimme überschlug sich, als er schrie: »Natürlich bin ich im Arsch! Wo soll ich denn sonst sein?«

»Möchtest du dich nicht setzen?«, schlug Margarete vor und wies in Richtung Tisch.
»Ihr seid doch nicht ganz dicht!«, schrie Markus. »Auf solche Freunde scheiß ich doch!«
Er drehte sich um und stürmte in den Flur. Riss die Tür auf und rannte ins Treppenhaus.
»Markus!«, hörte er Susann und Piet ihm gleichzeitig hinterherrufen, als er die Stufen nach unten stürmte.
»Markus!«

Er rannte alle drei Stockwerke hinunter und hielt auch vor dem Haus noch nicht an. Er lief die Straße entlang, hörte entfernt noch Susann aus dem Fenster rufen, lief einfach weiter, bis er endlich, fünf Minuten später, an einer Kreuzung innehielt. Er atmete tief aus. Scheiße, noch mal! Warum taten sie das? Warum ließen sie ihn nicht einfach in Ruhe? Es war sein Recht, traurig zu sein. Es war sein verdammtes Recht!
Langsamen Schrittes ging Markus weiter. Sein Kopf pochte. Sein Herz raste. Eine unbändige Wut hatte ihn erfasst. Er spürte, dass er beim Gehen fester auftrat, als es nötig war. So, als wolle er Spuren auf den Gehwegplatten hinterlassen.
Erst jetzt bemerkte er, dass er immer noch die Tüte in der Hand hielt. Die Tüte mit dem Rotwein und dem Fingerfood. Sie schlug beim Gehen resolut gegen sein Bein. Markus blieb nicht stehen, als er die Rotweinflasche aus der Tüte zog. Er besaß eine Catering-Firma und kannte deshalb mindestens sechs verschiedene Methoden, eine Weinflasche notfalls auch ohne Korkenzieher zu öffnen. Er konnte auch mit den Zähnen Kronkorken von Bierflaschen hebeln. Da es auf goldenen Hochzeiten und

Konfirmationen allerdings nicht besonders gut ankam, wenn der Mann am Getränkebuffet Korken mit dem Daumen in den Flaschenhals presste, gehörten ein Korkenzieher, ein Flaschenöffner, ein kleines, scharfes Messer und ein spitzes, präzise geschwungenes Stück Hartmetall, mit dem man Dosen öffnen konnte, zu seiner Grundausstattung. Die kleinen unerlässlichen Helfer seiner Profession hingen an einem Schlüsselring, und er trug sie aus Gewohnheit stets in der Jackentasche.

Doch das hier war keine Goldene Hochzeit. Und es war auch keine Konfirmation. Deshalb zog Markus mit einer schnellen, routinierten Bewegung die Metallfolie vom Hals der Weinflasche und ließ den Korken mit einem kräftigen und präzise angewinkelten Druck in der Flasche verschwinden. Er hob sie an den Mund und nahm einen großen Schluck. Und bei alldem setzte er nicht mit einem einzigen Schritt aus.

Er ging.

Er trank.

Den letzten Schluck nahm Markus zwanzig Minuten später am Anfang der Reeperbahn. Er hatte sich an einer Bushaltestelle auf eine Bank gesetzt und dort den Rest des Weins in sich hineingekippt. Er bückte sich und stellte die Flasche auf den Boden. Als er sich wieder aufrichtete, war ihm schwindelig. Das Pochen in seinen Schläfen war einem gleichmäßigen Brummen gewichen.

Er wollte nur noch nach Hause.

Eine Gruppe von rund zwanzig Touristen schwirrte um ihn herum. Ältere Herrschaften zumeist, einige aber auch in seinem Alter. Sie waren offenbar aus dem Schwäbischen. Geschnatter, Gelächter. Immer wieder blickten die alten Herren verstohlen in Richtung Sodom und

Gomorrah. Dorthin, wo die Sexshops waren, die Stripclubs und die Puffs. Dorthin, wo sich junge käufliche Frauen manchmal aus der Fleischbeschau-Reihe am Straßenrand lösten, sich einfach bei einem vorbeigehenden Mann einhakten, ihm an den Hintern fassten, ihn förmlich mit sich zogen. Ins Land der Körperflüssigkeiten.

Markus war mal in Stuttgart gewesen. Der Red Light District dort bestand aus ungefähr zehn Gebäuden und besaß gerade mal die Verruchtheit einer nicht ordentlich gefegten Schrebergartenkolonie. Kein Wunder, dass die alten Schwaben hier einfach nicht weggucken konnten.

Ein Paar in der Reisegruppe fiel Markus besonders ins trübe Auge. Sie waren beide etwa 70 Jahre alt. Er schaute zur Reeperbahn hinüber, sie völlig entgegengesetzt zum Denkmal von Reichskanzler Bismarck. Dabei hielten sie Händchen. Sein Daumen streichelte sanft ihren Handrücken. Markus stiegen Tränen in die Augen. Er hätte Babettes Hand gehalten, wenn sie alt geworden wären. Er hätte nicht mal zu den Nutten hinübergeschaut. Er hätte nur sie angesehen, seine Frau. Seine geliebte Frau. Unablässig hätte er sie angeschaut!

Der Bus kam. Markus erhob sich, um einzusteigen, und geriet mitten in den Pulk der Reisegruppe. Mindestens dreimal hörte er »Ha noi«, während sich die Masse zur Einstiegstür des Busses drängelte. »Ha noi«, die schwäbische Dialekt-Version des hamburgischen »Och, nee«. Aber Markus fragte sich tatsächlich kurz, warum diese Menschen sich berufen fühlten, gleich mehrfach die Hauptstadt Vietnams zu erwähnen.

Eine Minute Gedrängel und Geschiebe später saß Markus auf einem Platz im hinteren Teil des Busses. Er schloss die Augen. Alles drehte sich. Alles schaukelte.

»Alle an Bord?«, hörte er eine Stimme.
Markus wunderte sich kurz, seit wann die Fahrer des öffentlichen Nahverkehrs so fürsorgliche Ansprache an ihre Fahrgäste hielten. Dann konzentrierte er sich wieder darauf, mit seiner Atmung den Schwindel im Kopf in Schach zu halten.
Er spürte, dass er wegsackte.

Für ein paar Minuten döste er. Wie durch einen Nebel hörte er eine Stimme. Sie faselte von der Hauptkirche St. Michaelis. Dann verschwand sie wieder, und es war nur noch dieses Brummen in seinem Kopf. Dann tauchte die Stimme wieder auf. Sie erwähnte den Rödingsmarkt. Wieso redete der Busfahrer vom Rödingsmarkt? Markus dämmerte, dass er etwas falsch gemacht hatte. In dem Brei seiner Gedanken kristallisierte sich die Erkenntnis heraus, dass er in einen falschen Bus gestiegen war. Langsam öffnete er die Augen. Alles schaukelte. Er fixierte den Blick und erkannte nun, dass vorn im Gang ein Mann stand, mit einem Mikrofon in der Hand. Jetzt sprach der Typ von der Ludwig-Erhard-Straße, die früher einmal Ost-West-Straße hieß und eine der wichtigsten Verkehrsadern der Stadt darstellte. Markus seufzte. Er befand sich in einer Stadtrundfahrt. Er war im Pulk einer Reisegruppe einfach durchgerutscht.
Markus blickte sich um. Der Platz neben ihm war leer. Doch jetzt bemerkte er, dass auf der anderen Seite des Ganges das händchenhaltende Paar saß und ihn neugierig musterte. Er war ganz offensichtlich ein Fremdkörper. Markus war die Sache ein bisschen peinlich. Er räusperte sich und lächelte das Paar schief an. Die beiden lächelten zurück.

Irgendetwas schnürte an seinem Handgelenk. Markus sah hin und bemerkte die Plastiktüte, die an ihm hinunterbaumelte. Er zog sie hoch, fischte eine der Aluschalen heraus und öffnete sie. Teriyaki-Hühnerspießchen. Kurzentschlossen hielt er dem Paar die Schale hin.
»Huhn«, sagte er.
»Oh, danke.« Die Dame lächelte und nahm sich einen der Sticks. Sie biss ein Stückchen ab. »Ui, das ist ja lecker! Kurt, probier auch mal. Das ist ganz ungewöhnlich mariniert.«
Händchenhalte-Kurt zögerte, doch dann griff auch er in die Schale, die Markus ihm hinhielt. Er nahm sich gleich zwei Spießchen. Wenn schon, denn schon.
Auch Markus knabberte nun ein aufgespießtes Hühnchen. Er schaute aus dem Fenster.
»Zu ihrer Rechten sehen Sie die Hamburger Kunsthalle, die bedeutendste Gemäldesammlung der Stadt. Regelmäßig finden hier auch Sonderausstellungen ...«, leierte der Mann mit dem Mikrofon herunter.
Markus musste lachen.
»Was ist?«, fragte die Frau.
»Ich war mal mit meiner Frau in der Kunsthalle, das ist schon« – Markus rechnete –, »das ist mindestens zehn Jahre her. Eine Ausstellung surrealer Skulpturen und Installationen.«
Markus schaute auf. Das Paar blickte ihn interessiert an. Was tat er da? Was quatschte er wildfremde Leute mit seinen Erinnerungen voll? War das nicht irre? Oder bedürftig? Oder erbärmlich? Egal: Es tat gut!
»Also, da war so ein Kunstwerk«, fuhr er fort. »Es bestand nur aus Stäben, die alle aneinanderlehnten, so ganz verzwurbelt, und oben hing Stoff drüber, und da baumelten

auch noch so kleine Lämpchen dran. Also, das sah aus, als ob ein paar Vorschüler aus dem Müll aus Papas Garage ein Indianerzelt gebaut hätten …«

Markus musste lächeln, als er sich an das obskure Gebilde erinnerte. Das Pärchen musterte ihn. Und auch in der Reihe davor hatte man ihn nun bemerkt. Eine andere Frau drehte sich zu Markus um. Er hielt ihr lächelnd die Hühnchen-Schale hin. »Ich bin Vegetarierin«, sagte sie und schüttelte den Kopf.

Markus erzählte weiter. Seine Stimme war kratzig. Aber nur ein bisschen. Er beförderte, während er sprach, eine weitere Schale aus der Tüte.

»Also, Babette und ich standen vor dieser Skulptur und alberten herum. Babette ist … sie *war* nie jemand, der Dinge einfach akzeptierte. Nur weil es im Museum stand, war es für sie nicht zwangsläufig Kunst.«

Markus zog den Deckel der zweiten Schale ab. Datteln mit Walnußfüllung. Er reichte die Schale der vegetarischen Frau, die sie lächelnd entgegennahm.

»Wir lachten über die alberne Skulptur. Ein paar Leute guckten schon zu uns herüber. Mir war das ein wenig peinlich, ehrlich gesagt. Aber Babette schämte sich nicht. Sie schämte sich nie. Für nichts. ›Was ist denn daran surrealistisch?‹, fragte sie. ›Ist das von Salvadore Winnetou?‹ Die anderen Besucher guckten nun alle zu uns herüber. Und dann kam auch einer der Aufseher aus dem anderen Raum. Ich falle nicht gern auf, wissen Sie? Also zog ich Babette sanft am Ärmel, damit sie mit mir weitergeht. Ich zog wohl ein bisschen zu doll …«

»Kann ich noch mal die Hühnchenschale haben?«, fragte Kurt.

»Klar«, sagte Markus und reichte sie ihm hinüber. Er hatte

Schwierigkeiten, die Entfernung abzuschätzen. Der Wein hatte sein Sehvermögen beeinträchtigt.

»Die sind lecker, diese Walnüsse!«, sagte nun eine andere Frau, drei Reihen vor Markus. Die Aluschale hatte zwischenzeitlich eine Reise angetreten und wurde von Sitzplatz zu Sitzplatz weitergereicht.

»Warten Sie«, sagte Markus. »Ich hab auch noch Sushi.« Er holte die dritte Schale heraus und reichte sie dem Mann, der inzwischen neugierig über Markus' Rückenlehne schaute.

»Die dahinten haben noch gar nichts«, sagte Markus entschuldigend zu den Passagieren vor ihm.

»Die Kennedy-Brücke ist die wohl bekannteste Brücke Hamburgs. Insgesamt besitzt die Stadt mehr Brücken als Venedig. Zählt man alle zusammen, kommt man auf ...«, nölte es nun wieder aus den Lautsprechern.

»Pst!«, machte eine Frau und warf dem Reiseleiter einen strengen Blick zu. Der hielt mit seinem Vortrag irritiert inne.

»Also ... der Aufseher kam zu Ihnen«, forderte die Händchenhalte-Frau Markus zum Weiterreden auf.

»Ja, genau.« Markus grinste. Er sah alles genau vor sich. Es war ein wunderbares Gefühl, Babette für diese wildfremden Menschen heraufzubeschwören. Die Händchenhalter sollten wissen, dass auch er bis vor kurzem eine Frau gehabt hatte, deren Hand er halten konnte. Alles würde er dafür geben, wenn er diese Hand noch einmal halten könnte. Nur ein einziges Mal. Markus hatte wieder dieses Kratzen im Hals, diesen kehligen Tränenersatz. Er riss sich zusammen und erzählte weiter.

»Ich wollte mir keine Strafpredigt anhören, also zog ich Babette sanft am Ärmel. Weil die sich aber gerade in die

andere Richtung drehte und ich vielleicht nicht ganz so sanft zog, kam sie ins Schwanken.« Er musste lachen. »Sie hatte hochhackige Schuhe an. Ich habe ihr schon oft gesagt, dass es unlogisch ist, mit Stilettos längere Wege zurückzulegen, doch sie hat dann immer geantwortet: ›Wenn ich Logik will, kaufe ich mir ein Mathebuch‹. Das war einer ihrer Lieblingssprüche. Sie schwankte also, stolperte zwei, drei Schritte nach vorn, wollte sich irgendwo festhalten und griff...«
»An das Indianerzelt!«, rief Kurts Frau.
»Ha noi!«, rief eine Frau aus der letzten Reihe. »Hat's gekracht?!«
»O ja«, sagte Markus lachend. »Das ganze blöde Kunstkacke-Tipi brach in sich zusammen. Absolutes Chaos! War ein Riesenaufstand. Stand am nächsten Tag sogar in der Zeitung. Fünf Zeilen nur, aber immerhin. Wir sind angezeigt worden, weil die Museumstypen dachten, Babette hätte das mit Absicht gemacht, wegen der albernen Sprüche vorher und so ... Aber das Verfahren wurde dann eingestellt.«
»Du liebe Güte«, sagte eine Frau.
Markus fühlte sich selig. Es war, als hätte er die Zeit besiegt. Er hatte Babette für einen Moment wieder heraufbeschworen. Wie ein Magier.
»Stell dir das vor, so ein ganzes Kunstwerk – krach!«, sagte eine Frau kichernd. »Wie peinlich!«
»Gibt's noch mehr Datteln?«, rief ein Mann von vorn.
»Darf ich bitte mal Ihre Fahrkarte sehen?«, sagte der grimmig dreinblickende Reiseleiter, der nun plötzlich vor Markus stand.

Kapitel 15

Das *Logo* war ein kleiner Liveclub im Univiertel. Früher, in den Achtzigern, hatten hier große Karrieren begonnen. Joe Jackson gab in diesem engen, stickigen, schuhkastenförmigen Laden einst eines seiner ersten Deutschland-Konzerte. Hape Kerkeling war hier aufgetreten, die *Erste Allgemeine Verunsicherung*, Melissa Etheridge, *Concrete Blonde*, die *Manic Street Preachers*, *Hootie & the Blowfish*, *Die Prinzen*. Inzwischen jedoch gaben sich fast nur noch Amateurbands die Ehre. Sie bezahlten vorab eine festgelegte Miete für den Raum und hofften, diese Investition mit dem Eintrittsgeld wieder hereinzubekommen, während die Club-Betreiber darauf setzten, dass die Bands viele Freunde als Publikum mobilisieren konnten, damit der Getränkeumsatz stimmte. Am liebsten war es den *Logo*-Leuten natürlich, wenn gleich mehrere Bands an einem Abend die Bühne enterten, denn jeder einzelne Musiker schleppte automatisch auch ein paar durstige Kumpel an.

Einer dieser »Kumpel« war an diesem Abend Kim. Zweimal hatte Alex sie auf dem Schulhof noch gefragt, ob sie auch tatsächlich kommen würde. Das war wahnsinnig schmeichelhaft, und jedes Mal hatte Kims Herz gerast wie verrückt. Zugegeben: Alex fragte mehr im Vorbeigehen, er blieb nicht bei ihr stehen und plauderte mit ihr. Seine flüchtige Kontaktaufnahme wirkte fast konspirativ. Keine Zeugen! Niemand durfte wissen, dass er sie auf dem Radar hatte. Alex war Jack Bauer aus der Agentenserie »24« – und Kim war sein heimlicher Kontakt im verpönten Al-Qaida-Netzwerk der Mittelstufe. Aber das war okay. Kim wusste, dass sie nicht cool war. Und selbst wenn sie cool gewesen wäre – sie ging ja erst in die Neunte. Sie war ein Baby. Es wäre ein irreparabler Image-Schaden für Alex, wenn er sie einfach so in seinen inneren Zirkel holte. Kim war schon überglücklich, dass kleine Lichtblitze von Alex' Aura auf sie fielen. Sie musste sich nicht vollständig in seinem Licht sonnen. Noch nicht. Doch insgeheim, logo, hoffte sie. Sie hoffte, dass Alex bei ihr anhalten würde. Für immer.

Zu Hause bei Kim, an der Pinnwand im Flur, hingen Dutzende von abgerissenen Konzertkarten, einige davon schon vergilbt. Ihre Eltern hatten sie dort hingehängt, als Souvenir. Immer, wenn sie abends ausgegangen waren, hatten sie am nächsten Tag einen ihrer beiden Ticket-Schnipsel mit einem Pinn an der Korkplatte befestigt.
Bevor Kim an diesem Abend losging, hatte sie sich die Eintrittskarten noch einmal angeschaut. Sie kannte kaum einen der Namen, die darauf standen. Aber es waren auch zwei *Logo*-Karten dabei. Die eine stammte von einem Konzert einer Gruppe namens *M. walking on the Water*, die andere von einem gewissen Julian Dawson. Kim hätte ihre Mutter gern gefragt, was das für Konzerte gewesen waren. Wie das war, damals. Ob sie mit Papa getanzt hatte im *Logo* oder ob sie nur dagesessen hatten. Ob sie sich betrunken hatten. Ob sie auch mal bekifft gewesen war. Ob sie denselben Musikgeschmack hatten, Papa und sie,

oder ob immer einer von beiden einen Kompromiss eingehen musste.
Ob er bei einem ruhigen Stück ihre Hand genommen hatte.
Ob sie glücklich gewesen war.
Ihren Vater konnte sie das nicht fragen. Der schwankte zwischen Arbeitswut und Apathie, zwischen Manie und Müdigkeit. Manchmal sah sie ihn ganz lange nicht. Dann war er zwar da – aber nicht anwesend. Dann schaute er bloß ins Leere. Das waren die Momente, die Kim wirklich Angst machten. Wenn Papa so aussah, als würde er sich irgendwo anders hinträumen. Kim vermutete, dass er an Babette dachte, wenn er so dasaß. Aber vielleicht träumte er ja auch davon, einfach abzuhauen. Alles zurückzulassen, an einem anderen Ort ganz neu anzufangen. Ein klarer Schritt, ein neues Leben. Kim hatte das Gefühl, es würde ihm nicht besonders schwerfallen, sie hierzulassen. Und das tat weh.
Kim hatte ihren Vater angelogen, hatte gesagt, dass sie bei einer Freundin übernachten würde. »Ich schlafe heute bei Jennifer«, hatte sie behauptet. »Wir wollen einen DVD-Abend machen.« Kim kannte gar keine Jennifer, doch das wusste ihr Vater nicht. Er hatte nur »Okay« gesagt. Und: »Viel Spaß.«
Kim wusste noch nicht, wo und wie sie die Nacht verbringen würde. Sie konnte ja erst am Morgen nach Hause kommen, würde also irgendwie durchmachen. Sie hatte ihrem Vater 50 Euro aus dem Portemonnaie geklaut. Damit kam sie bestimmt gut hin.

Alex' *Street Unity* würde als Erstes auftreten. Es war der erste von vier Acts. Als Letztes, so etwa um Mitternacht,

würde die Hip-Hop-Band *Bergwanderung* auf die Bühne kommen. Die hatten sogar schon eine CD gemacht.
Momentan wuselte Alex mit seiner Gang auf und hinter der Bühne herum. Die Jungs hantierten mit Kabeln, versuchten auf der winzigen Bühne genug Platz zu schaffen, dass sie dort einen Breakdance aufführen konnten, ohne mit einer Gehirnerschütterung oder zertrümmerten Fußknochen in der Notaufnahme zu landen.
Es saßen erst rund zwanzig Leute im Saal. Viele würden wohl nur zu den späteren Auftritten kommen. Kim kannte zwei, drei Mädchen, aber nur vom Sehen. Die gingen in höhere Klassen. Die hatten vermutlich keine Ahnung, wer Kim war. Alex hatte sie nur im Vorbeigehen mit einem flüchtigen »Hi« begrüßt. »Super, dass du es geschafft hast«, hatte er noch hinzugefügt. Und dann war er auch schon wieder weg. Es war viel zu organisieren bei so einem Konzert. Und ohne Alex lief hier scheinbar überhaupt nichts.
Kim tippte wieder SMS. Sie erstattete ihrem Handy Bericht, was gerade geschah. Sie drückte auf »Später senden«. Dann spielte sie ein wenig Tetris.
»Willste noch was trinken?«, fragte der tätowierte Mann, der ihr vorhin ein Bier gebracht hatte, ohne mit der Wimper zu zucken. Klar: Sie sah älter aus. Sie war, wie man so sagte, sehr weit entwickelt für ihr Alter. Aber Kim hatte das unbestimmte Gefühl, dass das wandelnde Tattoo, das nach Rauch und Schweiß stank, auch Hochprozentiges an Vorschüler verkauft hätte.
»Ein Red Bull mit Wodka«, sagte Kim tapfer und versuchte dabei so cool wie möglich dreinzuschauen.
Der Mann musterte sie kurz. »Ich denke, ich mache dir lieber ein Alsterwasser«, knurrte er und dackelte in Richtung Tresen. Auch gut, dachte Kim.

»Ich hab mal ein in München Alsterwasser bestellt«, sagte plötzlich eine Stimme. »Ich war da zu Besuch bei meiner Tante.«
Kim schaute auf. Franz! Wie selbstverständlich setzte er sich neben sie auf einen der Stühle. »Und da haben die mir doch tatsächlich ein Selterswasser gebracht. In Süddeutschland sagen die nämlich Radler zu Alsterwasser.«
»Was willst du denn hier?«, blaffte Kim ihren Klassenkameraden an.
»Hip-Hop ist mein Leben«, erwiderte Franz grinsend.
Kim musterte ihn lange. Eigentlich wäre es nett gewesen, wenn jemand hier bei ihr säße und ihr Gesellschaft leistete. Irgendwann musste sie mit Tetris aufhören. So ein Handy-Akku hielt nicht ewig. Dann würde sie anders beschäftigt erscheinen müssen. Doch gleichzeitig wäre es eine absolute Katastrophe, wenn Alex nach dem Konzert zu ihr an den Tisch kam und dieser hyperaktive Teilzeit-Russe saß hier herum. Das wäre so was von voll uncool! Das wäre das Ende.
»Mach die Mücke«, sagte Kim also und schaut Franz eisig an.
»Bssssssssss«, summte Franz, während er sich erhob, zwei Tische weiterging und sich dort niederließ. Er lächelte sie an.
Was bildete der sich eigentlich ein?

Kapitel 16

Es war kurz nach ein Uhr nachts, als Gerlinde beschloss, Paulas Angebot anzunehmen.

»Das ist meine Handynummer«, hatte ihre Pflegerin gesagt und einen Zettel auf das kleine Nachtschränkchen neben ihrem Bett gelegt. »Wenn du mich brauchst, ruf mich an, okay? Aber nicht, wenn du nur ein bisschen Bauchgrummeln hast oder dir das Fernsehprogramm nicht gefällt und die Batterie in deiner Fernbedienung leer ist. Nur wenn's wichtig ist. Wenn's richtig schlimm ist.«

»So weit wird's nicht kommen«, hatte Gerlinde beteuert, die Augen kämpferisch blitzend. Sie war keine, die bettelte. Sie war ein harter Brocken. Doch jetzt griff sie mit zittrigen Fingern zu dem drahtlosen Telefon und wählte die Nummer, die Paula ihr mit einer runden, seltsam kindlichen Handschrift auf das Papier gekritzelt hatte.

»Ja?«, meldete sich eine schlaftrunkene Stimme, nachdem es fast zehnmal getutet hatte und Gerlinde schon versucht gewesen war, wieder aufzulegen.

»Hier ist Gerlinde«, sagte sie. Sie bemühte sich, nicht zu weinen. »Es ist schlimm.«

Für einen kurzen Moment hörte sie nichts. Paula sammelte sich offenbar, überlegte. Doch dann sagte sie: »Ich bin gleich da.«

Gerlinde legte das Telefon zur Seite und schloss die Augen. Eine weitere Welle Schmerzen tobte durch ihre Gedärme. Sie verkrampfte sich, atmete tief ein und hielt dann instinktiv die Luft an, als wolle sie aufhören zu existieren. Wenn ich nicht atme, schien ihr Körper zu glauben, dann lebe ich in diesem Moment auch nicht. Und wenn ich nicht lebe, dann kann ich auch nicht leiden. Doch der Atem kehrte zurück. Und der Schmerz war eh nicht zu täuschen. Es war, als würde eine Hand Gerlindes innere Organe ergreifen, sich zu einer Faust ballen und sie erbarmungslos zusammenquetschen. Gerlinde krümmte sich, wimmerte, gab ein kurzes gurgelndes Geräusch von sich und erbrach sich dann einmal mehr in den großen roten Eimer, der neben ihrem Bett stand.
Der Eimer stammte aus Markus' Partyservice-Küche. *Curry-Ketchup, extra scharf* stand auf der einen Seite. Früher, bevor der Krebs sie heimgesucht hatte, hatte sie ihn benutzt, wenn sie den Fußboden geputzt oder Handwäsche eingeweicht hatte. Jetzt erfüllte er eine andere Funktion. Gerlinde hatte in den letzten vierzehn Tagen mehr gekotzt als in ihrem gesamten bisherigen Leben. *Curry-Ketchup, extra scharf* stand auf der einen Seite des Eimers. *Mmmh! Lecker!* stand auf der anderen.

Gerlinde wünschte, Markus wäre bei ihr. Doch das ging nicht. Sie hatte in den letzten Wochen ein paarmal mit ihrem Sohn telefoniert. Sie hatte ihn vom Handy aus angerufen, hatte ihm erst eine lange Reise an den Balaton vorgegaukelt, hatte erzählt, wie toll das Wetter sei am Plattensee und dass sie in einem hübschen Hotel untergebracht sei. Super sei alles. Absolut super. Später, nach ihrer vermeintlichen Rückkehr, hatte sie ihn dann

mehrfach vertröstet. Nein, sie könne nicht bei ihm vorbeikommen und er und Kim könnten sie auch nicht besuchen. Sie hätte ja so viel vor! Sie sei ständig unterwegs. Sie würde mit ihrer Clique Ausflüge machen. Radtouren. Kegeln.
Markus hatte es dabei bewenden lassen. Er hatte nicht gerade darauf gebrannt, seine Mutter zu sehen. Hatte wohl mehr aus Höflichkeit nachgefragt, ob er sie besuchen könnte. Jungs waren so. Männer. Das war nicht böse gemeint. Sie waren Einzelkämpfer, die Kerle. Sie machten alles mit sich selbst ab. Vielleicht half es ihnen tatsächlich nicht, mit anderen zu reden. Vielleicht waren sie aber einfach nur zu stolz.
Ihr armer Junge litt wie ein Tier. Gerlinde spürte das. Selbst am Telefon, ohne ihn zu sehen, spürte sie es. Markus hatte Babette sehr geliebt, sie waren ein wunderbares Paar gewesen. Und nun, wo ihr Tod einen Krater in sein Leben gerissen hatte, groß genug um ihn zu verschlingen, stand er taumelnd da. Er wusste nicht, ob er die Kraft hatte, den Abstieg zu wagen und dort unten, in der temporären Niederung seiner Existenz, einen neuen Weg nach oben zu suchen, auf eine andere Plattform. Oder ob er sich nicht einfach fallenlassen sollte. Markus war gewiss kurz davor zu kapitulieren. Gerlinde kannte ihn. Sie wusste, wie er tickte. Er war kein harter Brocken. Er war Sandstein. Er war leicht auszuhöhlen und abzureiben. Das Leben konnte ihn zermalmen, ohne mit großer Gegenwehr rechnen zu müssen. Sicher würde er keinen Selbstmord begehen, doch er konnte sich auf ein leeres Leben einlassen. Er konnte das Leben gegen banales Existieren eintauschen. Er drohte einfach so zu verglühen. Sie hörte es an seiner kraftlosen Stimme. Sie spürte es, weil er

gar nicht richtig zuhörte. Eine Reise an den Balaton? Solch einen Bluff hätte er normalerweise nicht geschluckt. Doch momentan war Markus nur ein Schatten seines einstigen Ichs. Er war ein Geist.
Gerlinde hätte ihm gern beigestanden. Es zerriss sie förmlich, dass sie ihn nicht halten und trösten konnte. Sie war seine Mutter, er war ihr einziges Kind. Markus war nicht nur ihre Aufgabe – er war ihre Mission. Alles war sinnlos, wenn er nicht glücklich war. Wie gern würde sie ihn packen, umarmen, ihm Kraft geben, ihn im Leben halten. Doch das ging nicht. Alles, was sie für ihren Sohn tun konnte, war, ihn nicht zusätzlich auch noch mit ihrem eigenen Problem zu belasten. Der arme Junge, dachte sie einmal mehr, während sie sich über den *Mmmmh!-Lecker!*-Eimer krümmte und röchelnd und ächzend ein paar Spritzer Galle in ihn entließ.
Sie wagte nicht, auch noch über Kim nachzudenken. Die Hölle, durch die ihre Enkelin ging, war ein Fall für sich. Gerlinde schloss die Augen. Ihre Eingeweide brannten wie Feuer. Was war das für ein Gott, der sie ausgerechnet jetzt, wo sie gebraucht wurde wie noch nie, selbst zu einer Bedürftigen machte?

Eine knappe halbe Stunde später stand Paula in der Schlafzimmertür. Sie hatte einen Schlüssel für Gerlindes Wohnung. Normalerweise hätte sie jetzt nicht hier sein dürfen. Nachts war tabu. Es gab klare Anweisungen, klare Zeiten und Vorgaben. Es war keine Gefälligkeit, wenn sie auf den Hilferuf ihrer Patientin reagierte, keine liebenswürdige Geste, die ihr einen Pluspunkt bei ihrem Arbeitgeber einbrächte, wenn er davon erführe. Nein, es war ein Vergehen! Wenn es Gerlinde so schlecht ging, dass sie nicht allein klarkam, dann musste sie einen Krankenwagen rufen. Basta. Paula sollte auf keinen Fall erscheinen, wenn sie außerhalb der vorgegebenen Zeiten gerufen wurde. Sie *durfte* es nicht. Aus versicherungstechnischen und arbeitsrechtlichen Gründen. Es existierte ein Haufen Paragraphen, die allesamt sehr eindrucksvoll erklärten, warum es ein Unding war, dass die nette Paula einfach zu Hilfe kam, wenn jemand sie um Hilfe bat. Das war nicht vorgesehen. Das gab nur Ärger.

Tatsächlich hatte Paula gezögert, als sie Gerlindes Anruf erhielt. Nicht wegen der Paragraphen, die sie in etwa so sehr interessierten wie die Frage, welche Kleidungsstücke gerade in Mode waren und ob sie der Typ für leichtes, fruchtiges Parfüm war oder doch eher für eine eher kräftige Note. Paula kaufte die Klamotten, die ihr gefielen, roch am liebsten nach sich selbst und lebte ihr Leben konsequent nach einer eigenen Maßgabe, nicht nach irgendwelchen starren Reglementarien. Und ihr Gefühl sagte ihr nun mal, dass man half, wenn es etwas zu helfen gab. Ganz einfach.
Ein Freund von ihr hatte sie deswegen einmal verspottet. Er hatte sie die »Mary Poppins der alternativen Szene« genannt. Inzwischen war er nicht mehr ihr Freund und lebte mit einer Frau zusammen, die gern in Nagelstudios ging und sich dafür interessierte, wer bei »Deutschland sucht den Superstar« gewann.
Nein, der Grund, warum Paula gezögert hatte, zu Gerlinde zu fahren, war ein anderer: Am nächsten Morgen, um Punkt neun Uhr, war ihr Vorspiel-Termin an der Schauspielschule. Es war ihre letzte Chance, ihren Traum zu verwirklichen. Sie wäre gern ausgeruht gewesen, wenn

sie auf die Bühne stieg, wäre gern frisch und voller Energie gewesen. Doch wenn das Leben sie ohne nennenswerten Schlaf in die wichtigste Prüfung ihres erwachsenen Lebens zu schicken gedachte, dann war das eben so. Zumindest würde sie Dürrenmatts alte Dame spielen und nicht *My Fair Lady*. Da durfte sie übernächtigt aussehen. Vielleicht war es sogar hilfreich.

Kapitel 17

Als die vierte Band spielte, kam Alex zu Kim an den Tisch. Er hatte ihr im Laufe des Abends, der längst zur Nacht geworden war, immer mal wieder zugelächelt, ihr einmal sogar zugezwinkert, ihr also allemal genug Aufmerksamkeit auf Distanz zukommen lassen, um sie zum Bleiben zu bewegen. Doch jetzt setzte er sich tatsächlich zu ihr!
Kim bemerkte aus dem Augenwinkel, dass Franz eine Grimasse zog. Ihr Klassenkamerad saß immer noch zwei Tische weiter, hatte den ganzen Abend mild lächelnd Apfelschorle getrunken und permanent nervös mit dem Fuß wippend zu ihr herübergestarrt. Kim hatte ihn eisern ignoriert.
»Hey«, sagte Alex lächelnd, während er den Stuhl zurückzog und sich dann darauf niederließ.
»Ihr wart toll!« Kim strahlte. Sie sagte es etwas zu laut, etwas zu euphorisch. Hastig biss sie sich auf die Unterlippe. Sie wollte nicht wie ein Groupie erscheinen. Sie wollte Alex signalisieren, wie großartig sie ihn fand, und gleichzeitig souverän und locker wirken. Das war der Plan. Doch wie sollte sie sich auf einen Plan konzentrieren, wenn Alex ihr leibhaftig gegenübersaß?
»Danke«, sagte er abermals mit einem Lächeln.
Mein Gott, er lächelte so süß! Den einen Mundwinkel

ein wenig schräg nach oben gezogen. Und seine Augen! Die funkelten richtig.
Alex schaute sich um. Ein wenig nervös irgendwie. Als hätte er Angst, dass ihn jemand ertappen könnte.
»Kennst du das *Down Under?*«, fragte er dann.
Kim schüttelte den Kopf.
»Das ist eine Kneipe, zwei Häuser weiter, Richtung Dammtor.«
Kim nickte.
»Wollen wir uns da gleich treffen? Ein bisschen quatschen?«
Es wäre naheliegend gewesen zu fragen, warum sie in eine andere Kneipe gehen sollte, um ihn zu treffen, wenn sie just in diesem Moment bereits mit ihm in einer Kneipe saß. Doch Kim kannte die Antwort natürlich.
Zwei der Mädchen aus seiner Stufe schauten zu ihnen herüber und tuschelten.
Alex hätte sie in diesem Moment auffordern können, die Scheibe beim *Karstadt*-Sporthaus einzuschlagen, ein Schlauchboot zu klauen, es mit bloßer Lungenkraft aufzublasen, damit zu den Landungsbrücken zu laufen, es ins Wasser zu werfen, hinterherzuspringen und mit zwei Eierlöffeln als Ruder bis zu den Äußeren Hebriden zu paddeln, um ihn dort zu treffen – sie hätte es getan.
»Okay«, sagte sie. Und versuchte, ganz gelassen auszusehen. Nicht wie eine aus der Neunten, der das Herz bis zum Hals schlug.
»Cool«, sagte Alex. Und sein Lächeln war noch ein bisschen schräger als vorhin. »Bis gleich.«

Als Kim aus dem *Logo* trat, musste sie sich kurz orientieren. Wo lag das Dammtor? Ach ja, rechts. Und da sah sie auch schon die Leuchtschrift des *Down Under*.

Sie hatte jedoch noch keine drei Schritte in Richtung der verheißungsvollen Kneipe getan, als sie abermals Franz' Stimme hörte. Sie hatte fast geahnt, dass der sich nicht einfach abschütteln ließe.
»Hör zu«, sagte Franz. Es fehlte der neckische Unterton, der sonst ein fester Bestandteil seines Duktus war. Er klang seltsam ernst. »Ich weiß, dass ich dich nerve. Ich weiß, dass du mich für einen Spasti hältst. Aber dieser Alex … Glaub mir, mit dem stimmt etwas nicht! Ich …« Franz zögerte. »Ich meine es nur gut mit dir.«
Kim drehte sich um und funkelte ihn wütend an. Was fiel diesem Idioten ein, alles kaputt zu machen! Ausgerechnet jetzt! »Was willst du eigentlich von mir?«, giftete sie.
»Man hört einige Sachen«, sagte Franz. Er zögerte. »Über Alex. Dass er … Dass er manchmal durchdreht. Dass er in Therapie ist. Ich meine, guck ihn dir doch mal genau an! Objektiv. An dem ist doch irgendetwas voll seltsam.«
»Das ist doch Quatsch! *Du* bist es, der voll seltsam ist!«, zischte Kim. »Ich sitze in der Schule neben dir. Erinnerst du dich? Ich bin es, die dein Gezappel ertragen muss, dein Getrommel, deine komischen Geräusche, deine Selbstgespräche.«
»Das ist ADS«, seufzte Franz kleinlaut. »Das ist nicht gefährlich.«
»Lass mich in Ruhe! Hörst du? Lass mich in Ruhe!«
Franz schluckte. Für einen kurzen Moment sah es aus, als würde er zu weinen beginnen.
»Ich will dich doch nur beschützen«, sagte er mit leiser Stimme. »Ich finde dich nämlich toll.«
»Beschütz 'ne andere«, sagte Kim, drehte sich um und ging. Franz blieb wie ein begossener Pudel stehen.
Franz nervte sie. Und doch tat er ihr auch irgendwie leid.

Er war so ein furchtbarer Danebentreter. Irgendwie tragisch. Aber Kim hatte nicht das kleinste bisschen Lust, über Franz nachzudenken. Sie würde gleich mit Alex zusammensitzen! Nur sie beide. Alex leibhaftig. Und sie! Vielleicht stünde sogar eine Kerze auf dem Kneipentisch. Es war ein Date, ein Rendezvous!

Kapitel 18

Während Kim im *Down Under* auf Alex wartete, einen *Red Bull* mit Wodka und eine brennende Kerze vor sich, schaute sie aus dem Fenster und versuchte in der Dunkelheit zu erkennen, ob irgendwo auf der anderen Straßenseite dieser beknackte Franz stand, sie beobachtete, sie zu beschützen glaubte. Kim war aufgeregt. Sie stellte sich vor, worüber sie mit Alex wohl reden würde, und sie nahm sich vor, ihre Hand immer auf dem Tisch liegen zu lassen, so dass er sie nehmen und halten konnte, wenn er es denn wollte (und sie hoffte es so sehr, dass er es wollte!).

Derweil verstieß Paula gegen so ziemlich alle Regeln, die einem in dem vierwöchigen Pflegekurs vorgebetet wurden.
Es fehlte ihr eindeutig an Distanz zu ihrer Patientin.
Um es mal vorsichtig auszudrücken.
Paula saß in Gerlindes Bett, hielt ihre Patientin im Arm, drückte sie an die Brust, schaukelte und wiegte sie sanft wie ein kleines Kind und strich ihr über das dünn gewordene Haar. Manchmal fielen kleine Büschel davon aus und rieselten auf die Bettdecke. Chemohaare.
»Ich will nicht sterben«, flüsterte Gerlinde, die sich anfangs noch steif gemacht hatte, die fest entschlossen ge-

wesen war, eine würdevolle, reife Frau zu sein, sich nicht von einem struppigen Pflegemädchen zum weinenden Bündel degradieren zu lassen, dann aber doch eingeknickt war, sich fallenließ, weich wurde, sich der Empathie dieser jungen, fast fremden und wunderbar beruhigenden Frau auslieferte.

»Ich will nicht sterben«, flüsterte Gerlinde. »Es fehlt noch so viel.«

»Du wirst nicht sterben«, sagte Paula mit einer sanften Stimme. »Du stirbst nicht. Du hast nur gerade ein paar echt beschissene Scheißtage.«

Gerlinde musste leise lachen. Das war das Absurdeste, was man zu einem akuten Krebspatienten sagen konnte. Aber es war seltsam tröstend.

»Redest du mit ihm?«, fragte Paula.

»Mit wem?«, fragte Gerlinde, ohne den Kopf zu heben.

»Mit dem Krebs.«

Jetzt schaute Gerlinde doch auf. Paula lächelte.

»Ich soll mit dem Krebs reden?«, wunderte sich Gerlinde.

»Klar«, sagte Paula. »Ist doch deiner. Sag ihm deine Meinung!«

Gerlinde starrte ihre Pflegerin ungläubig an.

»Wenn ich auf jemanden wütend bin oder Angst vor ihm habe, dann pflaume ich ihn richtig an. Und danach finde ich ihn nur noch halb so bedrohlich«, erklärte Paula.

»Was soll ich ihm denn sagen?«, fragte Gerlinde und wischte sich die feuchten Augen mit einem der zahllosen Tücher ab, die im Bett und auf dem Boden verstreut lagen. Das ganze Schlafzimmer sah aus, als hätte es vollgeschniefte Kosmetiktücher geschneit.

»Das musst du selbst wissen«, fand Paula. »Schmeiß ihm alles an den Kopf, was du willst!«

Gerlinde überlegte. Dann nahm sie ein Kleenex, schneuzte sich laut und kräftig, machte sich steif, schaute ihren Bauch an und sagte dann mit fester, bestimmter Stimme: »Jetzt hör mal zu, du Krebs. Ich finde dich ... ganz blöd! Du bist ein Mistkrebs! Und du solltest dir gut überlegen, ob du mich wirklich umbringen willst. Denn weißt du was? Wenn du mich tötest, dann stirbst du auch! Dann bist du genauso weg wie ich.«
Gerlinde atmete tief aus. Sie räusperte sich.
Paula honorierte Gerlindes Monolog mit einem würdigen Kopfnicken.
»Glaubst du, er hat's verstanden?«, fragte Gerlinde und lächelte unsicher.
»Das war so einleuchtend, dass es selbst der dümmste Krebs verstanden haben dürfte«, lächelte Paula.
»Gut«, sagte Gerlinde.

Kapitel 19

»Ich finde das voll krass mit deiner Mutter«, ereiferte sich Alex. »Aufgehängt im Kindergarten! Und dann noch als Clown verkleidet. Fett! Ich wette, die Kinder haben voll gekreischt, als sie sie da hängen sahen.«
»Als die Kinder kamen, hatte man sie schon ... abgehängt«, korrigierte Kim ihn. »Es waren ihre Kolleginnen, die sie fanden.«
»Na ja. Auch krass«, sagte Alex.
Kim wusste nicht, wie sie auf das Thema gekommen waren. Es hatte keine zehn Minuten gedauert, bis er begonnen hatte, von ihrer toten Mutter zu sprechen. Vorher hatten sie nur verlegen gemurmelt, sich ein nervöses Wortgeplänkel geliefert. Kim hatte Alex für seinen Auftritt gelobt, der hatte sich darob bescheiden schlechtgemacht. Er hätte sich zweimal versungen und außerdem sei die Bühne viel zu klein gewesen für einen vernünftigen Breakdance. Und Kim hatte noch mehr Nettes gesagt, nämlich dass *Street Unity* es verdient gehabt hätte, der Top Act des Abends zu sein und nicht bloß der Anheizer, weil Alex' Gang nämlich viel besser war als alles, was danach kam. Alex hatte sich bedankt, wieder linkisch gegrinst (diese Mundwinkel!), und dann hatten sie geschwiegen. Unsicher, was jetzt angebracht wäre.
Kims Hand lag auf dem Tisch, so wie sie es sich vorge-

nommen hatte. Sie schob die Hand förmlich zu ihm hin, bot sie ihm dar wie ein Geschenk, doch Alex bemerkte es nicht. Er sah sie nur an (nicht nur ihr Gesicht, auch ihre Brust, das hatte sie wohl bemerkt, aber das war okay) – und dann fing er plötzlich von ihrer Mutter an. Einfach so. Peng!

Er fragte sie, wie es sich angefühlt hatte, als sie vom Tod ihrer Mutter erfuhr. Ob es schlimm war. Ob sie ihre Mutter geliebt hatte. Wie sie war, so als Mensch. Und als Mutter. Und ob es ihr, Kim, weh tat, dass sie als Clown starb, so ganz ohne Würde. Oder ob das egal war, weil tot schließlich tot war.

Kim war zuerst überrumpelt gewesen. Doch dann fand sie die Fragen gut. Alex war der Erste, der nicht um den heißen Brei herumredete. Seine Offenheit, seine Neugier – und mochten sie noch so morbide sein – waren erfrischend. Er wollte wirklich wissen, wie sie sich fühlte. Niemanden sonst schien das zu interessieren. Ihr Vater hatte sie jedenfalls nie danach gefragt.

»In Kanada«, erzählte Kim dem Jungen ihrer Träume, »hat sich 1989 bei einem Frachtflugzeug während des Fluges eine Ladeluke geöffnet. Ein technischer Defekt. Die komplette Ladung ist Stück für Stück rausgefallen. Und weißt du, was das für eine Ladung war? Schweinehälften! Halbe Schweine! Gott sei Dank flog das Flugzeug gerade über eine ziemlich ländliche Gegend. Nur ein einziger Mensch wurde von einem der Fleischbrocken getroffen. Ein Farmer, glaube ich. Passend, oder? Der arme Kerl war natürlich sofort tot. Wiegt ja 'ne Menge, so ein Schwein. Drei Monate später hat die Witwe dieses Mannes Selbstmord begangen. Nicht, weil sie ihren Mann so vermisste, sondern weil sie es nicht ertrug, für den Rest

des Lebens für alle Leute die Frau zu sein, deren Mann von einem fliegenden Schwein zerquetscht wurde. Sie schämte sich!«
»Wow«, sagte Alex. ›Das ist ja ein Hammer!«
Kims Hand lag da. Sie lag direkt vor ihm. *Nimm sie!*, betete Kim. *Nimm sie! Bitte!*
Doch Alex bewegte seine Hand nur, um der Bedienung zuzuwinken. Er zahlte. Auch ihre Getränke. Ganz der Kavalier.
»Ich muss los«, sagte er. »Wir müssen noch das Equipment zusammenpacken. Aber es war toll.«
»Okay«, sagte Kim.
»Wir sehen uns«, sagte Alex.
»Ja«, sagte Kim.
Küss mich!, flehte Kims innere Stimme.
»Bye«, sagte Alex.
Er küsste sie nicht. Aber er schenkte ihr, bevor er sich umdrehte und das *Down Under* verließ, das bislang schiefste und süßeste Lächeln des Abends. So schief, dass es fast schon ein wenig bizarr wirkte.
Kim blieb am Tisch sitzen, eine Kerze und ein halbvolles Glas Bier vor sich. Ihr war schwindelig. Sie hatte zu viel getrunken. Kim schaute auf die Uhr. Es war kurz nach zwei. Sie hatte noch 22 Euro. Sie würde zum Hauptbahnhof gehen. Ein langer Fußmarsch. Aber es regnete ja nicht. Und vielleicht würde der Schwindel dann nachlassen.
Sie würde in der Wandelhalle des Bahnhofs Tee trinken, ein Brötchen essen oder einen Burger. Und sie würde warten, bis sie nach Hause gehen konnte.
Es ging ihr gut.
Er hatte sie angelächelt!

Stundenlang hockte Kim in dem kleinen Café in der Bahnhofshalle. Sie schlürfte mehrere Pfefferminztee, verdrückte zwei Mehrkorn- und ein Rosinenbrötchen.
Irgendwie rechnete sie damit, dass plötzlich Franz auftauchen würde. Kim war sich nicht sicher, wie sie reagieren würde, wenn ihr verliebter Mitschüler plötzlich um die Ecke bog, mit seinem seltsam federnden, schlaksigen Gang, wahrscheinlich trommelnd, auf seine Oberschenkel oder den Verkaufstresen der Bäckerei. Kim würde ihn anpflaumen, klar. Er belästigte sie. Er stellte ihr nach. Aber es war ja nicht so, dass er ihr etwas Böses wollte. Nein, Franz bildete sich tatsächlich ein, sie beschützen zu müssen. Vor Alex. Was für ein Witz!
Wahrscheinlich würde sie Franz zögernd, grummelnd und insgeheim doch erfreut erlauben, sich neben sie zu setzen und ihr Gesellschaft zu leisten. Es war nicht schön, so allein. Nicht hier am Hauptbahnhof, nicht mitten in der Nacht.
Doch Franz ließ sich nicht blicken. Offenbar hatte sich ihr selbsternannter Beschützer ihre letzte Maßregelung tatsächlich zu Herzen genommen. Kim war fast ein bisschen beleidigt, wie schnell er aufgab.
Franz kam nicht, dafür trat nach etwa einer halben Stunde ein Mann an ihren Tisch, der sie anbaggern wollte. Ein richtig alter Sack, mindestens schon fünfzig. Mit einem Goldkettchen auf seiner behaarten, knochigen Brust. »Na, so allein?«, fragte er und fletschte dabei seine Zähne, was wohl ein Lächeln darstellen sollte. Er hatte schlechte Zähne. Ganz braun. »Möchtest du einen Kakao?«, fügte er hinzu. »Ich bezahle.«
»Verpiss dich!« zischte Kim ihn an. »Mein Vater kommt gleich zurück, der ist nur um die Ecke etwas besorgen.

Der zertrümmert dir die Fresse, wenn er sieht, dass du mich belästigst. Ich bin minderjährig, du Arsch!«
Der Alte rannte so schnell davon, dass Kim fast glaubte, eine Staubwolke hinter ihm zu sehen. So wie beim Roadrunner in den Fernseh-Cartoons. *Beep Beep! Wrooooom!*
Eine Stunde später tauchte noch so ein Arschloch auf. Der war aber höchstens zwanzig. Er roch nach Schweiß und Bier. Seine Zähne waren dagegen erstaunlich weiß. Er legte ihr die Hand auf die Schulter, mit einem gruselig festen Griff. Kim schüttelte sie wütend ab und warnte auch diesen Typen mit giftiger Stimme vor ihrem beschützenden und schlagkräftigen Vater. Der Kerl war davon allerdings längst nicht so beeindruckt, wie der Opa es gewesen war. Er zuckte bloß mit den Schultern und schlurfte davon.
Kim stellte sich vor, dass ihr Vater in diesem Moment wirklich auftauchen würde. Würde er Männer zusammenschlagen, die seine Tochter belästigten? Kim konnte es sich nicht vorstellen.

Auf einem der Tische lag eine *Bild*-Zeitung, die jemand liegen gelassen hatte. Gelangweilt blätterte Kim darin herum. Auf Seite 3 war ein nacktes Girl abgebildet, das angeblich Carmen hieß und stolz seine Silikonbrüste vorzeigte. Carmen hatte den Mund halb geöffnet. Das sollte sexy aussehen, eine Verheißung von Zungenkuss oder Oralverkehr. Doch auf Kim wirkte die heruntergeklappte Knutschluke eher dusselig. Und ratlos. Carmen von Seite 3 wirkte wie jemand, der dumme Sachen tat und es hinterher bereute. Wie jemand, den man beschützen musste.
Weiter hinten in der Zeitung las Kim eine Meldung, dass

ein amerikanischer Tourist nach einer Mexiko-Reise eine seltsame Beule an seinem Kopf entdeckt hatte. Ein Arzt hatte sie untersucht und festgestellt, dass ein Insekt unter der Haut seines Patienten seine Eier abgelegt hatte. Die Stirn des Mannes war seit Tagen schon die Brutstätte ominöser Larven.
Kim kannte die Geschichte bereits. Sie stand in *Die Spinne in der Yucca-Palme*, dem Standardwerk über urbane Legenden. Kim fragte sich, ob irgendjemand sie tatsächlich noch glaubte.

Als sie um kurz nach acht die Wohnungstür aufschloss, war alles ruhig. Und dunkel. Ihr Vater schlief offenbar noch. Auch gut.
Sie hatte sich sicherheitshalber eine glaubhafte Geschichte ausgedacht, warum sie schon so früh zu Hause auftauchte. Sie wollte behaupten, dass sie sich mit Jennifer zerstritten hätte. Jennifer hätte schlecht über eine andere Freundin von ihr gesprochen. Über Carmen. Hätte haltlose Gerüchte über Carmen in die Welt gesetzt. Und da wäre ihr der Kragen geplatzt und sie hätte Jennifer die Meinung gegeigt. Das sei sie Carmen schließlich schuldig. Sie wollte nichts mehr mit Jennifer zu tun haben. Und deshalb sei sie jetzt schon nach Hause gekommen. Noch vor dem Frühstück.

Die ganze Wohnung war dunkel. Sie roch leicht muffig. Es war ein schlechtes Zeichen, wenn man die ganze Nacht in Clubs, Kneipen und Bahnhofsnischen verbracht hatte und dann den Geruch seiner eigenen Wohnung unangenehm fand. Vielleicht sollte sie Papa mal sagen, dass er öfter lüften müsste.

Später.
Kim schlurfte in ihr Zimmer. Sie war todmüde. Sie streifte sich nur die Klamotten ab und ließ sich in der Unterwäsche in ihr Bett fallen. Sie zog die Decke über sich und kuschelte sich ein. Ganz eng. Kim nahm sich fest vor, von Alex zu träumen.
Wovon sonst?

Kapitel 20

Markus schreckte hoch, als es klingelte. Schlaftrunken wuchtete er seinen Arm in Richtung Nachtschränkchen, tastete blind darauf herum, fand schließlich den Wecker und drückte die Aus-Taste.
Es klingelte noch einmal.
Markus kam langsam zu sich. Das Klingeln stammte nicht aus diesem Zimmer. Es war die Tür. Markus linste durch seine verklebten Augenlider auf das Zifferblatt des Weckers. Kurz nach elf.
Okay.
Er erhob sich, während die Türklingel ein erneutes, diesmal deutlich längeres Bimmeln produzierte.
»Ja! Ich komm ja schon!«, rief Markus und schlurfte in Unterhose und T-Shirt zur Tür.
Als er die Tür öffnete, stand dort eine Frau. Ein Frau von struppiger Attraktivität, Ende zwanzig vielleicht, mit wuscheliger Haarmähne und hinreißend großen braunen Augen und vollen, erstaunlich roten Lippen, die sich nun öffneten.
»Wissen Sie, wo ich die halbe Nacht verbracht habe?«, zischte die Frau. Sie klang stinkwütend.
Markus fragte sich, ob er einfach noch zu müde war, um es zu begreifen, oder ob es tatsächlich seltsam und unlogisch war, dass ein ihm wildfremdes weibliches Wesen an

der Schwelle seiner Behausung stand und ihn nach ihrem Aufenthaltsort der letzten Stunden fragte.
Während er noch über eine angemessene Erwiderung nachdachte und zur Überbrückung des Denkprozesses erst einmal ein spontanes, blödes »Öh« hinausgrunzte, schob die Frau kurz entschlossen die Tür weiter auf und trat mit einer schwungvollen Bewegung in den Flur.
»He!«, protestierte Markus halbherzig. Irgendwie war er nicht sicher, ob ein Protest gerechtfertigt war oder ob diese Naturgewalt von Frau womöglich das Recht hatte, ihn einfach aus dem Schlaf zu reißen, anzupflaumen und dann seine Privatsphäre zu okkupieren.
Sie selbst schien es jedenfalls fest zu glauben.
»Ich war bei deiner Mutter«, tat sie nun kund. Sie war wie selbstverständlich zum Du übergegangen.
Markus fiel ein, dass er unterhalb des Bauchnabels bloß mit einer Unterhose bekleidet war, und in einem entsetzlichen Moment der Selbsterkenntnis dämmerte ihm, dass er ebendiese Unterhose schon seit mindestens drei Tagen trug.
Roch sie schon?
Markus musste an seine Mutter denken. Die hatte ihn, als er noch ein Teenager war, stets ermahnt, täglich frische Unterwäsche anzulegen. »Was, wenn du plötzlich ins Krankenhaus musst und die Schwestern dich in einer schmutzigen Hose sehen?«, hatte sie gefragt.
»Wenn ich plötzlich ins Krankenhaus muss, habe ich vermutlich andere Sorgen als meine Unterhose«, hatte Markus dann üblicherweise geantwortet.
Moment …
Mutter?
»Sie waren bei meiner Mutter?«, fragte er die Frau, die

ihm nun, mit den Armen in die Hüfte gestemmt, gegenüberstand und resolut anfunkelte. »Wer sind Sie überhaupt?«

»Ich bin Paula. Vom Pflegedienst.«

Markus sah sie irritiert an.

»Deine Mutter hat die halbe Nacht durchgekotzt. Die Chemo ist die Hölle für sie! Und weißt du, was sie sagt? Sie will dich damit nicht belästigen. Du hättest andere Sorgen. Was bist du bloß für ein herzloser Scheißsohn?«

Markus wischte sich mit der Hand über das Gesicht. Die Informationen, die eben auf ihn abgefeuert wurden, kämpften sich nur mühsam den Weg in sein Hirn frei. Doch dann, langsam, dämmerte ihm, was er da gerade gehört hatte.

»Meine Mutter hat Krebs?« Er starrte Paula fassungslos an.

Jetzt wirkte auch sie überrascht.

»Was zum T...«

»Ich dachte, du wüsstest ...«

»Krebs?«

In diesem Moment öffnete sich die Tür von Kims Zimmer. Markus' Tochter trat augenreibend in den Flur. Sie schaute ihren Vater und die fremde Frau, die vor seiner geöffneten Schlafzimmertür standen, erstaunt an. Ihr Papa war nahezu unbekleidet, die Frau schien gerade gehen zu wollen.

»Du Mistkerl!«, schrie sie ihren Vater an, nachdem sie die offenkundige Sachlage erfasst hatte. »Mama ist gerade erst gestorben, und du schleppst schon die Nächste an!«

»Es ist nicht ...«, stammelte Markus.

»Es ist nicht so, wie es aussieht?«, kreischte Kim. »Haha! Witzig! Wie in Hollywood!«

»Ich bin Paula«, sagte Paula und hielt Kim die Hand hin.
»Ich bin die...«
»Halt's Maul!«, kreischte Kim, rannte in ihr Zimmer zurück und knallte die Tür hinter sich zu.
Paula wandte sich wieder an Markus.
»Wusstest du wirklich nicht, dass ...?«, hob sie an.
Markus hielt sich am Türrahmen fest. Er hatte plötzlich Angst, dass seine Beine nachgeben und er zusammenklappen würde. Paula ging zu ihm und hielt ihn fest.
»Ruhig und gleichmäßig atmen«, befahl sie. »Du hyperventilierst.«
Jetzt öffnete sich Kims Tür erneut. Sie sah, wie diese Paula ihren Vater umarmte. Und Papa stöhnte.
Kim stieß einen wütenden Schrei aus und ließ einmal mehr die Tür hinter sich zukrachen.
»Wie ... was ...«, flüsterte Markus.
»Darmkrebs«, sagte Paula.
»O Gott!«
Alles um Markus wurde schwarz.

Paula verfluchte sich innerlich, als sie in diesem fremden Flur stand und diesen Mann, den sie gar nicht kannte, davon abzuhalten versuchte, auf den Boden zu stürzen. Er war ohnmächtig geworden. Richtig filmreif. Er hatte gekeucht, grotesk die Augen verdreht, hatte sich sogar noch kurz mit einer theatralischen Bewegung an die Stirn gefasst, wie eine Stummfilm-Diva. Als wolle er feststellen, warum sein Bewusstsein plötzlich aus seinem Kopf entwich, als ob er es aufhalten, einfangen und wieder ins Hirn zurückstopfen könnte. Und dann war er zusammengesackt. Paula hatte die Vorzeichen richtig gedeutet und den relativ lockeren Griff, mit dem sie ihn hielt, verstärkt.

Er sank auf sie.

Er war schwer. Nicht weil er viel wog. Er erschien ihr vielmehr ein wenig ausgemergelt, dieser Mann. Sondern weil jeder schwer ist, der keine Körperspannung produziert. Paula konnte ihn nicht richtig halten, sie konnte seinen Sturz nur leidlich abbremsen. Dann ließ sie ihn so langsam und vorsichtig wie irgend möglich auf den Boden gleiten.

Was hatte sie hier wieder angestellt?

Eigentlich war Paula stolz auf ihre Impulsivität. Sie betrachtete ihre Tendenz zu spontanen Taten und nicht durchdachten Äußerungen als Charakterstärke. Sie war eben keine Diplomatin, keine taktierende, berechnende Strategin. Sie war eine Powerfrau. Doch sie war auch die Letzte, die bestreiten würde, dass es immer mal wieder eine Menge Ärger mit sich brachte, wenn man einfach jedem Impuls nachgab, der einem durch den Kopf sauste.

So wie jetzt.

Der arme Kerl – wie hieß er noch mal? Ach, ja, Markus. Dieser arme Markus hatte gar keine Ahnung gehabt, dass seine Mutter krank war. Sterbenskrank. Und Paula, die hier als rettender, wütender Engel dafür sorgen wollte, dass dieser vermeintlich herzlose Sohn endlich seinen familiären Pflichten nachkam, war wie ein menschlicher Tsunami in dessen Leben geplatzt und hatte ihm die schreckliche Neuigkeit einfach ins Gesicht geschlagen.

Super, Paula. Ganz toll.

Es war erst Viertel nach elf, und schon jetzt war dies einer der miesesten Tage, die Paula in den letzten Jahren erleben musste.

Vor einer knappen Stunde hatten ihr die drei Schauspiellehrer, die mit ihren verdammten Klemmbrettern auf dem Schoß und überheblichem Gesichtsausdruck nebeneinander auf Klappstühlen gesessen hatten, eröffnet, dass sie die Schauspielschule ein für alle Mal vergessen könne. Es war ihr dritter und offiziell letzter Versuch gewesen, die Aufnahmeprüfung zu bestehen. Die Prüfer – zwei Männer und eine Frau – hatten sich nicht einmal Mühe gegeben, so zu tun, als würden sie es bedauern, Paulas Lebenstraum zu zerstören. Es war offensichtlich, dass sie sie für völlig unqualifiziert hielten, Menschen von der Bühne aus zu erfreuen, zu rühren oder zu beeindrucken. Die drei hochnäsigen Klemmbrettbesitzer hatten Paula ein Leben im Rampenlicht verweigert und ihr stattdessen für den Rest ihres Daseins den Zuschauerbereich als natürlichen Lebensraum zugeteilt.
»Ihre alte Dame ist so alt«, hatte einer der Prüfer ihre Dürrenmattsche Darbietung kommentiert, »die lebt ja kaum noch!«
»Sehr kraftlos, genau«, hatte die Prüferin zugestimmt.
»Die Schauspielerei erfordert Leidenschaft«, hatte der zweite männliche Prüfer erklärt, obgleich er selbst mit seiner schlaffen Gesichtsmuskulatur, seiner modulationsarmen Stimme und seiner ganzen verdammten, schlurfwichteligen Erscheinung lediglich die emotionale Bandbreite einer Nacktschnecke vermittelte. »Ihnen mangelt's an Kraft und an Herzblut.«
Paula hatte ihn sehr lange angeschaut. Dann die anderen beiden Klemmbrettprüfer. Und dann hatte sie stolz den Kopf gehoben, sie angeschaut, wie eine erhabene mittelalterliche Königin ihre Beulenpest-verseuchten Untertanen wohl angeschaut hätte, und hatte gesagt, was sie

dachte. »Was bildet ihr euch eigentlich ein, ihr Wichte? Ihr verwaltet hier Kunst und Leidenschaft, ihr bewertet Hingabe in Tabellen und maßt euch an, einen Menschen danach zu beurteilen, wie er in zehn Minuten einen fremden Text rezitiert? Ihr seid Parasiten! Ihr ernährt euch doch bloß von der Kraft und den Träumen anderer.«
Die Prüferin funkelte sie wütend an. Doch einer der männlichen Prüfer – der Wanderschnecken-Schlurfi, ausgerechnet – applaudierte plötzlich.
»Sehr schön«, sagte er. »Sie können's ja doch mit Emotion!«
Für einen kurzen, unglaublichen Moment dachte Paula, dies sei jetzt eine Hollywood-reife Wende. Dass sie mit ihrer spontanen, zugegebenermaßen theatralischen Äußerung das Ruder herumgerissen und die drei Prüfer doch noch für sich eingenommen hätte, sie von ihrem Talent und Charisma überzeugt hätte. Gleich würden sie sie förmlich anflehen, doch ihre Schauspielschule zu besuchen, und Paula würde sich erst zieren, das gekränkte Genie geben, um dann schließlich, ihren Stolz überwindend, zuzusagen. Und die Prüfer würden ihre Klemmbretter fortwerfen und ihr applaudieren, mit Tränen in den Augen. Weil sie die neue Meryl Streep in ihren Reihen begrüßen durften.
Doch dann sagte der Prüfer: »Schade, dass es mit der Emotion nur klappt, wenn sie tatsächlich wütend sind. Ein guter Schauspieler muss das nun mal auf Knopfdruck können.«
Die Prüferin verkniff sich ein Kichern.
Paula hatte sich umgedreht und ohne ein weiteres Wort erhobenen Hauptes den Raum verlassen, was allerdings

keine besonders beeindruckende Tat war, weil genau dies ja von ihr erwartet wurde.

Später, nachdem sie sich umgezogen hatte, nachdem sie sich die alte Dame aus dem Gesicht gewischt und den Dutt in ihrem Haar gelöst hatte, verließ Paula die Schauspielschule ohne einen Blick zurück. Sie stieg auf ihr Fahrrad, das sie an einen Baum vor dem Gebäude gekettet hatte, und radelte los. Sie radelte schnell, und der Gegenwind trieb ihr Tränen in die Augen.

Tief in ihrem Inneren wusste Paula, dass die Prüfer nicht gänzlich unrecht hatten. Sie irrten zwar, wenn sie glaubten, dass Paula nicht das Zeug zu einer großartigen Schauspielerin hatte, aber ihre heutige Darbietung, ihre heutige alte Dame, war tatsächlich schwach gewesen. Paula musste sich eingestehen, dass sie weit unter ihren Möglichkeiten geblieben war. Sie war … ja, sie war nicht bei der Sache gewesen.

Die halbe Nacht hatte sie damit verbracht, einer todkranken alten Frau emotionalen Halt zu geben. Sie hatte einen Menschen, der dem Ende ins Auge sah, ganz nahe an sich herangelassen. Sie hatte eine monumentale, eine fundamentale Nacht verbracht. Und sie hatte diese Nacht nicht dazu genutzt, über die Endlichkeit des Daseins zu sinnieren, über die Pein der Vergänglichkeit zu reflektieren. Sie hatte ihre Patientin nicht studiert, beobachtet oder in irgendeiner Form kalkuliert auf sie reagiert. Nein: Paula hatte sich mit ihr verbündet. Sie war ihre Komplizin und Vertraute gewesen. Sie hatte sich mit ihr zusammen dem schlimmsten Feind gestellt, den der Mensch besitzt: der eigenen Endlichkeit.

Was war dagegen schon eine Schauspielschule?

Paula radelte noch nicht einmal zehn Minuten, als ihre Gedanken bereits von der missglückten Aufnahmeprüfung wegtrieben und sich wieder Gerlinde zuwandten. Paula mochte die alte Frau sehr. Gerlinde war eine Kämpferin. Und doch war sie viel verletzlicher, als sie es sich eingestehen wollte. Deshalb war Paula auch so unsagbar wütend auf Gerlindes egomanen Sohn, der seine krebskranke Mutter einfach ignorierte. Natürlich, seine Frau war gerade gestorben. Das hatte Gerlinde ihr erzählt. Schrecklich, zweifelsohne. Doch kein Grund, die eigene Mutter in ihrer Angst und in ihrem Schmerz allein zu lassen!

Paula bewunderte Menschen, die in besonderen Situationen über sich hinauswuchsen, nicht. Paula hielt es für eine Selbstverständlichkeit, das zu tun. Wenn das Schicksal um die Ecke bog, durfte man sich nicht ängstlich in einem Hauseingang verstecken. Man musste sich ihm stellen, auch wenn's schwerfiel. So lauteten die Spielregeln. Paula ging keiner Konfrontation aus dem Weg. Und die Mary Poppins in ihr, die *Teilzeit-Heilige* (noch so etwas, was ihr blöder Ex-Freund ihr einst an den Kopf geworfen hatte), drängte darauf, nicht nur ihr eigenes Leben konsequent durchzukämpfen, sondern auch noch denjenigen, denen es an Konsequenz, Glück oder der Empathie anderer mangelte, unter die Arme zu greifen. Paula machte es buchstäblich rasend, wenn jemand seine Existenz im Stand-by-Modus verplemperte, wenn er sich selbst und seinen Nächsten nicht die Aufmerksamkeit und Fürsorge zukommen ließ, die nötig waren. Und deshalb riss Paula an der nächsten Kreuzung kurz entschlossen das Lenkrad nach links und schaltete noch einen Gang höher.

In Gerlindes Krankenakte war ihr Sohn als nächster Verwandter aufgeführt. Paula wusste, wo er wohnte.
Sie würde sich da jetzt mal darum kümmern!

Nachdem Markus zu Boden gesackt war, auf dem Parkett des Flurs lag und leise Geräusche von sich gab – eine wenig attraktive Mischung aus Grunzen und Brummen –, öffnete Paula kurz entschlossen die Tür zu Kims Zimmer.
»Ich bin die Pflegerin deiner Oma. Und ich brauche deine Hilfe, um deinen Vater ins Bett zu bekommen«, sagte sie.
Kim starrte sie fassungslos an.
»Okay«, sagte Paula und musste nun doch ein wenig grinsen. »Das kam jetzt etwas falsch rüber. Also: Dein Papa liegt ohnmächtig im Flur, und wir müssen ihn ins Bett hieven. Allein schaffe ich das nicht.«
Kim sprang auf. »Wieso ist er denn ohnmächtig?«
»Ich hab ihn erschreckt«, gab Paula zu und folgte dem Mädchen, das aus dem Zimmer auf ihren Vater zustürmte.
»Isst er regelmäßig?«, fragte Paula, während Kim Markus ein paar Ohrfeigen gab und mehrmals »Hörst du mich, Papa? Hörst du mich?« sagte.
Das machte man mit Ohnmächtigen. Das hatte sie so im Kino gesehen
»Ich habe den Eindruck, sein Blutzuckerspiegel ist ziemlich weit unten. Das kann man an den Augen sehen«, erklärte Paula.
»Er ist echt im Arsch seit ...« Kim stockte. »Meine Mutter ist vor kurzem gestorben, wissen Sie?«
»Habt ihr Traubenzucker im Haus?«, fragte Paula.

Kim nickte. »Irgendwo in der Küche bestimmt.«
»Lass uns deinen Vater ins Schlafzimmer schaffen, dann suchst du den Zucker, okay?«
Kim nickte erneut.
In dem Moment rührte Markus sich. Er brummte ein paar unverständliche Worte und machte einige ungelenke Bewegungen mit seinem Oberkörper.
Kim und Paula bückten sich. Paula fasste ihn unter den Schultern, Kim nahm seine Beine. In einer Mischung aus Tragen und Schleifen schafften sie ihn in sein Schlafzimmer. Markus' Bett war ein niedriger Futon, was die Lage sehr erleichterte. Ein großes Bett. Zu groß für eine Person.
»Puh!« Paula wedelte mit der Hand vor dem Gesicht, nachdem sie den knurrenden Markus auf seine Schlafstätte gehievt hatten. »Hier stinkt's.«
Kim seufzte.
Paula zog die Gardinen zurück und öffnete das Schlafzimmerfenster weit. Von draußen drang Verkehrslärm herein.
»Ich hol den Traubenzucker«, sagte Kim und verschwand in der Küche.
»Gmmmph«, machte Markus.

Er war nur ein paar Sekunden lang wirklich ohnmächtig gewesen. Danach bekam er alles mit, wie durch einen Schleier zwar, verzerrt und dumpf, aber er hörte, was diese fremde Frau sagte, er registrierte, dass sie ihn gemeinsam mit Kim über den Boden schleifte. Es war ihm peinlich. Doch er konnte nichts tun. Er versuchte, sich aufzurichten, er versuchte, etwas zu sagen. Aber sein Körper gehorchte ihm ebenso wenig wie seine Stimme.

Er musste wie völlig besoffen wirken. Wie er sabberte und grunzte und zuckte und bloß eine Unterhose anhatte, die bestimmt nicht so roch, wie Unterhosen in Anwesenheit junger, attraktiver Frauen riechen sollten.
Erstaunt stellte Markus fest, dass seine Mutter recht gehabt hatte. Selbst wenn etwas wirklich Entsetzliches geschah, wenn man eine schockierende Nachricht erhielt, die die Welt aus den Angeln hob, sorgte man sich trotzdem noch um seine Erscheinung, um das, was andere über einen dachten. Man sorgte sich um seine verdammte Unterhose.
Kim erschien und schob ihm ein Stück Traubenzucker in den Mund. Er ließ es auf der Zunge zergehen. Es schmeckte nach Orange. Kim stopfte eilig noch eins hinterher.
Die fremde Frau, diese Paula, wischte ihm mit einer sanften Bewegung eine Haarsträhne aus dem Gesicht.
»Tut mir leid«, sagte sie.
Markus gelang es, sich langsam ein Stück aufzurichten. Paula schob ihm ein Kissen in den Rücken. Kim hielt ihm fragend ein weiteres Stück Traubenzucker hin. Markus bekam ein vages Lächeln zustande und schüttelte den Kopf, woraufhin sich Kim die Süßigkeit selbst in den Mund steckte.
»Ich dachte, Sie wüssten, dass Ihre Mutter Krebs hat«, sagte Paula zu Markus.
Kim riss die Augen auf. »Oma hat Krebs?«
Paula seufzte. Verdammt! Sie nahm Kim wortlos in den Arm, die sich kurz steif machte, dann aber in sich zusammenfiel. Das Mädchen weinte, und Paula strich ihr sanft über den Rücken.
Sie sah Markus an. Er zitterte und starrte benommen ins

Leere. Während Paula mit der rechten Hand weiter über Kims Rücken strich, griff sie mit der linken nach Markus' Hand und drückte sie. Er erwiderte den Druck nicht, doch Paula hielt sie trotzdem.

So saßen sie da, auf einem Futon, dessen Bettwäsche dringend gewechselt werden musste. Vater, Tochter und Paula Poppins, das teilzeit-heilige Rollkommando in Sachen schlechte Nachrichten.

Draußen hupte ein Auto. Irgendjemand hatte es eilig.

Kapitel 21

Markus stand im Treppenhaus und zögerte. Schwachsinn eigentlich, denn früher oder später würde er sowieso klingeln. Er konnte ja nicht ewig warten – und er konnte sich erst recht nicht einfach umdrehen und abhauen.
Babette wäre förmlich zu seiner Mutter hingestürzt! Sie hätte Sturm geklingelt, hätte sich ihre Schwiegermutter einfach gegriffen, hätte sie gepackt und gehalten. Sie hätte sie mit ihrer Liebe attackiert, umhüllt, gewärmt. Doch Markus war ein Zögerer. Vielleicht war das ein Männer-Ding: Wenn man etwas ignoriert, ist es auch nicht da. Oder vielleicht war es bloß kalte, simple Logik: Was er auch täte, es würde den Krebs in seiner Mutter nicht beeindrucken. Was er auch sagen würde – den Metastasen wäre es egal.
Klar, es war nicht hier, um die Krankheit auszumerzen. Es ging darum, den Schmerz seiner Mutter zu lindern. Sie zu trösten. Doch Markus konnte sich nicht vorstellen, dass er für irgendjemanden ein Trost war. Er war untröstlich und untröstend.
Markus liebte seine Mutter. Er liebte sie wirklich. Deshalb zögerte er auch mit dem Klingeln. Weil er dann der Tatsache ins Auge sehen musste, dass ein weiterer Mensch, den er liebte – einer der wenigen Menschen, die ihm

wirklich nahestanden –, ein Vorstellungsgespräch bei Gevatter Tod hatte. Sie war nicht tot. Sie war nicht einmal *noch nicht tot*. Niemand behauptete, dass sie sterben würde. Paula hatte es ihm erklärt: Die Ärzte hatten Hoffnung. Sie war kein aussichtsloser Fall. Doch was sollte er seiner Mutter sagen? Was sollte er tun?
Warum konnte er nicht sein, wie Babette gewesen war? Oder wie diese Paula, die einfach ihrem Instinkt folgte und auch wenn sie knietief durch Fettnäpfchen watete, doch unbestreitbare und echte Anteilnahme zeigte. Warum hatte Markus das Gefühl, er träte hier zu einem Pflichttermin an? Warum machte es ihn nervös, der eigenen Mutter gegenüberzutreten? Er *wollte* sie sehen, er *brannte darauf*, sie zu sehen – und doch kreiste sein Finger immer noch unentschlossen über dem Klingelknopf.
Markus hatte geduscht. Er hatte sich rasiert. Er hatte neue, saubere Klamotten an. Auch die Unterhose war frisch. Er hatte sich die Zähne geputzt. Und er hatte eine Aluschale mit Fingerfood dabei. Gebackener Blumenkohl mit Currypulver, Blätterteigstangen mit Käse überbacken. Die beiden Lieblingssnacks seiner Mutter. Besser als Blumen, hatte Markus gedacht. Nicht so förmlich, nicht so Krankenhaus-artig, nichts Schlimmes verheißend. Er kam einfach mal vorbei und brachte etwas zu essen mit. Kein großes Ding.
Niemand legte Blumenkohl auf Gräber.
Okay.
Jetzt.
Markus klingelte.

Als sich die Tür öffnete, zerfiel das zaghafte Lächeln, das Markus aufgesetzt hatte, unverzüglich zu einem schlaffen

Gesichtsbrei. Seine komplette mimische Muskulatur bröckelte vor Entsetzen in sich zusammen.
Das war nicht seine Mutter! Diese Frau kannte er nicht! Dieses Wesen mit dem Kopftuch, unter dem einzelne, fadenscheinige Haarsträhnchen hervorlugten, dieses kantige, knochige, aschgraue Gesicht, dessen Augen so aussahen, als hätte jemand sie mit roher Gewalt nach hinten in die Höhlen gedrückt, diese stumpfen, mit einem feuchten Film überzogenen Pupillen, unter denen sich bläuliche Ringe in die Haut gefressen hatten – das war nicht seine Mutter. Es war eine fremde Frau, die da stand. Gebückt und wankend. Man konnte förmlich sehen, wie die Kraft aus jeder ihrer Poren davonströmte.
»Markus!«, sagte die Unbekannte und schaute ihn unsicher an.
»Hallo, Mama«, antwortete Markus und tat so, als würde er sie erkennen, versuchte das Lächeln in sein Gesicht zurückzuzwingen und wedelte mit der Aluschale. »Ich hab dir Blumenkohl mitgebracht!«
»Ich spucke momentan alles aus«, sagte Gerlinde. »Ich kann nicht kauen. Und scharfe Gewürze, Gewürze überhaupt – das geht gar nicht.«
»Oh«, sagte Markus.
Er stand immer noch im Türrahmen. Seine Mutter und er sahen sich nervös an, wie zwei ehemalige Weggefährten, die sich nach Jahren zum ersten Mal wiedersehen und nicht wissen, ob sie noch Freunde oder schon Fremde sind.
»Wie geht es dir?«, fragte Markus und biss sich sofort auf die Unterlippe. Was für eine blöde Frage!
»Komm rein«, sagte sie.
Markus trat endlich über die Schwelle. Er schlängelte sich

förmlich an der Wand entlang an seiner Mutter vorbei. Als könnte sie zu Staub zerfallen, wenn er sie berührte.
Markus trat ins Wohnzimmer. Auf dem Sofa lag Bettwäsche. Der Fernseher lief. Gerlinde nahm die Fernbedienung und schaltete das Gerät aus.
»Es tut mir so leid«, sagte sie.
Markus starrte sie an.
»Dass ich dir das antun muss«, fuhr Gerlinde fort. »Wo du doch schon mit Babette ...«
Markus wusste, dass er sie jetzt umarmen sollte. Das wäre das einzig Richtige. Es gab keine Alternative. Doch er brachte es nicht über sich. Er setzte sich stattdessen aufs Sofa.
»Möchtest du einen Kaffee?«, fragte Gerlinde und machte Anstalten, in die Küche zu gehen.
»Was sagen die Ärzte?«, fragte Markus.
Gerlinde hielt inne und zuckte die Schultern. »Der eine, dieser Jüngling im Krankenhaus, der sich meinen Namen nicht merken kann, der sagt ständig: *Kopf hoch, das wird schon.* Der kriegt irgendwann eine Ohrfeige von mir.«
Sie setzte sich neben ihn.
»Paula sagt auch: Es ist ein Kreuz mit den Ärzten. Entweder sind sie völlig gefühlskalt und abgestumpft, oder sie rattern ständig diese Kalenderblattweisheiten herunter. Weißt du, was Paula mir geraten hat? Sie hat gesagt, ich soll mit meinem Krebs sprechen!« Gerlinde lächelte Markus schief an. »Hab ich tatsächlich gemacht.«
Markus schluckte. Er wollte das alles nicht hören.
»Und was hast du ihm gesagt?«, fragte er trotzdem.
»Dass er verschwinden soll, natürlich«, antwortete seine Mutter. »Mein Onkologe sagt, die Chemo hätte ganz gut angeschlagen. Aber es gibt mehrere Metastasen-Herde,

das macht's so kompliziert. Meine Darmflora ist völlig zerfressen. Ich habe außerdem ...«
Markus' Hals brannte wie Feuer.
»Wo ist Kim?«, fragte Gerlinde, die Markus' gequälten Gesichtsausdruck bemerkt hatte. »Weiß sie Bescheid?«
»Ich habe sie gebeten, zu Hause zu bleiben. Ich wollte heute erst mal allein ...«, erklärte Markus mit zitternder Stimme. »Sie kommt aber nächstes Mal mit. Ich soll dich von ihr grüßen.«
»Danke.«
»Warum hast du nichts gesagt?«, fragte Markus.
Gerlinde seufzte. »Ach Markus«, sagte sie. »Mein lieber Markus.«

Kapitel 22

Kim saß schon seit drei Stunden am Computer. Sie musste alles wissen.
Krebs heißt Krebs, weil die geschwollenen Venen eines äußeren Tumors den Beinen eines Krustentieres ähneln. Das fand zumindest der griechische Arzt Galenos (129 – 216), der der Erkrankung ihren Namen gab. Auch Hippokrates und Aristoteles erwähnten den Krebstumor bereits in ihren Schriften. Weit vor Zigaretten, Knäckebrot und Handystrahlung.
395 000 Menschen erkranken in Deutschland jedes Jahr an Krebs. Etwa die Hälfte aller diagnostizierten Patienten stirbt. Die andere Hälfte stirbt auch, aber später. Vielleicht bei einem Autounfall, vielleicht an einer Viruserkrankung, vielleicht an dem Krebs, der wiederkehrt. Krebs ist nämlich treu.
Wayne McLaren, der als kerniger Cowboy auf den Plakaten der *Marlboro*-Werbekampagne posierte, die den karzinomen Glimmstengeln einen »Geschmack von Freiheit und Abenteuer« andichtete, starb als 51-Jähriger an Lungenkrebs.
In den 1950er und 1960er Jahren wurden in einer Wüste im amerikanischen Bundesstaat Nevada etliche überirdische Atombombentests durchgeführt. Tausende von Soldaten, die an den Tests beteiligt waren, und Bewoh-

ner nahe liegender Ortschaften erkrankten in den folgenden Jahren an Krebs. Die US-Regierung behauptet bis heute, das sei Zufall.

Als der Atomreaktor in Tschernobyl kollabierte und eine Wolke radioaktiven Giftes über Europa zog, behauptete die französische Regierung, die Strahlung hätte ihr Land auf wundersame Weise nur gestreift. So gut wie keines ihrer Agrarprodukte sei verstrahlt worden, und es gebe deshalb keine Veranlassung für Exportbeschränkungen. Einzig bei einigen untersuchten Wildschweinen hätten die Geigerzähler überdurchschnittlich stark ausgeschlagen. Die Wildschweine durften Frankreich deshalb nicht verlassen.

Kims Oma hatte nie geraucht. Sie war nie in Nevada gewesen. Und Kim konnte sich auch nicht vorstellen, dass sie vor Jahrzehnten in Frankreich Unmengen von Wildschweinragout vertilgt hatte.

Warum also?

Und warum jetzt?

Es war so ungerecht!

Kim hatte nicht geweint. Vielleicht waren keine Tränen mehr übrig. Vielleicht war es auch nicht angebracht. Oma war schließlich nicht tot, sie war nur krank. Wenn Kim schon jetzt um sie weinte, konnte das ihre Heilungschancen verringern. Vermochte man das Schicksal auszutricksen, indem man Optimismus vor sich hertrug wie eine Maske?

Kim schaute auf ihr Handy. Keine Nachricht.

Sie schämte sich. Wie konnte sie jetzt, in dieser Situation, auf einen Anruf von Alex hoffen? Gab es jetzt nichts Wichtigeres? War Alex jetzt nicht völlig egal?

Nein, war er nicht.

Kim rechnete nicht ernsthaft damit, dass er anrufen würde. Nicht so bald, zumindest. Das wäre uncool, oder? Ob *sie* vielleicht anrufen sollte? Oder zumindest eine SMS schicken? Nein, das würde aufdringlich, verzweifelt, bettelnd wirken.
Vielleicht schickte *er* ja eine kurze SMS. Sie würde jubeln. Aber sie würde sich ein wenig Zeit lassen mit einer Antwort. Ein, zwei Stunden vielleicht. Genau so lange, dass er merkte, dass sie sich über seine Nachricht gefreut hatte, aber nicht, wie groß ihre Freude tatsächlich war.
Männer mochten Frauen, die es nicht nötig hatten. Wenn ein Mann eine Frau eroberte, obgleich die unter vielen anderen hatte auswählen können, dann streichelte das seinen Stolz. Ein Mann brauchte das Gefühl, etwas Besonderes zu sein. Männer wollten andere ausbooten, über ihnen stehen, herausragen. Männer wollten für eine Frau der Auserwählte sein. Zumindest hatte Kim das so in Zeitschriften gelesen.
Vielleicht lasen Jungs deshalb so oft Fantasy-Romane oder guckten Superhelden-Filme. Da gab es auch immer einen Auserwählten. Der wurde dann von allen bewundert, obwohl er meistens ein seltsam buntes Outfit trug, das aussah wie ein Pyjama, der beim Waschen eingelaufen ist. Und meistens waren die Pyjamaträger obendrein noch deprimiert und schlecht drauf, weil es nämlich irgendwie auch blöd war, auserwählt zu sein, anstatt einfach sein Leben leben zu können.
Alex trug bestimmt keinen Pyjama. Alex schlief vermutlich in coolen Boxern und einem ärmellosen T-Shirt. Oder vielleicht sogar nackt.
Kim hielt inne. Was dachte sie da eigentlich? Sie schämte sich. Ihre Mutter war tot. Gerade hatte sie erfahren, dass

ihre Großmutter an einer lebensgefährlichen Krankheit litt – und sie fantasierte über die nächtliche Bekleidung eines Oberstufenschülers.
Das ging nicht. Das war falsch.
Kim wandte sich wieder dem Computer zu.
Hot Dogs und Cheeseburger verursachten Bauchspeicheldrüsenkrebs, Zigaretten und Asbest verursachten Lungenkrebs. Toastbrot, Pommes frites, Kartoffelchips, Kaffee und viele andere Lebensmittel enthielten den Giftstoff Acrylamid, der diverse verschiedenartige Krebserkrankungen hervorrufen konnte. Und in Sachsen, Thüringen, der Eifel sowie dem Schwarzwald lebten die Leute angeblich besonders gefährlich. Dort enthielten die Böden nämlich das radioaktive Edelgas Radon, das über undichte Stellen der Bausubstanz in die Häuser eindrang und in den dortigen Regionen der zweitgrößte Verursacher von Lungenkrebs war.
Warum meldete sich Alex nicht?
Hatte sie etwas Falsches gesagt?

Kim hatte gerade gegoogelt, dass starker Alkoholkonsum die Anfälligkeit für Brustkrebs erhöht, dass Zwiebeln und Knoblauch dagegen die Gefahr mindern, an Gebärmutterkrebs zu erkranken, und dass die Vorsorgeuntersuchung für Prostatakrebs darin besteht, dass ein Urologe seinen behandschuhten Finger sehr tief in den Anus des Patienten schiebt, als sie den Schlüssel in der Wohnungstür hörte. Sie stand auf und trat aus ihrem Zimmer in den Flur.
Ihr Vater öffnete die Tür, sah seine Tochter und zwang sich zu einem Lächeln. Es sollte aufmunternd und optimistisch wirken, aber es war in etwa so glaubwürdig wie

die stete Behauptung, die Kims Lehrer zu Beginn jedes Schuljahres äußerte: dass Mathematik eigentlich sehr spannend und überhaupt nicht trocken sei, wenn man sich nur richtig drauf einließ. Kim war keine Fünfjährige mehr. Man konnte sie nicht mehr täuschen.
Ihr Vater zog seine Jacke aus und hängte sie an die Garderobe.
»Oma geht es sehr schlecht«, sagte er. »Aber ihre Chancen stehen gut.«
»Und?«, fragte Kim nach.
»Sie wird vorübergehend hier bei uns einziehen. Dreimal am Tag kommt diese Paula vorbei, aber die restliche Zeit werden wir uns um sie kümmern.«
»Okay«, sagte Kim.
»Es wird gut ausgehen«, sagte Markus.
Kim verzog das Gesicht zu einer Grimasse, die Markus nicht zu deuten wusste.
»Alles in Ordnung?«, fragte er.
»Sicher«, sagte Kim. »Wir müssen lüften, bevor Oma kommt.«
»Ja«, pflichtete Markus ihr bei. »Das müssen wir.«
Für einen kurzen Moment standen sie einfach so da, Vater und Tochter. Ratlos. Versucht, über den Schatten zu springen, der zwischen ihnen lag, aber letztlich doch zu schwach, es zu tun.
»Hast du schon gegessen?«, fragte Markus stattdessen und wedelte mit der dünnen Plastiktüte, in der sich die sicher längst pappig gewordenen Blätterteigstangen und der vermutlich zu Krümeln verfallene Blumenkohl befanden.
»Kein Hunger«, murmelte Kim.
»Scheinbar kann ich kulinarisch nur noch bei Schwaben punkten«, seufzte Markus.

»Hä?«, fragte Kim.
»Vergiss es.«
Kim ging zurück in ihr Zimmer. Sie schloss die Tür hinter sich. Kurz darauf ertönte einer der finsteren Songs von *The Jesus & Mary Chain*.

Kapitel 23

Paula war blind. Sie saß mit Carsten und Ariane in einem lauten, überfüllten portugiesischen Restaurant in St. Georg. Sie waren noch nie zuvor hier gewesen – und das war wichtig. Niemand durfte sie kennen. Paula wollte ausprobieren, ob sie den ganzen Abend lang eine Blinde sein konnte. Ob sie es durchhielt. Ob jeder es glaubte. Ihre Freunde wussten, dass sie das jetzt brauchte.
Ariane, die als Einzige der drei an der Schauspielschule angenommen worden war, verkniff sich eine übermäßige Feierlaune. Natürlich hatten die beiden anderen ihr gratuliert. Von Herzen sogar. Paula war nicht eifersüchtig auf sie, das wusste Ariane. Paula betrachtete ihr eigenes Lebensglück, ihr Vorankommen, ihre Erfolgserlebnisse prinzipiell losgelöst von der Existenz anderer. Paula freute sich aufrichtig für Ariane und wäre nie auf den Gedanken gekommen, dass Arianes Glück zu einem gewissen Prozentsatz Anteil an ihrem Pech hatte. Es konnten eben nur x Prozent aller Bewerber angenommen werden, und mit Arianes Erfolg reduzierte sich x (und damit Paulas Erfolgschancen) naturgemäß auf eine kleinere Zahl. Doch das war schnöde Rechenschieberei. Das war nichts für Paula. Für Paula zählte in diesem Moment nur eines: Sie musste sich selbst beweisen, dass sie eine gute Schauspielerin war. Obwohl man sie abgelehnt hatte. Und aus

diesem Grund tastete sie gerade unbeholfen über den Tisch, suchte nach dem Brotkorb, während ihre Augen glasig an die Decke blickten. Paulas Finger surften quer durch die Kräuterbutter.

»Hoppla!«, kicherte die Pseudoblinde mit einer albernen Kleinmädchenstimme. Carsten seufzte. Er war ebenfalls an der Schauspielschule abgelehnt worden. Doch seine Enttäuschung würde so lange zweitrangig sein, bis Paula einen Weg gefunden hatte, ihr angestoßenes Ego auszudellen und ihren Optimismus zu regenerieren (und sie fand immer einen Weg). Danach würde sich Paula rührend um ihn und seinen Frust kümmern. Dann wäre sie wieder ganz Mary Mama Poppins. Bis dahin aber gab sie die blinde Diva.

Der Kellner war ein etwa 50-jähriger Südländer mit einem derart imposanten Schnauzbart, dass keiner der drei übermäßig erstaunt gewesen wäre, wenn plötzlich ein kleines Vögelchen herausgelugt hätte, das sich dort ein Nest gebaut hatte. »Tapas für drei«, sagte der Mann mit dem schwarzen Nasenflokati und stellte zwei imposante Teller voll Fisch, Fleisch und olivenöltriefendem Gemüse auf den Tisch.

»Entschuldigung«, säuselte Paula und verdrehte dabei derart die Augen, als hätten ihre Pupillen defekte Kugellager. »Wo befinden sich die Muscheln? Also, wenn der Teller eine Uhr wäre, auf welcher Uhrzeit liegen die Muscheln?«

Paula hatte das mal in einem Film gesehen. *Erbsen auf halb sechs* hieß der. Ein toller Film, fand Paula.

»Der Teller ist länglich«, sagte der Kellner, »der kann keine Uhr sein.« Er machte Anstalten zu gehen, doch Paula wedelte wirr mit den Armen, bekam den Kellner zu fassen und hielt ihn unbeholfen am Ärmel fest. »Eeentschuldigung!«, quietschte sie derart dissonant, als ob außer ihren Pupillen jetzt auch ihre Stimme aus der Verankerung gerutscht wäre. Carsten seufzte einmal mehr, und Ariane wurde rot. Sie hasste es, sich fremdzuschämen, doch das gehörte bei Paula nun mal gelegentlich dazu.

»Könnten Sie mir denn beschreiben, wo genau die Muscheln liegen?«, bat Paula.

»Neben den Auberginen«, sagte der Kellner.

Carsten verkniff sich ein Lachen.

»Sie verstehen nicht«, sagte Paula. »Ich ...«

»Können Ihre Freunde Ihnen nicht die Muscheln zeigen?«, maulte der Schnauzbartträger. »Die sind doch nicht blind.«

»Oh«, sagte Paula. »Stimmt.« Und dann kicherte sie derart blöd, als ob nach Augen und Stimme inzwischen auch bei ihrem Gehirn eine Fehlfunktion zu beklagen war.

Der Kellner lächelte verkrampft, was Paula, die mit wackelndem Kopf in Richtung Herrentoilette starrte, nicht sehen konnte. Dann ging er.

»Du übertreibst«, flüsterte Ariane.

»Ich übertreibe nie«, flüsterte Paula zurück. »Ich lote nur die Grenzen des Akzeptablen aus.«

Die Tapas waren gut. Danach bestellten die drei Freunde Espresso und Cappuccino. »Ich! Möchte! Bitte! Ein! Glas! Leitungswasser! Zum! Espresso!«, rief Paula dem Kellner so laut und dezidiert entgegen, als wäre nicht sie blind, sondern er schwerhörig. Irgendwie schien sie alle Behinderungen durcheinanderzubekommen. Was für ein Glück, dass sie keine Regisseurin ist, dachte Ariane. Sie

würde den autistischen Rain Man obendrein noch in einen Rollstuhl setzen und ihm das Tourette-Syndrom verpassen.
»Was ist mit dem Pflegedienst?«, fragte Carsten Paula und hoffte, mit einer Frage zum Alltäglichen ihre Lust am Schmierentheater etwas zu bremsen. »Du wolltest doch eigentlich kündigen.«
»Ich bleib noch ein bisschen dabei«, antwortete Paula. Sie sprach tatsächlich völlig normal und schien sogar ihre Blindheit für eine Sekunde vergessen zu haben. »Ich brauche das Geld. Außerdem habe ich derzeit nur wenige Aufträge. Die meiste Zeit kümmere ich mich um eine Intensivpatientin. Sie hat Krebs.«
»Oh«, sagte Ariane. »Schlimmen Krebs?«
»Potenziell tödlichen Krebs«, antwortete Paula, jetzt wieder mit einem Hauch von Theatralik. »Sonst wäre es ja kein Krebs.«
»Klar«, stimmte Ariane zu.
»Anyway«, fuhr Paula fort. »Ich habe mich bei der, äh … also, ich habe mich zwischenmenschlich etwas weit vorgewagt …«
Ehe Carsten oder Ariane nachfragen konnten, was genau sie damit meinte, fuhr Paula bereits fort: »Und jetzt bin ich etwas mehr involviert, als ich es sein sollte. Gerlinde – so heißt sie – zieht jetzt bei ihrem Sohn und ihrer Enkelin ein, und ich fahre dreimal am Tag hin und kümmere mich um sie. Wir haben eine gewisse Beziehung aufgebaut, die alte Dame und ich, und es wäre nicht fair, wenn ich jetzt abhaue. Ich muss warten, bis sie … äh …«
»Stirbt?«, schlug Carsten vor.
»Wieder gesund ist?«, bot Ariane eine optimistischere Alternative an. Sie war ein Happy-End-Freak.

»... bis sie mich nicht mehr braucht«, beendete Paula ihren Satz.
Der Kellner brachte die Heißgetränke und stellte sie wortlos auf den Tisch.
»Danke!«, brüllte Paula in die ungefähre Richtung des Kellners und rollte mit den Augen.
»Bitte!«, brüllte der Südländer zurück.

Eine Viertelstunde später wollten die drei Freunde gehen. Sie riefen nach dem Kellner, der erstaunlich schnell erschien, mit sichtlicher Freude eine Rechnung auf den Tisch legte und jedem der drei sagte, was er zu zahlen hatte. Als Paula unbeholfen nach ihrer Tasche griff, die sie über die Stuhllehne gehängt hatte, fiel diese herunter. Ein Großteil des Inhalts ergoss sich über den Boden. Der Kellner bückte sich und hob Paulas Sachen auf. Genüsslich legte er sie Stück für Stück auf den Tisch. »Ihr Portemonnaie«, sagte er, während er die lederne Geldbörse neben der Tasse ablegte.
»Danke«, sagte die augenrollende Paula.
»Ihre Autoschlüssel!«
Paula schluckte.
»Und was ist das?« Der Kellner öffnete das blaue Etui, das er in der Hand hielt. »Oh. Eine Lesebrille.«
Paula grinste ihn an. Sah ihm direkt in die Augen. »Ups!«, sagte sie.
Der Kellner grinste zurück. Paula gab ihm ein beträchtliches Trinkgeld.
Als die drei gingen, rief Paula ihm von der Tür noch ein herzliches »Tschüss!« zu.
»Tschüss!«, rief der Kellner zurück. »Wir sehen uns!«
Paula lachte.

Wie durch ein Wunder fand Paula auf Anhieb einen Parkplatz in der Nähe ihrer Wohnung. Als sie ausgestiegen war und den Bürgersteig entlangging, sah sie auf den Treppenstufen, die zur Eingangstür ihres Hauses führten, Niels sitzen. Seit dem unangenehmen Zwischenfall neulich hatte Paula ihren Teilzeit-Lover nicht mehr getroffen. Er hatte ihr eine E-Mail geschickt und zwei Nachrichten auf ihrer Handy-Mailbox hinterlassen – unverfängliche, kumpelhafte »Wollen wir uns mal wieder treffen«-Messages –, doch Paula hatte auf keine davon reagiert. Jetzt wartete er auf sie. Jetzt wurde es ernst.
Für einen kurzen Moment überlegte Paula, ob sie wieder in den Blind-Modus schalten und ihn einfach übersehen sollte, während sie sich zu ihrem Zuhause vortastete, doch dann beschloss sie, dass sie der Exzentrik an diesem Abend schon über Gebühr gefrönt hatte.
Sie ging auf Niels zu und setzte sich neben ihn auf die Treppenstufe.
»Hey«, sagte sie.
»Da bist du ja«, sagte er.
»Ich bin nicht da«, antwortete Paula. »Nicht für dich. Nicht mehr.«
»Was habe ich getan?«, fragte Niels.
Paula zuckte die Schultern. Niels starrte sie an.
»Vielleicht bist du einfach zu nett«, sagte sie.
»Ich muss wahnsinnig sein, dass ich mich in dich verliebt habe«, murmelte Niels. Damit war es auf dem Tisch. Er hatte es gesagt. Es war eine große Offenbarung. Doch Paula beschloss, den beiläufigen Tonfall, mit dem Niels ihr sein Herz dargeboten hatte, für bare Münze zu nehmen.
»Vermutlich«, sagte sie, ohne ihn dabei anzusehen. »Es

bringt eben nichts, sich in mich zu verlieben. Das habe ich dir von Anfang an gesagt.«
Sie stand auf und schloss die Haustür auf. »Gute Nacht«, sagte sie zu dem Häufchen Mann, das immer noch auf den Treppenstufen saß.
»Das war's?«, fragte er.
»Das war's«, bestätigte Paula, trat in den Hausflur und ließ die Tür hinter sich zuschnappen.
Eine Träne lief ihr über das Gesicht. Nicht, weil sie selbst unglücklich war. Es war eine Mitleidsträne für den armen Niels. Er tat ihr aufrichtig leid. Sie wünschte, sie könnte ihm helfen. Vielleicht könnte sie ihn mit Ariane verkuppeln. Die war doch so süß.

Kapitel 24

Die ersten beiden Stunden saß Kim wie auf heißen Kohlen. Sie würde sich in der ersten großen Pause irgendwo zentral auf dem Schulhof drapieren. Sie würde Alex eine denkbar gute Chance geben, scheinbar oder tatsächlich zufällig über sie zu stolpern, sie anzulächeln, ein paar Worte zu wechseln. Mehr erwartete sie nicht. Kim war Realistin. Sie würde nicht einfach Alex' Freundin werden. Nicht so schnell, und schon gar nicht offiziell. Sie war das seltsame Riesenbaby, das keine Freunde hatte. Das konnte er sich nicht zumuten. Aber ein Lächeln, das wäre schön.
Sie hatten Gemku in der ersten Doppelstunde. Gemku war die Abkürzung für Gemeinschaftskunde. Abkürzungen waren gut, die machten das Simsen schneller. Gemku war okay. Voll S (S wie Scheiße) waren Mathe und Kunst, weil die Lehrer in beiden Fächern bloß Akribie einforderten, keine Kreativität. Akribie bei Mathe war unerlässlich, das sah Kim ein. Akribie in Kunst war Kims Ansicht nach dagegen ein Zeichen für Faulheit und mangelnde Fantasie beim Lehrkörper. Ihre Kunstlehrerin hieß Frau Roggenpohl. Die war völlig Panne. Kunstlehrer waren alle Panne. Weil sie gern Künstler wären, aber es dazu nicht gereicht hat. Und das frustrierte sie dann. Das lag in der Natur der Sache VL. Voll logisch.

In Gemku ging es um den Klimawandel. Kim und ihre Klassenkameraden sollten Statistiken, die sie aus dem Internet zusammengetragen hatten, zu plausiblen und optisch schnell erfassbaren Tabellen, Graphiken und Diagrammen umarbeiten. Kuchendiagramme waren besonders beliebt. China, Russland und die USA hatten den mit Abstand höchsten CO_2-Ausstoß, der Vatikan und Liechtenstein so gut wie keinen. Was für 'ne Überraschung.

Manche ihrer Mitschüler waren richtig wütend auf ihre Eltern und Großeltern, weil sie die Welt so ruiniert hatten. Weil sie es immer noch taten, obwohl sie es längst besser wissen sollten. Kim sah das gelassener. So waren die Menschen eben. Ganz okay als Individuen, aber ein schlechter Witz in der Masse. Abgesehen davon musste die Erde doch einen Weg finden, die Menschheit zu dezimieren. Die Leute nahmen ja voll überhand. Manchmal wunderte sich Kim, dass sie, wenn sie über »die Menschheit« nachdachte, sich selbst gar nicht dazuzählte. Sie fragte sich, ob das nur ihr so ging oder ob viele Leute insgeheim das Gefühl hatten, sie selbst seien doch eigentlich viel zu smart, um dieser Spezies dazugerechnet zu werden. Andererseits: Es waren immer die größten Idioten, die sich für besonders klug hielten. Diese Hirnis, die ihr fragmentarisches Halb- und Viertelwissen aus Doku-Soaps und Boulevardzeitungen zogen, hatten auf alle noch so komplexen Fragen eine plakative, simple Antwort. Dagegen betonten irgendwelche Professoren und Doktoren in Interviews im Fernsehen stets die Vielschichtigkeit eines Problems und sagten erstaunlich oft, dass sie bestimmte Dinge immer noch nicht herausgefunden hätten.

Irgendwo hatte Kim mal den Satz gelesen: »Selbstzweifel sind das untrüglichste Zeichen für Intelligenz«. Das erschien ihr einleuchtend. Sie fragte sich, ob derjenige, der diesen Satz einst gesagt hatte, insgeheim daran zweifelte, ob er damit richtig lag.

»Na, hattest du noch einen netten Abend mit deinem Traumprinzen?« Es war Franz, der sie aus ihren Gedanken aufschreckte.

»Halt den Mund!«, zischte Kim ihn an. Das fehlte ihr gerade noch, dass die anderen in der Gruppe davon Wind bekamen, was zwischen ihr und Alex lief! Doch die hörten gar nicht richtig zu, die kleinen Nerds. Die backten Kuchendiagramme. *Jede Stunde wird Regenwald in der Größe eines Fußballfeldes gerodet.* Die müssen Fußball echt lieben, da unten in Taka-Tuka-Land.

»Hat er dich belästigt?« Franz blieb hartnäckig.

»Nein, hat er nicht!«

»Ooch!« Franz klimperte mit den Wimpern. »Enttäuscht deswegen?«

»Sag mal, was willst du eigentlich von mir?«, giftete Kim ihn an.

»Du und ich, das ist wie Alex und du«, sagte Franz.

»Was soll denn das heißen?« Kim funkelte ihn wütend an.

»Ich finde dich toll, und du hältst mich für nicht der Rede wert. Aber es wäre doch blöd, wenn man sich nach unten orientiert anstatt nach oben, oder?«, antwortete Franz.

»Ich stehe über dir?« Kim fühlte sich seltsam geschmeichelt.

Franz lächelte sie an. »Ich schaue im Gegensatz zu Alex und seiner Clique jedenfalls nicht zu dir hinunter.«

»Du hast doch keine Ahnung, du Wichser!« Kims empör-

te Entgegnung kam viel lauter und schriller aus ihrem Mund geschossen, als sie es wollte. Die ganze Klasse unterbrach ihre Arbeit und starrte sie an. Kim wurde rot. Herr Fahrk, der Gemku-Lehrer, schüttelte missbilligend den Kopf.
»Kim!«
»'tschuldigung«, murmelte sie und wandte sich wieder den Internet-Ausdrucken zu. *Wenn der Nordpol vollständig schmelzen würde, stiege der weltweite Meeresspiegel um sechs Meter.* Dann bauen wir einen Sprungturm auf dem Brocken.
»Ich mein's nur gut«, flüsterte Franz. Und dann machte er tatsächlich Anstalten, ihre Hand zu nehmen.
Kim riss sie entsetzt zurück. Franz funkelte sie kurz derart wütend an, dass sie regelrecht Angst vor ihm bekam. Oder war das gar keine Wut? War das Schmerz? Franz riss sich zusammen und lächelte wieder auf seine unbeholfene Art.
»Lass es einfach, okay?«, bat Kim ihren hartnäckigen Verehrer nun und bemühte sich um einen gefassten Tonfall. »Ich …«
»Kim«, mahnte Herr Fahrk noch einmal. Er stand nun direkt neben ihr. Sie spürte, dass er sich zusammenriss, der Herr Lehrer. Ihre Mutter war vor kurzem gestorben. Da war pädagogische Nachsicht angesagt.
Verdammter Schleimer.

Später, auf dem Schulhof, saß Kim allein auf der gemauerten Umrandung eines Blumenkübels vor der Pausenhalle. Franz stand etliche Meter entfernt vor der Turnhalle und beobachtete sie. Kim bemühte sich, es zu ignorieren. Sie hatte ihre Ohrstöpsel drin und hörte ein

Audiobook. Es ging um einen Serienkiller, der an jedem seiner Tatorte mysteriöse Hinweise hinterließ, und eine engagierte Kommissarin, die verzweifelt versuchte, dieser obskuren Fährte aus kryptischen Winks zu folgen, bevor der Irre wieder zuschlug. Kim hätte gern gewusst, ob Serienkiller im wahren Leben auch immer solche Botschaften am Tatort hinterließen: Zahlenkombinationen, die zu bestimmten Bibelstellen führten, Längen- und Breitengrade, Zitate aus Shakespeare-Stücken, chemische Formeln, Jahreszahlen, die auf Schlüsselszenen der Geschichte verwiesen.

Was, wenn so ein Serienkiller einfach doof war? Völlig ungebildet? Wenn die einzigen Hinweise, die er zu hinterlassen vermochte, so unsagbar simpel zu durchschauen waren, dass er unverzüglich geschnappt wurde? Wahrscheinlich wurden solche Deppen gleich nach dem ersten Mord und dem ersten platten Hinweis verhaftet, so dass sie gar keine Chance hatten, überhaupt ein Serienkiller zu werden. Wie frustrierend musste es sein, wenn man einen kompletten Plan für zwölf Morde ausgetüftelt hatte (für jeden Monat einen *Im Januar töte ich James, im Februar Freddy, in März Mike, im April Andy und so weiter*) und dann gleich am Anfang gestoppt wurde?

Während Kim halbherzig dem Hörbuch lauschte, drückte sie ständig irgendwelche Tasten auf ihrem MP3-Player. Einfach, um irgendetwas zu tun zu haben. Um beschäftigt auszusehen. Und auf keinen Fall wartend.

Da! Aus dem Augenwinkel bemerkte sie Alex. Er kam aus dem Hauptgebäude, begleitet von zwei Mitschülern und einem Mädchen, das Kim nicht kannte. Er sah toll aus! Mit Baseball-Cap und einer coolen Jeans.

Jetzt hatte er sie gesehen! Kims Herz schlug wie wild. Sie

hoffte so sehr, dass er nicht einfach an ihr vorbeigehen würde. Dass er sie irgendwie würdigen würde. Zumindest mit einem verschwörerischen Blick. Oder einem Nicken.

Er kam immer näher.

Kims Atem wurde immer schneller. Sie hatte Angst, dass sich ihr Brustkorb vor lauter Aufregung heben und senken würde, so dass es aussehen könnte, als recke sie ihren Busen hervor. Und da war auch wieder dieses fiese, schlimme, schmerzhafte Gefühl, dass sie ein schlechter Mensch sei, weil ihre Mutter gestorben und ihre Großmutter schwer krank war und es für sie in diesem Moment trotzdem nichts Wichtigeres gab als diesen tollen Jungen. Aber für seine Gefühle konnte man doch nichts, oder?

Jetzt war Alex nur noch ein paar Schritte entfernt, und Kim wurde fast schwindelig, während sie verbissen auf ihren MP3-Player starrte und manisch auf irgendwelche Knöpfe drückte. Dabei schaltete sie das Hörbuch ab, und kein Ton drang mehr aus den Ohrstöpseln. Stattdessen hörte sie Alex' Stimme. »... nachher. Okay«, sagte er zu seinen Leuten. Und dann stand er plötzlich direkt vor ihr. Er stand da. Still. Er war stehen geblieben! Er hatte die anderen allein weitergehen lassen!

»Da bist du ja«, sagte er und setzte sich neben sie. »Ich hab gestern ständig an dich denken müssen.«

Kim hatte für einen kurzen, entsetzlichen Moment Angst, dass sie sich vor Aufregung übergeben musste. Hier. Jetzt. Direkt vor ihrem Traumboy. Sie zwang sich, ruhig zu atmen, zog die Stöpsel heraus und lächelte ihn an.

»Hallo, Alex.«

O Gott. Sülzstimme! Sie klang wie eine liebeskranke Jungfer. Fehlte nur noch ein Augenklimpern!
»Was hörst du denn da?«, fragte Alex, nahm sich einen der Stöpsel und steckte ihn sich in sein Ohr. Kim empfand das als eine sehr intime Geste.
Alex schaute sie etwas irritiert an. »Ich hör nix«, sagte er.
»Ich hatte gerade ausgeschaltet«, murmelte Kim.
»Ach so«, sagte Alex.
»Ja«, sagte Kim. Was immer das heißen sollte. *Reiß dich zusammen, Mädchen!* Kim bemerkte, dass Alex' Freunde in einiger Entfernung stehen geblieben waren und irritiert beobachteten, dass sich ihr cooler Kumpel zu dem graumäusigen jungen Gemüse gesetzt hatte.
»Ich wollte dich gestern anrufen«, sagte Alex.
Kim starrte ihn an.
»Warum hast du's nicht getan?«, fragte sie dann.
»Ich hatte deine Nummer nicht«, sagte Alex.
Er zog einen Filzstift aus seiner Jackentasche. So einen wasserfesten, mit dem man auch CD-Rohlinge beschriften konnte. Er gab ihn Kim und hielt ihr seine Hand hin. Sie nahm sie (O Gott, waren ihre Hände feucht?) und schrieb ihre Nummer auf seinen Handrücken.
»Aha, du bist auch bei E-Plus. Ich auch. Dann werden unsere Gespräche ja nicht so teuer«, sagte Alex und erhob sich. »Bis dann.«
Gespräche! Plural! Mehrere! Kim strahlte Alex an. Ihr Gesicht spannte sich vor Glück, platzte fast vor Seligkeit. Es war ihr egal, dass das nicht cool wirkte. Sollte er doch sehen, wie glücklich er sie gemacht hatte.
Alex machte das Peace-Zeichen und verschwand. Kurz darauf war er wieder bei seinen Freunden. Zu viert gingen sie davon.

Kim atmete tief aus. Sie schloss die Augen. War das wirklich passiert? Als sie die Augen wieder öffnete, bemerkte sie, dass Franz immer noch vor der Turnhalle stand, ihr einen sarkastischen Blick zuwarf und ihr langsam und freudlos applaudierte.

Kapitel 25

Jede Stufe war der Mount Everest. Es war fast zehn Minuten her, dass Markus seiner Mutter die Autotür geöffnet hatte, dass sie mühsam und ächzend aus dem Wagen gestiegen war, dass sie sich bei ihm eingehakt und dann den beschwerlichen Aufstieg in den zweiten Stock zu Markus' Wohnung begonnen hatte. Sie war unsagbar schwach, und jede Stufe bedeutete einen Kraftakt.
Markus hatte kurz überlegt, ob er sie einfach tragen sollte. Ob er sie nehmen sollte, so wie er früher Kim genommen hatte, als sie noch nicht mal in den Kindergarten ging, einfach so, auf den Arm oder huckepack, jedenfalls mit einem festen, energischen Griff, und dann hoch mit ihr. Doch das wäre für seine Mutter entwürdigend gewesen, das war Markus klar. Selbst wenn niemand sie sähe, wäre es unangenehm.
Früher einmal, vor vielen Jahren, hatte seine Mutter *ihn* getragen. Sie hatte ihn gehoben, geschleppt, geschoben. Dann hatte sie ihm beigebracht, wie man läuft. Wäre es jetzt, wo sie selbst kaum noch laufen konnte, nicht bloß eine natürliche Umkehrung, wenn er sie tragen würde? Wenn er sich revanchieren würde für alles, was sie für ihn getan hatte in ihrem Leben? Ein Kreis würde sich schließen. Der Kreislauf des Lebens und dieser ganze Kram. Aber wenn sich der Kreis schließt, ist das eben auch ein

Abschluss. Ein Ende. Und ein Ende wollte Markus nicht. Dann wäre seine Mutter nämlich endgültig nicht mehr da. Und etwas würde fehlen. Außerdem wäre dann er das offiziell älteste Mitglied im familiären Gefüge. Alles, was dann noch folgte, wäre nur ein unabänderliches Zubewegen auf jenen Tag, an dem Kim überlegen musste, ob sie ihn tragen sollte. Ob sie sich für alles revanchieren sollte, was er je für sie getan hatte.
Nein. Diesen Kreis wollte Markus noch nicht schließen. Dafür war es noch zu früh.
»Die Hälfte hast du schon«, sagte er aufmunternd zu seiner Mutter, während die keuchend ihren rechten Fuß hob und auf die nächste Stufe hob. »Du schaffst das schon!«
Sie war so dünn geworden. So wenig Mensch nur noch.

Oben an der Tür wartete bereits Kim. Als Gerlinde die Treppenhaus-Besteigung schließlich bewältigt hatte und in kleinen Schritten, gestützt von Markus, auf ihre Enkeltochter zutrat, bemerkte sie mit Freude, dass Kims Gesicht offen war. Keine Maske lag darüber. Ihre Enkeltochter hatte ihn nicht, diesen unsicheren Blick, diese ängstliche Ratlosigkeit darüber, wie man ihr, an der der Tod zu zerren begonnen hatte, begegnen sollte.
Niemand behandelt dich mehr wie einen normalen Menschen, wenn du eine schwere Krankheit hast. Alle gehen wie auf Eierschalen, schauen dir nicht mehr so lange in die Augen wie früher, nicht mehr so tief, nicht mehr so selbstverständlich. Alle lavieren, wägen ihre Worte ab, lächeln zu viel, zu falsch, in unpassenden Momenten. Doch Kims Gesicht war frei von dieser unangenehmen Berührtheit, ihre Körperhaltung war wie immer. Die Ahnung von Tod, die Gerlinde umgab, jagte ihrer Enkel-

tochter keine Angst ein. Vielleicht lag das daran, dass sie den lieben langen Tag diese gruselige Friedhofsmusik hörte. Vielleicht härtet das ab. Vielleicht lag's aber auch einfach nur daran, dass sie sich in jenem Alter befand, in dem Diplomatie und Takt sowieso Fremdwörter waren.
»Hallo, Oma«, sagte Kim. »Geht's?«
Das Mädchen streckte die Arme aus, um sie zu stützen.
»Kannst du noch?«, fragte sie.
»Klar«, schnaufte Gerlinde. »Ich geh nachher noch tanzen. Kommst du mit?«
»Schätze, wir haben nicht denselben Musikgeschmack«, antwortete Kim.
»Du hast überhaupt keinen Musikgeschmack«, sagte Gerlinde. »Das, was du deinen Ohren zumutest, ist bloß wahlloser Krach.«
»Ich bin eben noch nicht alt genug zum Schunkeln«, sagte Kim.
»Mensch, nun hört doch auf zu streiten!«, rief Markus. »Oma ist noch nicht mal in der Wohnung, da fängst du schon mit deinem Zickenkram an«, fuhr er seine Tochter an.
Gerlinde und Kim warfen sich einen amüsierten Blick zu.
»Das war kein Streit«, sagte Gerlinde. »Das war ein amüsantes verbales Intermezzo.«
Markus ließ seine Mutter los, als er sah, dass Kim sie festhielt.
»Ich hol deine Sachen aus dem Auto«, sagte er und eilte die Treppen hinunter.
»Er versteht überhaupt keinen Spaß mehr«, maulte Kim, während sie Gerlinde in die Wohnung half.
»Du musst Geduld mit ihm haben«, sagte diese. »Es ist schwer für ihn.«

Kim sah sie an und verzog das Gesicht.
»Und wie geht's dir?«, fragte Gerlinde.
Kim zuckte mit den Schultern.

Markus hatte für seine Mutter das Extra-Zimmer ausgeräumt. So nannten sie den Raum am Ende des Flurs. Ein relativ kleiner Raum, praktischerweise direkt neben Klo und Badezimmer. Die meiste Zeit war dieses Zimmer Babettes Refugium gewesen. Eine Regalwand mit Büchern, ein Korb mit Strickzeug, ein sorgfältig aufgeräumter Sekretär, ein Strauß Trockenblumen auf einem kleinen Hocker, geschmackvolle Gardinen und ein filigran angefertigtes Makramee-Gebilde an der Wand zeugten davon, dass dieser Raum eine weibliche Domäne war. Auch eine Staffelei stand darin, auf der sich Babette immer mal wieder mit wenig ästhetischem Erfolg, aber umso mehr Enthusiasmus als Malerin versucht hatte. Ein halbfertiges Bild, das eine weiße Taube zeigte, die über Fabrikschornsteine flog, stand noch darauf.
In dieses Zimmer hatte sich Babette zurückgezogen, wenn sie eine Auszeit nehmen wollte, wenn sie in Ruhe einen Roman lesen oder mit dem Kopfhörer eine Oper genießen wollte. Markus hatte immer eine Riesenshow abgezogen, wenn seine Frau es riskierte, »La Traviata« oder »Figaros Hochzeit« auf der Stereoanlage im Wohnzimmer abzuspielen. Er hatte immer behauptet, dass Sopranistinnen einen Vorgeschmack auf die Hölle böten und die schrillen Frequenzen, die sie offenbar unter starkem physischem und emotionalem Schmerz ausstießen, unter die Genfer Konvention fallen sollten. Opern, fand Markus, sollten nur aus Ouvertüren bestehen.
Da Babette das gänzlich anders sah und sie kaum etwas

leidenschaftlicher gefunden hatte als einen Tenor und eine Mezzosopranistin, die sich ihre Liebe entgegen sangen, war sie dazu übergegangen, ihre Lieblingswerke ohne Markus' alberne Sprüche in der behaglichen Isolation ihres Extra-Zimmers zu genießen. Sehr oft kam das allerdings nicht vor, dafür hatte Babette einfach zu gern geredet, ihre Lieben um sich gehabt und zudem immer befürchtet, irgendetwas zu versäumen. Es war ihr nie übermäßig wichtig gewesen, dieses Zimmer zu benutzen. Aber es war ihr immens wichtig gewesen, es zur Verfügung zu haben.
Das Extra-Zimmer hieß nur deshalb nicht »Babettes Zimmer«, weil es hin und wieder auch als Gästezimmer diente. Wenn sie Besuch hatten – Freunde aus anderen Städten oder Ländern –, dann wurde die Couch, auf der sonst Babette Mozart hörte oder Marian Keyes las, zu einem gemütlichen Doppelbett ausgezogen.
Auf diesem Doppelbett lag nun Gerlinde.
Sie trug ein Nachthemd, auf dem Stuhl neben ihr lag ein grünkarierter Bademantel, den sie sich überziehen würde, wenn sie das Bett verließ. Es war ihr unangenehm, hier zu sein. Sie wollte ihrem Sohn nicht zur Last fallen. Doch gleichzeitig dachte sie, vielleicht war es auch gut, dass sie hier Quartier beziehen musste. Vielleicht wäre sie nicht nur eine Last, sondern auch eine Hilfe. Vielleicht konnte sie Markus helfen, wieder zu sich zu kommen. Sie würde mit ihm reden, ihn trösten, ihn aufmuntern. Und auch Kim. Nein, sie würde nicht sterben, sie würde vielmehr das Leben in diese Familie zurückbringen. Ja, das würde sie tun! Gerlinde lächelte. Später. Jetzt wollte sie erst einmal eine Stunde dösen. Sich ausruhen. Kraft sammeln.

Der Onkologe (noch so ein Jüngelchen, höchstens vierzig!) hatte ihr geraten, Autogenes Training zu machen. Das würde sie beruhigen, ihre Atmung gefälliger machen, und, wer weiß, vielleicht würde die positive Energie, die sie dabei freisetzte, sogar den Krebs bekämpfen. Die Ärzte von heute schienen allesamt überzeugt davon, dass jedwede Krankheit bloß ein psychisches Phänomen sei. Als ob man eine fiese, aggressive, auf pure sinnlose Zerstörung fixierte Horde von Killerzellen dadurch einschüchtern konnte, dass man die Augen schloss und sich vorstellte, man sei eine flauschige Wolke und alles werde schwer und leicht zugleich und nichts sei wirklich wichtig und man werde ruhig und immer ruhiger und alles werde gut und …

Als Gerlinde aufwachte, dämmerte es bereits. Sie schlief viel, seit sie krank war. Sie brauchte den Schlaf. Aber sie hasste ihn auch. Wenn sie es nicht schaffen würde, den Krebs zu besiegen – obgleich sie fest entschlossen war, diesen Scheißzellen die Hölle heißzumachen –, wenn sie es aber trotzdem nicht schaffen würde, wenn die Krankheit am Ende stärker war als sie, dann wollte sie ihre letzten Wochen oder Monate auf dieser Welt nicht mit Schlaf vergeuden. Sie wollte wach sein. Hellwach. Alles mitbekommen, aufsaugen, nichts verpassen.
Sie hätte so gern noch miterlebt, was aus Kim wurde! Ob sie ihren Platz im Leben fand. Ob sie ein glücklicher Mensch wurde. Gerlinde wollte ihren Sohn wieder lachen sehen. Sie wollte noch miterleben, dass er sich wieder fing und ins Leben zurückkehrte. Und Gerlinde wollte auch wissen, wie es in der *Lindenstraße* weiterging.

Sie hörte Stimmen aus der Küche. Markus sprach mit jemandem, und es war nicht Kims einsilbiges Gemurmel, das ihm antwortete. Es war eine laute, energische Stimme. Eine Stimme, die sich schwer bremsen ließ.
»Paula«, lächelte Gerlinde und richtete sich auf.

Kapitel 26

Markus hatte sich das Gespräch mit Paula anders vorgestellt. Klar, ihr erster Auftritt war unorthodox und schräg gewesen, doch er war davon ausgegangen, dass es an der absurden Verkettung von Zufällen lag. Das nächste Mal, wenn er sie sah, würden sie geschäftsmäßig, nüchtern und vernünftig alles regeln. Markus war davon ausgegangen, dass es ein Gespräch werden würde wie zwischen Hausherr und Handwerker. So wie ein Tischler, Klempner oder Elektriker ihn über die Problematik und angebrachte Herangehensweise bezüglich eines verzogenen Fensterrahmens, eines undichten Wasserrohrs oder eines defekten Kühlschranks informieren würde, so würde diese Paula ihm die gesundheitliche Lage seiner Mutter schildern. Sie würde ihm erklären, was getan werden musste, wie Gerlindes Versorgung exakt auszusehen hätte, und er würde sich mit ihr dann über einen zeitlichen und logistischen Ablauf einigen, der sowohl ihrem Terminplan als auch seiner eigenen Zeitplanung gerecht wurde.
Ganz einfach.
Doch schon als er ihr nach dem ungewohnt energischen Klingeln die Tür öffnete und sie dastand, ihn breit angrinste und, ohne auf seine Aufforderung zu warten, in die Wohnung trat, ahnte er, dass Paula nicht der Typ

Mensch war, der Logistik einen allzu großen Raum in seinem Leben zugestand.

»Ah!«, sagte sie, während sie ihre Jeansjacke auszog, an die Garderobe hängte und Markus dann grinsend von oben bis unten musterte. »Angezogen heute. Super!«

»Hallo«, sagte Markus. »Kommen Sie…«

»Ich bin Paula, du bist Markus«, sagte sie. »Wir werden uns in nächster Zeit häufiger sehen, als die meisten Ehepaare das tun. Da sollten wir den Sie-Quatsch lassen.«

»Okay«, sagte Markus. »Einen Kaffee, Paula?«

»Milch und Zucker. Viel Milch.« Paula lächelte und trat in die Küche.

»Ich kann dir auch einen Latte macchiato machen«, sagte Markus und zeigte auf die imposante Kaffeemaschine auf der Anrichte. Markus hatte das chromglänzende Heißgetränk-Monstrum, das von Größe und Design her durchaus auch das Kommandopult des Raumschiffs Enterprise sein konnte, schon vor Jahren gekauft. Damals war solch ein Gerät noch ungewöhnlich. Und ungewöhnlich groß.

»Hmm!«, strahlte Paula. »Latte macchiato!«

Sie setzte sich an den Küchentisch, holte ein abgegriffenes Ringbuch, dessen Äußeres sie wie eine Sechstklässlerin mit einem Edding bekritzelt hatte, aus ihrem Rucksack, legte es auf den Tisch und schaute Markus, der entweder gerade Kaffeebohnen mahlte oder einen Photonenangriff auf die Klingonen vorbereitete, nachdenklich an.

»Geht's dir gut?«, fragte sie schließlich.

Markus warf ihr einen erstaunten Blick zu.

»Du siehst mitgenommen aus«, sagte sie. »Erschöpft und traurig.«

Markus war perplex. Er drehte ihr den Rücken zu, wer-

kelte weiter an seiner Kaffee-Kommandozentrale und murmelte: »Das ist doch logisch, oder?«
»Klar«, sagte Paula. »Hab ja auch nur gefragt. Aber für Gerlinde wäre es gut, wenn du ein bisschen Kraft ausstrahlen könntest. Meinst du, das gelingt dir?«
Markus nahm das Latte-macchiato-Glas und stellte es vor Paula auf den Tisch. Dann holte er einen Zimtstreuer aus dem Regal und bedeckte den weißen Milchschaum mit einem dünnen braunen Teppich.
»Ich kann's versuchen«, sagte er.
»Gut«, sagte Paula und trank einen Schluck. »Lecker!« Sie lächelte wieder.
Markus war sich ziemlich sicher, dass sie den Milchbart auf ihrer Oberlippe mit voller Absicht nicht ableckte. Sie war der Typ Mensch, der einen Milchbart amüsant und niedlich fand. Irritiert stellte er fest, dass es tatsächlich stimmte. Sie sah süß aus. Sehr süß. Für eine kurze Sekunde musste er gegen das plötzliche Bedürfnis ankämpfen, sich vorzubeugen und seine Lippen auf den süß-schaumigen Streifen zu pressen. Er drehte sich abrupt um, schämte sich über alle Maßen für diesen unangebrachten und unerklärlichen Impuls und nahm sich die Espresso-Tasse, die ihm die Maschine zwischenzeitlich gefüllt hatte.
Als er sich zu Paula an den Tisch setzte, war der Milchbart verschwunden. Ihre Lippen glänzten feucht.
»Es gibt eine Selbsthilfegruppe für Leute, die mit dem plötzlichen Verlust eines geliebten Menschen umgehen müssen«, sagte Paula. »Einfach mal mit anderen Leuten reden, die in derselben Situation sind – das hilft.« Sie riss ein Blatt aus ihrem Ringbuch, schrieb eine Adresse und eine Telefonnummer darauf und schob den Zettel über den Tisch.
»So was ist nichts für mich«, brummte Markus.

»Ach Gott, ein einsamer Wolf.« Paula seufzte und verdrehte die Augen. »Dass ihr Kerle immer denkt, es wäre cool und heldenhaft, alles allein mit sich auszumachen. Dabei ist es nur blöd.«
»Können wir bitte über meine Mutter reden?«, sagte Markus und nahm eine aufrechte Haltung an. »Deshalb bist du doch hier.«
»Sicher«, sagte Paula. »Reden wir über deine Mutter.«
Sie hob das Ringbuch, auf dessen Rückseite Markus einen unbeholfen gekritzelten Schlumpf erkennen konnte, und schlug es auf. »Fangen wir mit den Medikamenten an«, sagte Paula.

Eine halbe Stunde später hatten Paula und er tatsächlich alles besprochen. Sie hatte ihm eine Liste der Tabletten, Zäpfchen und Tropfen ausgehändigt, die Gerlinde zu exakten Zeiten einnehmen musste. Sie hatte ihm auch erklärt, dass Gerlinde ihre Körperpflege rudimentär selbst erledigen konnte. Was sie nicht schaffte, dafür wäre Paula da. Markus war erleichtert, das zu hören. Er hatte sich in den letzten Tagen öfter gefragt, ob er seine Mutter würde waschen und eincremen müssen. Eine Vorstellung, die ihm ein großes Unbehagen bereitet hatte. Er war froh, dass dieser Kelch an ihm vorüberging.
Gerlindes Schwäche sei weniger eine Auswirkung des Krebs, erklärte Paula. Natürlich zehre die Krankheit sie aus. Schädlicher für ihre allgemeine Konstitution seien aber die Chemotherapie und all die Medikamente, die sie nehmen müsse. Schmerz- und Beruhigungsmittel vor allem. »Eigentlich ist deine Mutter die meiste Zeit ziemlich breit«, sagte Paula grinsend. »Die wirft mehr Drogen ein als Keith Richards in seinen besten Tagen.«

Markus kratzte sich am Kopf. Paula nahm einen weiteren Schluck aus ihrem Glas. Der Milchschaum war inzwischen zusammengefallen.
Sie würde in Zukunft nur zwei- statt dreimal am Tag kommen können, fuhr Paula fort. Neue Dienstpläne, neue Einsparungen, Scheiß-Gesundheitsreform. Markus nickte. Und dann fing Paula noch mit diesem psychosomatischen Zeugs an – wie wichtig positive Energien für die Genesung seien und so. Markus hörte nicht wirklich zu. Er hatte eine Aversion gegen diesen Esoterik-Schnodder. Das war Frauenkram.
Babette hatte immer die Horoskope in der Zeitung gelesen und ihm frühmorgens, beim ersten Kaffee, schon eröffnet, dass sich ihm a) große Chancen auftun würden, b) eine schwere Entscheidung bevorstünde oder c) eine unerwartete Begegnung seine ganze Aufmerksamkeit erfordere. Markus glaubte nicht an Sternzeichen – und er glaubte auch nicht an positive Energien. Energie kam aus der Steckdose. So einfach war das.
Markus wollte Paula gerade fragen, ob sie noch einen Latte macchiato wolle, als Gerlinde in die Küche trat. Sie trug ihren Bademantel, hatte Schlappen an und hielt sich am Türrahmen fest.
»Hallo«, sagte sie leise und lächelte. Selbst das schien sie anzustrengen.
Markus und Paula standen zeitgleich auf. Während Markus einen Küchenstuhl zurückzog und ein Kissen auf die Sitzfläche legte, ging Paula auf sie zu, umarmte sie und gab ihr einen Kuss auf die Wange.
Markus trat nun auch zu seiner Mutter und reichte ihr den Arm. Sie hakte sich ein und ging zum Tisch.
Als sie saß, zeigte sie auf die Kaffeemaschine und sah ihren

Sohn an. »Kannst du deinem Monstrum auch einen ganz normalen Kaffee entlocken?«
»Ich kann's versuchen«, sagte Markus.

Paula kümmerte sich um Gerlinde, während Markus mit dem Wagen auf das Gelände des Friedhofs einbog und kurz darauf auf dem Parkplatz zum Stehen kam. Er dachte immer noch darüber nach, was Paula gesagt hatte. Eine Selbsthilfegruppe? Mit fremden Leuten über seinen Schmerz, seine Traurigkeit, die plötzliche, unendliche Leere sprechen? Eine absurde Vorstellung!
Markus hätte viel lieber mit Kim gesprochen. Nicht über sich, sondern über sie. Über das, was in ihr vorging. Er sorgte sich um seine Tochter. Er wollte sie trösten. Auch weil er ahnte, dass es ihm selbst guttäte, wenn er ihren Schmerz lindern könnte. Doch wie groß war ihr Schmerz eigentlich? Markus konnte es nicht ermessen. Kim war unnahbar geworden. Sie wollte nicht über ihre Gefühle sprechen. Jeden zaghaften Versuch von Markus, auf Babette zu sprechen zu kommen, blockierte sie vehement. Als wäre Markus jemand aus einer Selbsthilfegruppe. Ein Fremder. Das tat weh.
»Kommst du mit zum Friedhof?«, hatte er gefragt.
»Nein«, hatte Kim bloß geantwortet.
»Vielleicht würde es dir aber gut…«, hatte Markus sie überzeugen wollen, hielt jedoch abrupt inne, als Kim ihn wütend anfunkelte.
»Sie ist tot, Papa! Sie ist weg! Das im Grab – das sind nur Reste! Fleisch und Knochen. Das ist nicht sie.«
Was sollte er dazu sagen? Sie hatte ja recht.

Babette hatte eine schöne Grabstätte, unter einer Birke, nahe einem Teich. Auf dem Weg dorthin kamen Markus zwei Leute entgegen, die ihren Hund spazieren führten, dazu ein Jogger und eine Familie, die einen Spaziergang machte. Die Mutter hatte gerade offenbar etwas Lustiges gesagt, denn ihre beiden Kinder quietschten vor Vergnügen. Markus schaute ihnen nach. Es war entsetzlich, aber er war neidisch auf diese Familie. Es tat regelrecht weh, so neidisch war er.

Als er am Grab seiner Frau stand, sah Markus in den Himmel. Kim hatte ihm mit ihren Sätzen das Bild verrottender Knochen und verwesenden Gewebes eingeimpft. Vor dem da unten graute ihm nun. Da lag ein Horrorfilm unter der Erde. Markus schaute also nach oben, dorthin, wo vielleicht ihre Seele herumschwirrte. Er hatte bewusst keine Blumen für das Grab mitgebracht, hatte das schon immer als hohle Geste empfunden. Als kaltes Ritual.

He, sagte er, stumm Richtung Himmel. *Ich bin allein. Warum hast du mir das angetan?*

Niemand antwortete.

Weißt du, wie sehr ich dich geliebt habe?, fragte er wortlos. *Hast du auch nur die kleinste, beschissene Vorstellung, wie wahnsinnig verrückt ich nach dir war? Du hast ein Loch in mein Leben gerissen. Ich bin so scheißwütend auf dich!*

Ein leichter Wind wehte. Irgendwo bellte ein Hund. Eine Weile lang stand Markus nur da, den Kopf nach oben, die Augen geschlossen. Er atmete schwer. Und da war wieder dieses Halsfeuer. Dieses lodernde Halsfeuer. Nach einer halben Ewigkeit räusperte er sich. Wenn er sich jetzt nicht zusammenriss, würde er stundenlang so stehen bleiben, mit glasigen Augen in den Himmel starren, irgendwann dann zusammensacken, einfach liegen bleiben, sich auflösen, vollständig verschwinden. Also zwang sich Markus, die Augen zu öffnen, räusperte sich noch einmal und senkte den Kopf.

Nun blickte er doch auf das Grab. Er wollte es nicht, doch er konnte den Blick auch nicht lösen. Plötzlich bemerkte er, dass da etwas lag. Neben dem Grabstein. Markus bückte sich und griff danach. Es war ein kleiner, metallischer Bilderrahmen. Und darin war ein Foto. Es zeigte Babette, Kim und Markus bei ihrem letzten Dänemark-Urlaub. Sie saßen alle drei auf einer Picknickdecke vor ihrem Ferienhaus. Sie aßen und sie lachten. Unten rechts in die Ecke des Bildes war mit rosafarbenem Glitzerstift ein kleines Herz gemalt.

Markus schaute das Bild lange an. Eine Welle der Erinnerungen kam über ihn. Und dann wurde ihm klar: Es war Kim, die dieses Bild hier für Babette hinterlassen hatte! Sie hatte sich heimlich auf den Friedhof geschlichen, hatte sich zu den verwesenden Resten ihrer Mutter niedergebeugt und ihr eine Liebesbotschaft hinterlassen. Kim, seine schwarze Grufti-Tochter, sein wandelnder Zynismus-Sprössling, hatte tatsächlich ein Kleinmädchen-Herzchen auf das Bild gemalt. Mit einem Glitzerstift. In Rosa! Markus konnte nicht anders: Er musste lachen. Es war ein lautes, erleichtertes, glückliches Lachen.

Die alte Dame, die just in diesem Moment auf dem Weg hinter ihm vorbeiging, blickte ihn empört an. Was war das für eine Welt, in der sich Männer lachend über Gräber beugen? Wie sehr muss dieser Kerl die arme Frau gehasst haben, die hier begraben lag!

Kapitel 27

Kim und Alex standen im Foyer des *Cinemaxx* und ließen ihre Blicke über die Anzeigetafel schweifen. Acht Filme standen zur Auswahl.
»Der mit Cameron Diaz soll gut sein«, sagte Alex.
»*Flitterwochen mit Hindernissen?*« Kim schaute ihn ungläubig an. »Das ist nicht dein Ernst, oder?«
»Ich dachte, ihr Mädchen mögt so was«, sagte Alex.
»Manche Mädchen schon«, antwortete Kim. »Aber ich nicht.«
Sie war aufrichtig gerührt, dass er bereit war, zwei Stunden Schmuseschmalz durchzustehen, nur um ihr eine Freude zu machen.
»Ich bin für Kino sechs«, sagte sie.
»Das ist aber harter Horror«, mahnte Alex. »So richtig blutig. Nicht so 'ne Kinderkacke.«
»Ich weiß.« Kim lächelte. »Deshalb musst ja auch *du* die Tickets kaufen.«
»Ich werde deine Hand halten, wenn du dich zu sehr gruselst«, kündigte Alex an.
»Du darfst meine Hand schon bei der Werbung halten«, antwortete Kim.
Alex grinste breit und ging zur Kasse.
Kim konnte es nicht fassen, dass sie das eben gesagt hatte. Sie konnte nicht fassen, dass sie so völlig locker war.

Alex hatte am Bahnhof auf sie gewartet. Er war nicht nur pünktlich, sondern sogar schon vor ihr da gewesen. Er hatte sie mit einem Kuss auf die Wange begrüßt, und ihr Herz war ihr kurz in die Hose gerutscht. Doch als sie dann zusammen in der U-Bahn saßen, war sie plötzlich völlig ruhig geworden.
Alex hatte von der letzten Probe mit seiner Band erzählt – dass sie ein Stück von Kanye West eindeutschen wollten. Er hatte über seine Geschichtslehrerin gelästert. Und dann hatte er sie gefragt, wie es ihr gehe. Was bei ihr so anliege.
Kim hatte von ihrer Großmutter berichtet. Dass ihre Oma Krebs hatte und nun bei ihnen wohnte.
»Krass«, hatte Alex gesagt. »Erst stirbt deine Mutter und dann gleich auch noch deine Oma.«
»Sie ist noch nicht tot, sie ist nur krank«, hatte Kim geantwortet.
»Trotzdem krass«, fand Alex.

Er hielt tatsächlich ihre Hand. Und dabei strich er sanft mit dem Daumen über ihren Handrücken. Kim war glücklich. Nach einer halben Stunde – auf der Leinwand pürierte der genmutierte Oberschurke gerade mit einer Schlagbohrmaschine ein dürres Girlie mit grotesk überproportionierten Silikonbrüsten – legte Alex die Hand auf ihr Knie und ließ sie dann langsam ihren Oberschenkel hochwandern. Kim nahm sie und hielt sie fest. Sie schaute Alex an. Er grinste. Das Silikongirlie blutete unter dem Gelächter ihres Peinigers aus, während Alex wieder ihren Handrücken liebkoste.
Er war so süß!

»Die hatte ja Wahnsinnstitten«, fand Alex.
»Total unnatürlich«, sagte Kim. »Viel zu fest.«
»Aber schön groß.« Alex grinste Kim unverblümt an.
»Ihr Jungs habt gut reden«, sagt Kim. »Ihr müsst damit ja auch nicht herumrennen.«
»Geht voll auf'n Rücken, was?«, fragte Alex.
»Die Pornodarstellerin Maxi Mounds hat eine Oberweite von einhundertvierundfünfzig Zentimetern«, sagte Kim. »Hab ich im ›Guinness-Buch der Rekorde‹ gelesen. Ihr Busen wiegt achtzehn Kilo! Stell dir das mal vor.«
»Boah, fett!« Alex war beeindruckt. »Da muss sie erst mal einen BH für finden.«
»Und jetzt lass uns von was anderem reden«, bat Kim.
»Okay«, sagte Alex.
Die beiden gingen Hand in Hand die Straße hinunter. Es war kurz vor 23 Uhr, dunkel und langsam auch schon kühl. An einer Kreuzung blieben sie stehen. Kim wusste, dass Alex nach rechts gehen musste, um nach Hause zu kommen. Ihr Heimweg dagegen führte sie geradeaus durch den Park.
»Tschüss«, sagte sie und löste ihre Hand aus seiner.
»Ich bring dich noch nach Hause«, sagte Alex und ging zwei Schritte vor in Richtung Park.
»Nee, das brauchst du nicht«, antwortete Kim. »Wir sehen uns Montag in der Schule.«
»Ich bring dich!«, beharrte Alex, drehte sich zu ihr um und nahm wieder ihre Hand. Er zog sie auf die Grünanlage zu.
Kim wollte nicht, dass einer ihrer Nachbarn sie sah. Sie wollte ihrem Vater nicht erklären müssen, warum sie so spät mit einem älteren Jungen durch die Gegend streunte. Energisch löste sie sich aus seinem Griff.

»Gute Nacht, Alex«, sagte sie.
»Ey, was soll denn das?«, fragte er. »Magst du mich nicht?«
»Ich mag dich sehr, Alex«, sagte Kim. »Ruf mich morgen an, okay?«
Sie küsste ihn auf die Wange. Er nahm ihren Kopf zwischen beide Hände, und dann küsste er sie auf den Mund. Kim schloss die Augen. Der Kuss hörte gar nicht mehr auf. Sie spürte, dass sie ihren Mund öffnen sollte. Und obwohl sie es nicht wirklich wollte, tat sie es. Blitzschnell drängte sich seine Zunge hinein. War das Leidenschaft oder einfach nur grob?, fragte sich Kim. Sie zog den Kopf zurück und beendete damit das ruppige Geknutsche.
»Gute Nacht, Alex«, sagte sie. »Das war echt ein geiler Abend.«
Sie drehte sich um und ging in den Park. Alex sagte nichts, aber sie spürte, dass er ihr nachschaute.

Kim ging zügig. Der Park war klein, es dauerte gerade mal zwei Minuten, ihn schnellen Schrittes zu durchqueren, und trotzdem war ihr unwohl. Vielleicht hätte sie sich doch von Alex begleiten lassen sollen. Aber sie wollte nicht wie ein ängstliches Baby wirken. Und auch nicht wie eine Tussi, die nichts allein auf die Reihe bekam. Sie war jünger als Alex, ja. Aber er sollte nicht glauben, dass er ihr großer Bruder oder Beschützer wäre. Er sollte sehen, dass sie selbst groß war. Und tough. Ebenbürtig.
Hinter ihr raschelte es. Kims Herz schlug etwas schneller, sie beschleunigte ihre Schritte. Doch dabei sagte sie sich, dass es natürlich raschelte. Tiere waren in den Büschen. Der Wind wehte.
Sie konnte bereits die Straßenlaterne am Ausgang des Parks sehen, als jemand plötzlich nach ihr griff. Kim schrie

auf, ganz kurz nur, dann presste sich eine Hand auf ihren Mund. Sie hörte eine keuchende Stimme: »Schrei doch nicht ...«

Der andere Arm umklammerte sie mit festem Griff und fixierte sie. Kim zappelte, versuchte sich zu befreien. Sie spürte heißen, feuchten Atem in ihrem Nacken.

»Aber es ist doch nur ...«, rasselte die Stimme. Kims Herz raste, und ihr wurde schwindelig. Sie riss sich zusammen, aktivierte all ihre Kraft, und es gelang ihr, ihrem Angreifer mit voller Wucht auf den Fuß zu treten. Er lockerte mit einem gequälten Aufschrei seinen Griff und kam ins Taumeln.

Kim riss sich los und drehte sich um. Sie hätte fortlaufen sollen, rennen, so schnell sie konnte. Sie fragte sich hinterher Hunderte Male, warum sie nicht einfach davongewetzt war. Doch in diesem Moment hielt etwas sie zurück. Sie drehte sich um und sah ihrem Angreifer direkt ins Gesicht.

Kapitel 28

Gerlinde lag auf dem Sofa, zugedeckt mit einer Wolldecke, in der Hand eine Tasse Tee. Markus hatte im Sessel Platz genommen. Auf dem Tisch standen noch die Reste eines Eintopfs, den Gerlinde gekocht hatte.
»Wenn du mich schon bei dir aufnehmen musst, dann will ich wenigstens meinen Teil zum Haushalt beitragen«, hatte sie gesagt, als er sie in der Küche ertappte, wo sie sich gerade mit Mühe bückte, um einen Topf aus dem Schrank zu angeln.
»Du sollst dich doch schonen«, hatte Markus eingewandt, doch Gerlinde machte bloß eine wegwischende Handbewegung. »Nichts zu tun stresst mich viel mehr als so'n bisschen Kochen. Lass mich dir doch unter die Arme greifen. Du hast doch sowieso schon so viel am Hals.«
Markus hatte es nicht übers Herz gebracht, seiner Mutter zu sagen, dass es ihm viel mehr Mühe machte, die Dinge einzukaufen, die sie für ihren Eintopf brauchte, als einfach etwas von dem übrig gebliebenen Essen aufzuwärmen, das er täglich aus seiner Catering-Firma mitnahm. Doch nachdem er den Eintopf gegessen hatte – ernährungswissenschaftlich höchst inkorrekt mit fetter Kabanossiwurst und einer ungehörig großen Prise Salz angerichtet –, musste er sich eingestehen, dass die leckere, nostalgische Suppe seiner Mutter tatsächlich eine ange-

nehme Abwechslung zum x-ten Lachs in Blätterteig und zum hundertsten Chili-Chickenwing darstellte.
Gerlinde selbst aß natürlich nichts. Sie aß so gut wie gar nichts mehr. Hin und wieder quälte sie sich mal einen Joghurt hinein, eine halbe Scheibe Brot, etwas Obst oder gedünstete Möhren. Solch eine herzhafte Mahlzeit aber, wie sie sie eben zubereitet hatte, konnte sie in ihrem Zustand unmöglich vertilgen. Markus sah seiner Mutter an, dass sie sie nicht einmal riechen mochte. Dass sie ihm den Eintopf dennoch zubereitet hatte, war deshalb doppelt rührend.
Sie hatten nicht viel geredet. Ein bisschen über Kim (»Sie ist traurig«, hatte Gerlinde gesagt. »Natürlich ist sie das«, hatte Markus geantwortet. »Ich denke, es ist am besten, wenn wir sie in Ruhe lassen. Sie braucht Zeit.«) und ein bisschen über Gerlindes Zustand. (»Wie geht's dir heute?«, hatte Markus gefragt. »Zum Kotzen«, war die Antwort gewesen.) Dann hatten sie den Fernseher eingeschaltet. Er zeigte seiner Mutter zuerst die wichtigsten Tasten der Fernbedienung und überließ sie dann wie selbstverständlich ihr. Die Raumtemperatur und das Fernsehprogramm unterstanden generell dem weiblichen Kommando. Das war ein zivilisatorisches Naturgesetz und bei Babette auch nicht anders gewesen. Die TV-Bedienung lag auf dem Tisch, zwischen dem leeren Geschirr und in direkter Reichweite von Gerlinde.
Markus' Mutter hatte sich ein paar Minuten durch die Kanäle gezappt und war dann bei irgendeiner Schnulze hängengeblieben, in der vor der pittoresken Kulisse des schottischen Hochlands alle auftretenden Figuren im Minutentakt von schweren Schicksalsschlägen erschüttert wurden. Gerade hatte die Frau des Dorfarztes erfahren,

dass ihr Mann sie mit der rothaarigen Schlampe aus der Maklerfirma betrog, da verunglückte auch schon der Sohn des Pferdezüchters mit seinem Landrover.

Markus hätte lieber etwas Heiteres geschaut. Oder irgendetwas, wo wortkarge Kerle wahllos herumballerten. Er wollte abgelenkt werden. Schicksalsschläge hatte er selbst genug. Doch er ließ seiner Mutter die Wahl, obwohl sie – wie er feststellte – bereits mit dem Schlaf kämpfte. Immer wieder fielen ihr für Sekunden die Augen zu.

Als die Gattin des Earls ihrem Ehemann unter Tränen eröffnete, dass sie Leukämie und wohl nicht mehr lange zu leben hätte, schaute Markus zu seiner Mutter hinüber. Sie hatte die Augen geschlossen und atmete schwer. Er nahm die Fernbedienung und schaltete auf einen anderen Kanal. Ein Löwe tat sich in einer Naturdoku an den Eingeweiden einer Antilope gütlich.

»Du brauchst nicht umzuschalten«, sagte Gerlinde. »Das sind nur erfundene Geschichten.«

»Ich will das aber nicht sehen«, murmelte Markus.

»Du kannst nicht einfach tun, als ob nichts passiert wäre«, sagte seine Mutter und richtete sich ächzend auf. »Menschen werden nun mal krank. Es hilft, zu reden, verstehst du?«

Markus schüttelte den Kopf.

»Weißt du, was gerade mein Problem ist?«, sagte Gerlinde. »Ich würde euch allen gern sagen, wie sehr ich euch liebe. Ich würde gern auf mein Leben zurückblicken und Bilanz ziehen. Alles sagen, was noch gesagt werden muss. Tun, was noch zu tun ist. Alles dort verstauen, wo es hingehört. Noch einmal durchsaugen. Einfach ein gepflegtes und korrekt abgeschlossenes Leben hinterlassen.«

Markus sah seine Mutter an.

Halsbrennen.

»Aber das geht nicht«, sagte sie. »Weil ich dann bereit bin zu sterben. Und das will ich eben nicht. Da bin ich störrisch.«

Markus schluckte.

»Verstehst du?«, fragte Gerlinde.

»Babette konnte nicht aufräumen«, murmelte Markus. »Die hat nichts kommen sehen.«

»Eben«, sagte Gerlinde. »Und weiß du, was die Lösung ist?«

Markus schüttelte den Kopf.

»Einfach immer ein bisschen so zu leben, als ob jederzeit Schluss sein könnte.« Gerlinde lächelte. »Aber nur ein bisschen. Kein besenreines Leben führen, das nicht. Aber wir sollten zumindest keinen Dreck hinterm Sofa liegen lassen.«

Markus nickte langsam.

»Du weißt, dass Babette dich geliebt hat. Sie hat es dir gesagt, immer mal wieder. Und als sie starb, wusste sie, dass sie geliebt wurde. Und dass sie euch fehlen würde. Dass sie eine Lücke hinterlässt.« Gerlinde schaute ihren Sohn an.

»Ich glaube, es ist wichtig, das zu wissen. Findest du nicht?«

Markus' Augen wurden feucht. Der Bambi-Fluch war gebrochen. Er war bereit zum Weinen.

»Ich ...«, begann er flüsternd. »Du ... Du wirst auch geliebt. Ich liebe dich, Mama. Du warst eine tolle Mutter.«

»Nee«, sagte Gerlinde und grinste, obwohl ihr gleichzeitig die Tränen über das Gesicht liefen. »Jetzt hast du's doch durcheinanderbekommen. Ich *war* keine gute Mutter. Ich *bin* eine gute Mutter.«

»Ja«, flüsterte Markus, aus dessen Augen nun auch Tränen flossen. Sie fühlten sich gut an, die Tränen. »Ja, das bist du.«
Gerlinde lächelte.
»Und du bist ein guter Sohn«, sagte sie. »Und ein guter Vater. Und jetzt schalte wieder um, ich will sehen, wie diese Makler-Schlampe ihre gerechte Strafe bekommt!«

Kapitel 29

Eine innere Stimme befahl ihr, davonzurennen. Doch etwas anderes in ihr hielt sie zurück. Sie war fassungslos. Sie stand einfach nur da und starrte den Jungen, der sie eben brutal überfallen hatte, ungläubig an.
»Ich liebe dich doch!«, keuchte der.
»Franz?« Kim konnte es nicht fassen. Er musste ihr gefolgt sein. Hatte er womöglich schon vor dem Kino auf sie gewartet?
Ihr Mitschüler streckte die Arme aus. »Echt, Kim! Du verstehst nicht …«, sagte er und trat einen Schritt auf sie zu.
Und dann brach er plötzlich zusammen. Fiel um wie ein gefällter Baum. Hinter ihm stand Alex, einen dicken Ast in der Hand.
Kim starrte Alex an, dann schaute sie auf Franz hinunter, der reglos auf dem Boden lag. Sein Kopf blutete.
Kim sagte gar nichts. Sie keuchte nur. Dann knickten ihre Beine ein. Sie sackte auf die Knie und vergrub ihr Gesicht in den Händen. Und begann zu weinen.
Alex strich ihr übers Haar. Dann zog er seine Jacke aus und legte sie ihr über die Schulter. Eine absurde Geste, denn seine Jacke war dünner als die, die sie selbst trug. Und es war nicht mal kalt. Aber es war das, was ihm einfiel. Er hatte das wohl im Kino gesehen. So etwas taten

Helden eben, nachdem sie die schönen jungen Mädchen in letzter Sekunde aus den Klauen eines Monsters befreit hatten.

Franz stöhnte und machte Anstalten, sich aufzurichten. Alex ging zu ihm und trat ihm auf die Brust.
»Du bleibst liegen, bis die Bullen kommen«, sagte er und zog sein Handy aus der Tasche.
Sein Fuß ruhte auf dem Brustkorb des erbärmlich daliegenden Jungen.
»Nicht«, sagte Kim. Sie schluchzte. »Lass ihn gehen. Das ist alles zu viel. Das halt ich nicht aus.«
»Aber du kannst ihn doch nicht einfach ...«, protestierte Alex, doch Kim unterbrach ihn.
»Ist ja nichts Richtiges passiert«, sagte sie und richtete sich tapfer auf. »Ich will nur noch nach Hause.«
Alex verzog das Gesicht, nahm aber den Fuß von Franz. Der erhob sich langsam.
»Was ich gesagt hab, Kim«, begann er, »das meinte ich ernst. Ich ...«
Alex' Faust krachte mit voller Wucht in Franz' Gesicht. Kim war sich nicht sicher, aber sie meinte Knochen splittern gehört zu haben. Wie im Kino. Franz schrie auf. Und auch Alex schrie, schüttelte seine Hand und brüllte: »Scheiße, das tut weh!«
Kim nahm Alex' Hand. Er zuckte zusammen. Sie konnte in der Dunkelheit nichts erkennen, doch sie hielt die Hand.
»Danke, Alex«, sagte sie.
Er umarmte sie. Sie verharrten für einen Moment so, und als sie sich wieder voneinander lösten, war Franz verschwunden.

»Wie wär's, wenn du mich nach Hause bringst?«, sagte Kim und lachte ein falsches Lachen.
Alex, nur im T-Shirt, legte den Arm um sie und ging mit ihr zum Licht.

Kapitel 30

Alles tat weh. Nicht nur das Gesicht schmerzte Franz. Nicht nur die Nase, aus der in einem feinen, steten Rinnsal Blut lief. Nicht nur der Fuß, auf den Kim getreten war. Nein, *alles* tat weh. Das ganze Leben tat weh. Dass Kim es nicht verstand. Dass alles schiefgegangen war. Dass er sich so dumm angestellt hatte. Dass etwas so Schönes und Großes, wie er es fühlte, plötzlich und völlig unerwartet zu so etwas Grobem geworden war. Er wollte doch nur …

Franz ging auf seinen Wohnblock zu. Eine Baufirma hatte das Gebäude mit einem Gerüst versehen und begonnen, das Haus mit seltsamen Platten zu verkleiden. Wärmedämmung. Den ganzen Tag über waren die Bauarbeiter zugange, seit Wochen schon. Neulich war einer gerade in dem Moment über das Gerüst gegangen, als Franz auf dem Bett gelegen und sich einen runtergeholt hatte. Der Bauarbeiter hatte nur kurz gelacht, dann ging er weiter. Franz war rot geworden. Er hatte an Kim gedacht, während er sich selbst befriedigte. Sie war angezogen, in seiner Fantasie. Sie lächelte ihn an, strich ihm mit der Hand über das Gesicht und wartete darauf, dass er sie küsste. Franz dachte viel an Kim. Seit Monaten dachte er kaum an etwas anderes.

Er schloss die Haustür auf. Seine Hände zitterten. Was

Kim jetzt wohl von ihm dachte? Er hatte doch nur mit ihr reden wollen. Sie vor Alex warnen. Der war nämlich gefährlich, das musste sie begreifen. Franz hatte die Mädchen auf dem Schulhof über Alex reden hören. Der benutzte Mädchen nur. Ständig eine andere. Der war ein echt mieser Typ.

Franz wollte Kim sagen, was er für sie empfand. Ganz ernst, ganz reif. Mal nicht den Clown spielen, so wie er es sonst tat, wenn er aufgeregt war. Deshalb hatte er vorher ja ein paar Gläser von dem Likör getrunken. Dem süßen Zeug, das seine Mutter sich abends beim Fernseher immer auf den Tisch stellte. Davon hatten sie einen ganzen Schrank voll, da konnte er sich problemlos bedienen. Er hatte drei oder vier Gläser getrunken. Na ja, vielleicht auch fünf. Er wollte doch ruhig sein. Erwachsen. Aber als er im Park seiner Kim die Hand auf den Rücken gelegt hatte – zu kräftig und zu unerwartet, wie ihm inzwischen schmerzhaft klargeworden war –, schrie sie plötzlich auf. Er wollte ihr wirklich nur ganz kurz den Mund zuhalten, damit er sich ihr offenbaren konnte. Damit sie sehen konnte, dass nur er es war. Der harmlose Franz. Er hätte ihr doch niemals weh getan. Das war das Allerletzte, was er wollte. Nein, er wollte ihr nur sagen, was er einfach sagen musste. Und sie dann vielleicht die letzten Schritte bis zu ihrem Zuhause begleiten. Nicht mal Hand in Hand, damit rechnete er nicht. Obwohl es natürlich schön gewesen wäre.

Doch dann war ja alles anders gekommen.

Franz hatte Kim und Alex beobachtet. Den ganzen Abend lang. Er hatte sich ein bisschen geschämt, als er hinter ihnen hergeschlichen war. Auf jemanden, der nicht wusste, warum er das tat, hätte seine Schnüffelei sicher ziemlich pervers gewirkt. Franz hatte dieselbe U-Bahn genommen wie sie, hatte die beiden vom nächsten Waggon aus durch die gläserne Trennscheibe beobachtet. Alex hatte eine verdammte Macho-Show abgezogen, und es machte Franz wütend, dass Kim darauf hereinfiel. Sie war doch nicht dumm! Warum taten Mädchen das? Warum wollten sie immer die *Bad Boys?* Was für ein Idiot dieser Alex war, konnte man ja im Kino sehen. Der hatte sie zu einem Horrorfilm eingeladen, der Arsch! Franz wäre mit Kim in eine Komödie gegangen. Oder gar nicht ins Kino, sondern lieber spazieren. Franz ging gern spazieren. Immer in Bewegung, das war sein Ding.

Der Flur war dunkel, als Franz in die Wohnung trat. An der Garderobe hing eine Lederjacke, die er nicht kannte. Eine Männerjacke. Wahrscheinlich hatte seine Mutter wieder jemanden kennengelernt. Gott sei Dank war er inzwischen so alt, dass sie nicht mehr versuchte, ihm die Typen als neuen Vater anzudrehen. »Du brauchst einen Mann im Haus«, hatte sie früher mal gesagt, als er zehn war oder elf. Sie hatte es mit ihrer komisch flüsternden Stimme gesagt. Sie flüsterte immer, seine Mutter. Als hätte sie Angst, dass man sie dabei ertappen könnte, am Leben zu sein. »Einen Vater brauchst du. Gerade mit deiner ... Krankheit.«

Seine Mutter glaubte, er hätte ADS. Das hatte ihr ein Arzt eingeredet. ADS bedeutete »Aufmerksamkeitsdefizit-Syndrom«. Was für ein blöder Name! Aufmerksamer als Franz konnte man gar nicht sein. Er sah alles. Er begriff mehr, als die anderen ahnten. Sicher, er war unruhig. Aber das war kein *Syndrom*. Das war einfach er.

In der Küche nahm sich Franz einen Beutel Chicken

Nuggets aus dem Tiefkühlfach. Das kannte er aus dem Kino. Da legten sich die Typen nach einer Schlägerei immer einen Beutel tiefgefrorene Erbsen auf ihre Schwellung. Bei Franz im Kühlfach gab es keine Erbsen. Aber Chicken Nuggets. Und reichlich Pizza. Pizza Salami. Aber die war zu groß und zu eckig und außerdem in Pappkartons. Völlig ungeeignet für Schwellungen.
Die Kälte tat weh – und gut. Franz saß noch am Küchentisch und presste den frostigen Beutel auf die Nase, als seine Mutter in die Küche trat. Sie trug einen Morgenmantel, darunter sah er ein bisschen von ihrer Unterwäsche. Dünnes, knappes Zeug mit Rüschen.
»Wo kommst du so spät her?«, fragte sie flüsternd, doch bevor Franz antworten konnte, bemerkte sie das Chicken-Paket und die eigentümliche, rotbläuliche Färbung seines Gesichts.
»Franz!«, rief sie nun laut und entsetzt aus. Schluss mit Flüstern. Sie stürzte auf ihn zu und riss ihm den Tiefkühlbeutel aus der Hand. Starrte auf sein geschundenes Gesicht.
»Wer hat das getan?«, schrie sie. »Wer war das? Franz! Wer hat dir das angetan?«
Ein Mann erschien im Türrahmen. Er trug nur eine Unterhose, war allerdings von oben bis unten so behaart, dass man ihn schwerlich als nackt bezeichnen konnte. Franz bemerkte einen dicken Siegelring an seiner linken Hand.
»Was ist denn los?«, brummte der Affenmensch. Dann sah er Franz und hielt ihm seine Hand hin. »Hey. Ich bin Marek.«
Franz schüttelte die Hand mechanisch.
»Die haben meinen Sohn zusammengeschlagen!«, schrie

Franz' Mutter. »Diese Schweine! Nur weil er anders ist! Warum können sie ihn nicht einfach in Ruhe lassen?«
Franz wünschte sich, sie würde ihm den Beutel mit den Chicken Nuggets zurückgeben. Er würde ihn sich vors Gesicht halten und die Augen schließen. Er würde dahinter verschwinden. Alles wäre weg. Er wäre nicht mehr da.

Kapitel 31

Paula freute sich. Gerlinde hatte so gelöst gewirkt wie noch nie, während sie ihr bei der Morgentoilette geholfen und ihr beim Frühstück Gesellschaft geleistet hatte. Und während sie im Ohrensessel des Gästezimmers saß und Paula zusah, wie sie das Bett neu bezog, hatte Gerlinde gescherzt. Es war kein schwarzer Humor gewesen, keine der sarkastischen Sprüche, zu denen Kranke oft griffen, um sich und anderen Stärke vorzugaukeln. Nein, es waren weiße Scherze gewesen. Gerlinde hatte aufrichtig entspannt gewirkt.
Paula hatte nicht herauszufinden versucht, was diese Stimmungsaufhellung hervorgerufen haben könnte. Sie wusste, dass der Zustand, in dem sich Gerlinde befand, sehr fragil war. Nur ein zartes Hoch. Nachfragen konnten alles kaputt machen. Paula kämpfte also gegen ihre natürliche Neugier an und zwang sich, sich einfach zu freuen. Sie freute sich für Gerlinde.

Als Paula die Wohnung verließ, schaute sie auf die Uhr. Sie hatte 37 Minuten länger bei Gerlinde verbracht, als ihr Plan es erlaubte. Für ihre Kolleginnen wäre das eine gigantische Verzögerung gewesen, doch für Paula war es unterdurchschnittlich. Sie blieb stets viel länger bei Gerlinde, als es der Dienstplan vorsah. Und sie tat es gern. Sie

mochte Gerlinde von ganzem Herzen, und sie genoss es, für sie da zu sein. Paula bewegte sich inzwischen völlig frei in der Wohnung, fragte nicht mehr, bevor sie Schränke öffnete oder Dinge tat. Sie begann dort hinzugehören. Gerlinde war nicht nur ihre Lieblingspatientin, sie war mehr.
Für ihre Mittagspause blieben Paula nur noch acht, statt der eigentlichen 45 Minuten. Aber das war okay. Wer brauchte schon Mittagspausen? Paula hatte bei Gerlinde ein Nutellabrot gegessen. Jetzt hatte sie nur noch Kaffeedurst.
Paula hatte kurz in Erwägung gezogen, Markus' Koffeinmonstrum in der Küche einzuschalten, doch all die Knöpfe, Regler und Düsen hatten sie eingeschüchtert. Deshalb ging sie nun eine Straße entfernt von Markus' Wohnung ins »*Balzac*«. Ein schnelles Heißgetränk – dafür dürften acht Minuten reichen. Paula mochte Coffeeshops. All die hippen Kaffeehäuser, die in Hamburg plötzlich aufgetaucht waren, würzten die Stadt mit einer Prise New York.
»Einen kleinen Latte macchiato mit einem bisschen Vanille, bitte«, sagte sie zu dem Jungen hinter dem Tresen – einem attraktiven, wenn auch etwas zu hageren Typen, dessen linke Augenbraue von einem silbernen Ring durchstochen war und der zweifelsohne Skateboard fuhr und zu Hause ein halbes Dutzend Haarpflege-Produkte im Badezimmer stehen hatte.
»Small Latte, pinch Vanilla!«, rief der *Balzac*-Hottie dem Mädchen zu, das die Maschinen bediente. Jede in ganz normalem Deutsch aufgegebene Bestellung wurde im *Balzac* von den Angestellten in einen obskuren Code übersetzt, der beinahe englisch hätte sein können, hätten

sich nicht Worte wie »Latte« eingeschmuggelt. Die Kaffeeeinfüllerin am anderen Ende des Tresens – genauso wie der Bestellannehmer gerade eben erst der Pubertät entkommen, aber im Gegensatz zu dem nicht am Auge, sondern im Nasenflügel gepierct – nickte.
Paula grinste.
Sie zahlte, ging den Tresen entlang zur Koffeinausgabe und nahm ihr Glas entgegen.
»Thanks, you're a doll! That looks splendid«, sagte sie zu dem Mädchen und hob das kunstvoll geschäumte Getränk anerkennend hoch. Wenn man's bei *Balzac* in Englisch haben wollte, dann sah Paula keinen Grund, es ihnen nicht in Englisch zu geben.
»Hä?«, fragte das nasenpunktierte Tresen-Girlie nach. Offenbar erstreckten sich ihre Fremdsprachenkenntnisse nur auf den Heißgetränkebereich.
»I'm from Brighton«, sagte Paula und bemühte sich um einen britischen Akzent. »How do you do?«
»Oh«, sagte das Mädchen. »Thank you. I'm ... äh, doing good.«
»No, dear«, widersprach Paula lächelnd. »*Superman* is doing *good*. *You* are doing *fine!*«
Das Kaffeemädchen lächelte peilungs- und hilflos.
Paula nickte ihr freundlich zu und ging zu einem Tisch in der Ecke des Raumes. Der Laden war nur halb voll.

Paula hatte erst einen Schluck getrunken, als sich ein Mann, der in einem Sessel am Nebentisch lümmelte und einen schwarzen Kaffee vor sich stehen hatte, zu ihr herüberbeugte.
»I've been to Brighton«, sagte er. »I loved it.«
Paula sah ihn an. Er war Mitte vierzig, ziemlich gutaus-

sehend, auf eine durchtrainierte, kantig-faltige Art. In seinem Haar waren erste graue Strähnen zu sehen. Seine Hände waren schön. Gepflegte Fingernägel. Paula dachte: Das darf doch nicht wahr sein!
»Ich bin gar keine Engländerin«, sagte sie. »Ich hab nur einen Scherz gemacht. Weil hier alle so ein albernes Kauderwelsch reden.« Sie war plötzlich nicht mehr in Spiellaune.
Der Mann erhob sich, nahm seinen Kaffee und kam zu ihr herüber.
»Darf ich?«, fragte er, während er sich setzte.
Paula zuckte nur mit den Schultern.
»Ich finde es toll, wenn Frauen Sinn für Humor haben«, sagte er und strahlte sie an, als hätte er ihr gerade das sensationellste Kompliment der Welt gemacht. Als wäre es ein mittelgroßes Wunder, wenn ein weibliches Exemplar der Spezies Homo sapiens nicht nur eine Passion für Schuhmode und Telefontratsch hegte, sondern sich auch in der offenbar streng männlichen Domäne des Scherzes zu behaupten verstand.
»Ich übe meine Witze heimlich vor dem Spiegel«, sagte Paula.
Er lachte. Ein gekünsteltes Lachen. Unterste Schublade. Dafür hätte man ihm auf der Schauspielschule eine geknallt.
»Ich heiße übrigens, äh ... Mark«, sagte er und hielt ihr die Hand hin.
»Paula«, stellte sie sich vor und schüttelte seine Hand.
Nicht ganz der erwartete Griff. Nicht sehr fest. Ein Hauch von Wischiwaschi. Paula hasste es, wenn Männer nicht richtig zupacken konnten.
»Und was machst du so?«, fragte Mark.

Paula hielt ihr Glas hoch. »Latte trinken.«
Schon wieder dieses falsche Lachen. Paula kannte das. Der Typ war ein Jäger und wollte sie in seine Höhle schleppen. Wenn er dafür über jeden doofen Spruch von ihr lachen musste, dann tat er das eben. Alles, was sie sagte, alles, was sie machte, würde er super finden. Es war erbärmlich.
»Und du?«, fragte sie. »Mittagspause?«
»Ich bin selbstständig«, sagte er und lehnte sich zurück. »Architekt. Ich kann mir meine Zeit frei einteilen.«
»Toll«, sagte Paula. »Ich wünschte, das könnte ich auch.«
»Ja, man kann den Tag so nehmen, wie er kommt«, sagte Mark. »Das ist schon was wert.«
»Und wenn sich ein Handwerker ankündigt oder der Strom abgelesen wird und so, dann braucht ihr, deine Frau und du, euch nicht frei zu nehmen, oder?«, tastete sich Paula vor.
»Ich bin Single.« Mark grinste.
»Na, das ist ja 'ne Überraschung.« Paula grinste zurück.
Für einen kurzen Moment herrschte Schweigen. Dann ging Paula zum Angriff über.
»Ich nehme an, du willst mich ficken«, sagte sie.
»Äh …« Mark schaute sie überrumpelt an.
»Ich mag dieses Geplänkel nicht«, sagte Paula. »Smalltalk, anschleimen, heucheln. Nicht mein Ding. Du hast mich angequatscht, weil du was von mir willst. Richtig?«
Paulas Lächeln war entwaffnend, einladend, sexy.
»Richtig«, gab Mark zu. Jetzt lächelte er auch.
»Bei mir geht nicht«, sagte Paula. »Also zu dir.«
»Äh … wie wär's mit einem äh … Hotel?«, fragte Mark.
»Zu unpersönlich«, antwortete Paula. »Ich würde lieber zu dir gehen.«

»Ich, äh ... wohne ziemlich außerhalb. Hör mal, ich finde das voll geil, wie du die Sache angehst. So offensiv. Echt ... Wow!«

Paula sah ihn lange an. Dann stieg sie aus der Rolle aus.

»Du erkennst mich nicht, oder?«, fragte sie.

Mark sah sie irritiert an.

»Ich bin Paula. Ich habe deine Mutter gepflegt. Elsbeth.«

»Oh!«, entwich es Mark. »Du ...«

»Und du heißt nicht Mark, du heißt Lars. Du bist auch nicht Single. Deine Frau und du ... Ihr habt letztes Jahr Zwillinge bekommen, oder?«

Lars wurde kreidebleich.

»Willst du mich immer noch ficken?«, fragte Paula.

»Ich, äh ...« Lars wand sich. »Hör mal, ich ... Also, wenn du nicht so rangegangen wärst, dann hätte ich gar nicht...«

»Machst du so was öfter?«, unterbrach Paula ihn. Sie blickte ihn kühl an.

»Nee!« Lars hob die Hände. »Echt nicht! Es ist nur so, dass ... Also, seit die Kinder da sind. Ein Mann hat ja Bedürfnisse, und meine Frau ... Momentan läuft da echt null.«

Paula trank den letzten Schluck ihres Latte und erhob sich.

»Ich hab noch eure Nummer«, sagte sie. »Für Notfälle. Bestimmt interessiert es deine Frau, was du ...«

Lars entglitten die Gesichtszüge. Seine Augen weiteten sich, sein Mund klappte auf. Er wimmerte fast, als er ausrief: »Du kannst doch nicht ... Bitte! Paula! Du kannst doch nicht ...«

Paula sah ihn lange an. Was für ein erbärmlicher Mist-

kerl. Ohne ein weiteres Wort wandte sie sich um und ging.
»Bitte! Paula! Du würdest alles ruinieren! Meine Kinder!«, rief Lars ihr nach.
Paula ließ die Tür hinter sich zufallen.

Kapitel 32

Der Platz, auf dem sonst Franz saß, mit den Beinen wippte und die Fingerkuppen in unermüdlicher Rhythmik auf die Tischplatte klopfen ließ, blieb leer.
Kim war erleichtert.
Es war Franz gewesen, der sie überfallen hatte. Er war es, der Angst davor haben sollte, ihr gegenüberzutreten. Er war es, der Angst haben sollte vor dem, was auf ihn zukommen könnte. Und doch war es Kim, die sich fürchtete. Sie, die nichts falsch gemacht hatte, hatte das Gefühl, dass etwas von ihr erwartet wurde. Und sie wusste nicht, was.
Wie sollte sie Franz begegnen, wenn er irgendwann auftauchte? Vielleicht nicht heute, vielleicht nicht morgen – doch irgendwann würde er natürlich wieder da sein.
Würde er sich schämen?
Oder würde er sich amüsieren, wenn er ihre Unsicherheit spürte?
Würde er es wieder tun?
Kim wusste nicht, ob sie sich jemandem anvertrauen sollte. Und selbst wenn: Wer käme als Beistand in Frage? Ihr Vater? Unmöglich. Der schmorte in seinem eigenen Sud aus Traurigkeit und Untätigkeit. Der hatte keine Kraft. Kim erschrak, als ihr bewusst wurde, dass sie nicht mehr zu ihrem Vater aufschaute. Er war so klein geworden.

Und mit Oma konnte sie auch nicht reden. Die hatte Krebs, um Himmels willen.
Freundinnen wären jetzt gut. Oder zumindest eine. Eine gute Freundin. Doch die war nicht in Sicht. Die Mädchen, die Kim umgaben, stammten von einem anderen Planeten, lebten nach einem anderen Regelwerk.
Kim hatte Alex das Versprechen abgenommen, niemandem zu erzählen, was letzte Nacht passiert war. Er hatte nur zähneknirschend zugestimmt. Aber natürlich würde er Wort halten. Denn Alex war stark. Und er war gut.
Er war ihr Held.

Die ersten beiden Stunden zogen an ihr vorbei. Kim starrte ins Leere. Aus einem Nebel heraus hörte sie manchmal Stimmen. Eine redete vom Plusquamperfekt. Eine andere, später, von Buenaventura Durruti. Der war das Idol der spanischen Anarchisten während des Bürgerkriegs gewesen. Angeblich hatte er sich selbst erschossen, als sich der Abzugshebel seines Gewehrs am Türgriff verhakte, während Durruti aus einem Wagen stieg. Seine Anhänger hatten den Unfall nie zugegeben. Sie hatten behauptet, ein faschistischer Verräter hätte ihn bei einem Attentat getötet. Sie taten es, um die Legende nicht zu gefährden. Es konnte nicht angehen, dass Helden schwach waren. Oder gar tolpatschig. Der große, starke Durruti hatte sich in einem dusseligen Laurel-&-Hardy-Moment selbst in den Kopf geschossen. Und damit war er automatisch kein Held mehr.
Kim stellte sich vor, wie sie Franz ins Gesicht schoss. So wie in dem Film, den sie mit Alex gesehen hatte. So, dass ihm ein Auge aus der Höhle platzte.

Aber Kim gefiel der Gedanke nicht.
Er tat ihr weh.

In der ersten großen Pause schaute sich Kim auf dem Schulhof nach Alex um. Er würde sie auch suchen, da war sie sich sicher. Sie waren nun verbunden. Sie gehörten jetzt zusammen.
Doch Alex war weit und breit nicht zu sehen.
Kim kaute auf dem Nagel ihres linken Ringfingers und begann zu zittern. Wenn Alex nicht zu ihr halten würde, wenn auch *er* nicht war, was sie gedacht hatte, dann würde die ganze Welt nicht mehr stimmen.
Plötzlich bemerkte Kim einen Tumult am Eingangstor. Immer mehr Schüler strebten dem Haupteingang zu. Ein paar riefen etwas. Einige rannten regelrecht zu der Schülertraube, die da, am Tor, stetig anwuchs.
Mit einem mulmigen Gefühl der Vorahnung erhob sich auch Kim und lief los.
Sie sah gerade noch, wie ein Polizeiwagen vom Schulparkplatz fuhr.
Auf der Rückbank erkannte sie Alex.

Kapitel 33

Franz hatte das nicht gewollt. Er hätte am liebsten die Zeit zurückgespult, die letzten 24 Stunden noch einmal durchlebt. Ohne die Fehler. Doch seine Mutter hatte nicht mit sich reden lassen. Sie hatte die Polizei angerufen. Völlig aufgeregt war sie gewesen, laut und wütend. Es war, als wäre sie selbst zusammengeschlagen worden. Franz hatte ihre Energie erstaunt, ihre Wut, ihre Lautstärke. Immer wieder hatte sie ihn umarmt, geküsst, dann wieder geflucht und getobt und dass man »diese Schweine« alle in den Knast stecken sollte. Подлец, hatte sie gebrüllt. Свиньи und immer wieder Тьфу. Pfui! Immer wieder Pfui! Als wolle sie die ganze Welt ausspucken, die ihr auf dem Magen lag. Den ganzen bitteren Nachgeschmack des Lebens. Es war furchtbar gewesen. Alles war über Franz zusammengebrochen, alles war aus dem Ruder gelaufen. Aber ein kleines bisschen hatte es sich auch gut angefühlt. Er hatte sich geliebt gefühlt. Ein wildes Raubtier, ein Muttertier, hielt ihn in der Höhle geborgen, während es fauchend und tobend die Feinde am Höhleneingang abwehrte.

Der haarige Mann hatte sich angezogen und verkrümelt. Zurück zum Planeten der Affen. Franz hatte den Eindruck, dass es vor allem das Wort »Polizei« war, das seinen überstürzten Aufbruch hervorrief. Franz' Mutter hatte ihm nur kurz enttäuscht hinterhergeschaut. Aber nicht überrascht. Sie war es gewohnt, dass sie nicht blieben, die Kerle. Nicht, wenn es unbequem wurde.

Franz hatte sich mies gefühlt, als er den beiden Männern in Uniform, von denen einer fast die ganze Zeit auf die nackten Beine von seiner Mutter starrte, seine Version der Ereignisse erzählte. Er log nicht. Also, nicht wirklich. Er ließ nur etwas weg. Er hatte erzählt, wie Alex ihn im Park plötzlich angesprungen hatte. Ganz ohne Grund. Kim hatte Franz mit keinem Wort erwähnt.

Die Polizisten schauten ihn skeptisch an. Die Geschichte war ihnen offenbar zu dünn. Und so hatte Franz sie an den Rändern ein wenig ausgeschmückt. Alex sei ein Rassist, hatte er behauptet. Der hätte ihn in der Schule schon ein paarmal angepöbelt. Als Russenkanake und so. Das hatte den Polizisten dann gereicht. Das kannten sie. Das klang logisch.

Sie hatten die Anzeige aufgenommen, und Franz' Mutter hatte sie tatsächlich begleiten wollen, wenn sie nun zu Alex nach Hause fuhren, den verdammten Дерьмо aus dem Bett zerrten und ins Gefängnis warfen. Doch die Männer in Uniform lachten, als sie das sagte. Nein, nein, so lief das nicht. Das würden sie morgen ganz zivilisiert in der Schule regeln. Franz wüsste ja nicht einmal Alex' Nachnamen oder Adresse. Und überhaupt: Der lief schon nicht weg.

»Du gehst morgen nicht zur Schule, mein Schatz«, hatte seine Mutter später gesagt, als er im Bett lag und sie auf dem Rand saß, unermüdlich sein Haar streichelnd. »Aber zum Arzt gehen wir. Er soll sich dein Gesicht ansehen. Und vielleicht solltest du doch diese Medikamente gegen deine ...«

Franz hatte gestöhnt und so den x-ten Versuch seiner Mutter, ihn zu einem Ritalin-Konsumenten zu machen, ausgebremst. Ein Arzt hatte seiner Mutter mal erzählt, das Zeug würde Franz ruhig werden lassen. Und das klang gut für sie. Das reichte ihr. Doch Franz hatte Ritalin gegoogelt. Das war wie Watte. Und Fußfesseln. Nie würde er das Zeug schlucken. Niemals!

»Schlaf jetzt«, hatte seine Mutter gesagt und ihn auf die Stirn geküsst. Dann verließ sie sein Zimmer. Doch an Schlaf war für Franz nicht zu denken. Er dachte an Alex. Er hatte ein schlechtes Gewissen – aber gleichzeitig genoss er auch den Gedanken ein wenig, dass Alex morgen Besuch von der Polizei bekäme. Warum hatte er ihn auch mit einem Knüppel zusammenschlagen müssen?

Es wäre ja nur ein Warnschuss. Das las man doch immer in der Zeitung: dass die Schläger gar nicht richtig bestraft wurden, dass alles ganz lasch zuging vor Gericht. Alex würde nichts passieren. Nur einen Mordsschreck würde er kriegen. Und das geschah ihm recht.

Franz wusste, dass er einen Fehler gemacht hatte. Aber es war nur ein kleiner Fehler gewesen, ein Fauxpas. Kein Grund, ihn grün und blau zu prügeln. Er hatte doch nur mit Kim reden wollen. Und das würde er auch tun.

Ob er sie anrufen sollte? Nicht über Festnetz natürlich, es war ja mitten in der Nacht. Das hätte ihren Vater aufgeweckt. Das hätte nur noch mehr Ärger gegeben. Aber über Handy. Doch Franz kannte Kims Handynummer nicht. Er hatte sie mal darum gebeten, doch sie hatte nur gelacht, wie über einen absurden Witz. Er hatte später mehrere Mitschüler gefragt, ob sie Kims Nummer kannten. Doch alle hatten den Kopf geschüttelt. Niemand besaß die Nummer und niemand wollte sie.

Kim hatte keine Freunde. Genau wie er. Sie waren Seelenverwandte.

Franz sagte sich, dass es sowieso viel besser wäre, von Angesicht zu Angesicht mit Kim zu reden. Nicht morgen, da blieb er ja zu Hause. Aber übermorgen. In der Schule. Ganz in Ruhe. Ganz vernünftig. Er würde um Entschuldigung bitten, das Missverständnis aufklären. Alles würde gut werden.

Franz fielen die Augen zu.

Kapitel 34

Markus breitete den Katalog vor dem Paar aus. Er hatte ihn selbst am Computer gestaltet. Von fast allen Speisen hatte er ein Foto gemacht und eingefügt. Parmaschinken bloß zu lesen war etwas ganz anderes, als einen saftigen Parmaschinken vor sich zu sehen.
Die Frau blätterte eifrig durch die Seiten. Es waren immer die Frauen, die eifrig blätterten. Die Männer kamen üblicherweise bloß mit, überließen den kulinarischen Generalstab ihren besseren Hälften. Sie saßen in Markus' Büro, heuchelten nicht einmal ernsthaft Interesse an seinen Menüvorschlägen und versuchten höchstens, ohne allzu offensichtlich zu sein, ihre Frauen zu den preisgünstigen Häppchen zu dirigieren.
Dieser Mann tat nicht einmal das. Er saß nur da, seine kleine Tochter auf dem Schoß. Die Kleine hieß Ninette und war vier Monate alt. Ein wirklich süßes Baby. Trotz des verkrampft aparten Namens. Markus stellte sich vor, dass Ninette womöglich mal ein Fast-Food-Freak würde und schon als Teenager zwei Zentner auf die Waage brächte. Eine fette Ninette? Ging das? Musste eine Ninette nicht zwangsläufig zierlich sein? Markus stellte sich des Weiteren vor, dass es irgendwann eine Behörde gab, die Menschen ihre unpassenden Namen aberkannte. Eine blonde Suleika würde von den Beamten dort ebenso

einen neuen, adäquaten Vornamen zugeteilt bekommen wie eine hagere Trude. Oder eben eine schwabbelige Ninette.
Der Mann strahlte das Baby an. Seine Augen glänzten. So sah Liebe aus. Echte, verzückte Liebe.
»Aber Sushi und Nudelsalat? Zusammen?«, fragte die Frau und schreckte Markus aus seinen Gedankengängen auf. »Passt das denn?«
»Die moderne Küche pflegt *Fusion*«, sagte Markus. Er sprach den Begriff englisch aus. Er wusste, dass diese Frau von einem anglisierten Trendbegriff entzückt sein würde. »Man mischt heute verschiedene Stile«, fuhr er fort. »Je wilder, desto besser. Cannelloni mit indischer Tikka-Füllung, Tafelspitz an Chilibohnen – so was ist sehr angesagt.«
»Aha«, sagte die Frau, und Markus sah, dass seine Worte Wirkung zeigten. »Aber ist das denn eine angebrachte Wahl für eine Taufe?«, fragte sie dennoch nach.
Markus runzelte die Stirn. Abgesehen von Hochzeiten, bei denen der Sahne- und Süßspeisenspiegel merklich hoch lag, waren alle anderen Anlässe frei von Ernährungsdogmen. Man konnte servieren, was man wollte. Außer vielleicht Pumuckl-Cremetorten und »Sex on the Beach«-Cocktails bei Beerdigungen.
»Es ist nämlich ein ganz besonderer Tag für uns«, sagte nun plötzlich der Mann. Es war das Erste, was er abgesehen vom höflichen »Guten Tag«-Gruß gleich zu Beginn von sich gab. Seine Stimme klang so verzückt, wie sein Gesicht aussah. »Wir machen unsere Tochter mit Gott bekannt.«
Markus riss sich zusammen. Mit Gott brauchte man ihm nicht zu kommen. Gott erhängte liebevolle Ehefrauen und Mütter an Fensterrahmen.

»Süß, die Kleine«, sagte Markus, um das Gott-Thema gar nicht erst weiter aufkeimen zu lassen, und strich dem Säugling über den Kopf. Es sollte eine beiläufige Geste sein, doch als seine Hand den leichten Haarflaum auf dem Babyhaupt berührte, überwältigte ihn ganz plötzlich ein großes Gefühl. Ein schlagartiges, warmes Wiedererkennen. Für einen Moment fühlte er das, was er gefühlt hatte, als er damals seine kleine Kim im Arm hielt. Als er noch der Vater eines Babys war. Der Beschützer seiner Tochter – und nicht ihr Frontfeind im Pubertätskrieg. Es war ein überwältigendes Gefühl, stark und nahezu magisch. Etwas ganz tief in seinem Inneren meldete sich nach langer Zeit zurück.

Markus schloss die Augen und ließ die Hand auf dem Kopf des Babys ruhen. Er sah Kim vor sich. Das kleine Baby Kim. Die Tochter, für die er so große Hoffnungen gehabt hatte, für die er alles tun wollte. Die Tochter, deren Glück seine größte Mission war.

Was war geschehen? Was war schiefgelaufen? Wann hatte er den Draht zu ihr verloren? Und warum? Wo war das kleine Mädchen geblieben, mit dem er herumgetobt hatte? Wo war das kleine Mädchen, das sich an den Wochenenden morgens zwischen ihn und Babette ins Bett gekuschelt hatte und sich von ihm aus »Der kleine Nick« vorlesen ließ? Das kleine Mädchen, dessen Bettgeh-Ritual darin bestanden hatte, dass er es mit Nasenküsschen »startete«, es dann wie ein Flugzeug durchs Zimmer wirbelte, unermüdlich und wild, und es am Ende mit einem lauten, albernen Schrei in den Decken- und Kissenberg auf seiner Matratze plumpsen ließ. Markus stellte sich vor, er würde das Flugzeug-Spiel heute mit Kim probieren. Seine Wirbelsäule würde sich bedanken. Er lächelte.

Plötzlich hörte er ein lautes Räuspern, und fast zeitgleich riss jemand an seinem Arm. Markus öffnete erschrocken die Augen. Der Mann, die Frau und sogar das Baby glotzten ihn fassungslos an.
»Was machen Sie denn da?«, keifte die Frau, die immer noch mit festem Griff seinen Arm umklammert hielt. Der Mann untersuchte den Schädel des Babys, als hätte Markus dort womöglich hässliche Abdrücke hinterlassen oder mit seiner Hand ein Loch hineingedrückt. »Sind Sie irre?«
Markus wurde klar, dass es tatsächlich bedrohlich und etwas wahnsinnig ausgesehen haben musste, wie er mit geschlossenen Augen dasaß, die Hand wie festgeklebt auf Ninettes kleinem Köpfchen. So als wolle er das Baby segnen. Oder ihm durch die Handfläche die Lebensenergie absaugen.
»Entschuldigung«, sagte Markus und setzte ein wackeres, hoffentlich glaubwürdiges Lächeln auf. »Ich habe ein Kreislaufproblem. Manchmal sacke ich für ein paar Sekunden weg.«
Die Frau musterte ihn. Ihre offene Ablehnung wich einer nur noch milden Skepsis. Ja, das war eine halbwegs plausible Erklärung für das Verhalten dieses merkwürdig traurigen Mannes.
»Haben Sie sich schon auf Narkolepsie untersuchen lassen?«, fragte sie schließlich. »Ich habe da mal was gesehen. In einer Episode von *Dr. House*.«
Markus nickte. »Ja, das sollte ich mal tun«, sagte er. »Ein guter Tipp.«
Der Mann hatte die Untersuchung von Ninettes Schädelplatte beendet und offenbar keine Dellen oder Kratzer entdeckt. Er war nun wieder völlig entspannt und kitzelte das Baby leicht am Bauch. Es giggelte.

Markus bat noch einmal um Entschuldigung, dann nahm er geschäftsmäßig die Bestellung für das Buffet auf. Dabei dachte er an Kim.
Er hatte plötzlich das unbändige Bedürfnis, alles zu richten. Alles wieder ins Lot zu bringen zwischen ihm und ihr. Er wollte wieder ein richtiger Vater sein. Kim und er sollten sich wieder wie eine Familie anfühlen. Markus spürte zum ersten Mal seit Babettes Tod das tatsächliche und aufrichtige Verlangen, ins Leben zurückzukehren. Ein Verlangen, das ihm Angst machte. Zugegeben. Aber es war da.
Das Paar entschied sich am Ende für eine absolut konventionelle Speisenzusammenstellung. Doch es war Markus gleichgültig. Er verabschiedete die beiden übertrieben euphorisch, zwang sich, das Baby nicht weiter zu registrieren, und verließ nur zehn Minuten später das Geschäft. Für den Rest des Tages würde sich Ayse um alles kümmern müssen. Markus wollte zu Kim. Er wollte sich mit ihr aussprechen. Ganz dringend. Unbedingt.

Als Markus zu Hause die Tür aufschloss, rief er Kims Namen.
»Die ist noch nicht da!«, antwortete Gerlinde mit zittriger Stimme aus ihrem Zimmer. »Vielleicht ist sie nach der Schule noch zu einer Freundin gegangen.«
Markus kratzte sich am Kopf. Er kannte Kims Freunde nicht.

Um kurz vor vier kam der Taxifahrer, der Gerlinde zu ihrer Chemotherapie ins Krankenhaus brachte. Markus küsste seine Mutter zum Abschied auf die Wange.
»Du schaffst das«, sagte er.

»Klar schaffe ich das.« Gerlinde lächelte matt.
Dann ging Markus ins die Küche und rollte einen Pizzateig aus. Er würde Kims Lieblingspizza machen. Mit Prosciutto und Champignons.
Knapp zwei Stunden später klingelte es erneut an der Tür. Na endlich, dachte Markus. »Hast du deinen Schlüssel vergessen?«, rief er fröhlich, während er durch den Flur ging. Doch als er die Tür öffnete, stand Paula vor ihm. Markus sah auf die Uhr. »Oh, schon so spät?«, wunderte er sich.
Paula trat ein. »Hallo, Markus«, sagte sie.
»Meine Mutter ist noch gar nicht zurück«, sagte er.
Paula zuckte mit den Schultern. »Ist mein letzter Termin heute, ich kann warten. Rieche ich hier Pizza?« Zielstrebig ging sie in die Küche. Markus folgte ihr.
»Willst du ein Stück?«, fragte er.
»Natürlich«, sagte Paula und setzte sich an den Tisch.
Markus öffnete die Tür des Backofens, in dem die Pizza seit über einer Stunde bei Warmhaltestufe lag, zog das Blech heraus und schnitt Paula ein Stück ab. Es klingelte abermals.
»Ich gehe«, sagte Paula und erhob sich.
Markus stellte Paulas Pizzateller auf den Tisch. Er schloss den Backofen wieder und blickte durch die Küchentür in den Flur. Der Taxifahrer lieferte Gerlinde ab. Sie war kreidebleich und hielt sich ächzend am Türrahmen fest. Paula hakte sich unter. Sie waren schon ein richtig eingespieltes Team, die beiden.
»Ich bring dich zu Bett«, sagte Paula.
Gerlinde nickte nur. Als sie an der Küche vorbeiging, lächelte Markus seine Mutter an. Sie grinste matt zurück. Dann verschwand sie mit Paula in ihr Zimmer.

Markus war gerade in die Küche zurückgegangen, als er ein lautes Husten hörte, gefolgt von einem Würgegeräusch.
»Ich brauche einen Eimer!«, rief Paula durch die geschlossene Tür. »Und einen Lappen! Und zwar schnell!«
Markus holte alles eilig aus der Abstellkammer, brachte es Paula und fragte, ob er helfen solle.
»Nicht nötig«, sagte sie. »Aber vielleicht kannst du meine Pizza warm halten.«

Eine Stunde später hatte Paula drei Stücke Pizza vertilgt. Gerlinde schlief. Markus hatte sich nicht so recht auf das konzentrieren können, was Paula beim Essen erzählte. Irgendetwas von privatem Schauspielunterricht und von Sprach-Coaches. Er war unruhig. Wo blieb Kim?
Paulas Handy klingelte. Sie zog es aus ihrer Tasche und meldete sich.
»Oh«, sagte sie nach einer Weile. »Das … Sorry, ich hab's völlig vergessen! War das überhaupt auf dem Plan einge… Was? Oh …«
Markus hörte aus dem Handy eine Stimme. Laut war sie, weiblich und ein wenig schrill.
»Ich hab vergessen, wegen der Änderungen aufs Schwarze Brett zu schauen«, unterbrach Paula die grelle Stimmkanonade irgendwann. »Sie hätten mir aber doch sicherheitshalber auch noch mal Bescheid – Nein, ich weiß, dass … Aber …«
Sie sah zu Markus hinüber, der zwei Espresso zubereitete und möglichst unbeteiligt zu wirken versuchte.
Wieder schrillte die Stimme aus Paulas Handy. Und dann rief Paula plötzlich laut aus: »Was?«
Die Stimme zischte nur einen Satz.

»Aber Sie können mich doch nicht …«, sagte Paula. »Sie haben doch nur einen Grund gesucht! Sie haben mich doch absichtlich ins Messer laufen…«
Dünnes Keifen.
»Du frustrierte blöde Kuh!«, schrie Paula und knallte das Handy auf den Tisch.
Markus sah sie mit großen Augen an.
»Was für eine verdammte …!« Paula sah Markus an. Sie riss sich zusammen. »Entschuldigung«, sagte sie. »Ich … Ich bin gerade gefeuert worden.«
»Oh«, sagte Markus und stellte die beiden Espresso-Tassen auf den Tisch.
»Was für eine verdammte …«, zischte Paula erneut. »Die hat nur einen Grund gesucht!«
Sie schaute auf die Espresso-Tasse vor sich. Dann sah sie Markus an, der verdattert dastand, und erkannte, dass sie sich zusammenreißen musste. Dieser Mann hier, mit seiner toten Frau, seiner schwerkranken Mutter, seiner pubertierenden Tochter, seinem zerbröselnden Leben – der hatte *wirklich* ein Problem. Ihres war – so riesig es ihr im Moment auch scheinen mochte – dagegen banal. Sie hatte von Markus verlangt, seiner Mutter gegenüber Stärke auszustrahlen. Es war nur fair, dass sie an sich denselben Anspruch stellte.
»Hast du braunen Zucker?«, fragte sie also und zwang sich zu einem Grinsen. Zum Glück war sie Schauspielerin.
Markus stand auf, holte einen Beutel aus dem Schrank und stellte ihn vor Paula auf den Tisch. Die rührte den Zucker in den Espresso und trank das starke schwarze Getränk mit einem großen Schluck. Offenbar hatte sie eine hitzeresistente Kehle.

»Ich komm morgen noch mal vorbei, um mich von deiner Mutter zu verabschieden«, sagte sie, als sie sich erhob.
»Es … es tut mir echt leid«, sagte Markus.
»Ist ja nicht deine Schuld«, antwortete Paula. »Soll ich noch ein bisschen bleiben?«, fragte sie dann. »Ich könnte aufräumen. Oder falls Gerlinde aufwacht …«
»Vielen Dank«, antwortete Markus. »Aber ich bin ja da.«
»Eigentlich dürfte ich jetzt sowieso nicht mehr hier sein. Versicherungsscheiße, Arbeitsrecht und so etwas …«, sagte Paula.
Markus nickte. Er hatte keine Ahnung, was er sagen sollte. Etwa, dass er sie vermissen würde? Das wäre seltsam intim, oder?
»Ich könnte auch hier übernachten«, schlug Paula vor, als hätte sie ihre Kündigung plötzlich vergessen. »Ich könnte mich aufs Sofa legen. Gerlinde wacht nachts doch manchmal auf, oder? Und du siehst sehr müde aus …«
»Das kann ich nicht von dir verlangen«, sagte Markus. »Und ich komme klar. Wirklich. Bin ja schon groß. Danke, Paula. Vielen Dank.«
Markus bewegte sich in Richtung Flur. Paula zögerte, dann folgte sie ihm. Er nahm Paulas Jacke von der Garderobe und half der Pflegerin hinein.
»Wow«, sagte sie und lachte halbherzig. »Der letzte Kavalier!« Sie drehte sich zu ihm um und gab ihm einen Kuss auf die Stirn. Eine merkwürdige Geste, die bei Paula aber so selbstverständlich wirkte, dass Markus automatisch das Gefühl hatte, dass nicht Paula etwas Unangebrachtes getan hatte, sondern dass seine irritierte Reaktion darauf unpassend war. Sie hatte ihn auf die Stirn geküsst. Na und? Warum sollte sie das nicht tun? Andererseits: Warum sollte sie? Und auf die Stirn! Sie hatte sich auf die Zehenspitzen

stellen müssen, um seine Stirn überhaupt zu erreichen. Ihre Brust hatte dabei kurz die seine berührt.

»Es wird alles gut mit deiner Mutter«, sagte Paula. »Ich spüre es.«

Markus lächelte verlegen.

Um halb neun hielt es Markus nicht mehr aus. Er hatte sich fest vorgenommen, seine Tochter nicht wie ein Baby zu behandeln. Sie sollte sich nicht von ihm überwacht oder unterdrückt fühlen. Doch er wollte jetzt wissen, wo sie blieb. Er hatte schließlich ihre Lieblingspizza gemacht, verdammt noch mal!

Markus griff zum Telefon und wählte Kims Handynummer. Er hatte dafür in seinem Notizbuch nachschauen müssen. Er kannte sie nicht auswendig.

Als es im Hörer zu tuten begann, hörte er zeitgleich ein schrilles E-Gitarren-Kreischen. Es kam aus Kims Zimmer. Er ließ es weiter tuten und ging, das Telefon in der Hand, in Richtung des Geräusches. Er ignorierte das *Keep-Out-Toxic-Waste!*-Warnschild an Kims Zimmertür und trat ein. Jetzt war das E-Gitarren-Gekreische richtig laut. Es schrillte aus Kims Handy, dass mit dem Akku in der Steckdose auf ihrem Schreibtisch lag.

Dann sprang die Mailbox an.

»Hey«, hörte er Kims pampige Stimme aus dem Handy. »Raufsprechen und so.«

Es piepte.

Markus legte auf.

Kapitel 35

Gerlinde erwachte mit einem Aufschrei. Ein riesiger, stacheliger Wurm hatte sich aus ihrem Inneren durch ihre Kehle hinausgepresst. Sie war schweißnass. Und sie zitterte. Sie zitterte gotterbärmlich. Sie hatte diese Träume häufig in letzter Zeit. Würmerträume, Käferträume, Skorpionenträume. Krebsträume.
Sie lag flach auf dem Rücken und atmete schwer. Wie konnte ihr so kalt sein? Sie lag unter einer Daunendecke, und darüber war sogar noch eine Wolldecke gebettet. Hellblau war sie, die Wolldecke. Sie hatte einen Werbeaufdruck der Firma *Freezefrost*. Einer der Tiefkühlkost-Lieferanten, mit denen ihr Sohn beruflich zu tun hatte. Warum verteilte ausgerechnet eine Firma, die Kühlprodukte vertrieb, ein Werbegeschenk, das kuschelige Wärme schuf? War das nicht kontraproduktiv?
Gerlinde richtete sich mühsam auf. Ihr Kopf dröhnte. Ihr Hals brannte. Und da war tatsächlich ein Wurm. Er presste sich durch ihre Speiseröhre, flink und brutal. Gerlinde konnte sich gerade noch rechtzeitig über den Eimer beugen, der neben ihr auf dem Boden stand. Lautstark würgte sie hinein. Es kam nur ein bisschen Galle heraus. Sie hatte seit Ewigkeiten nichts mehr gegessen. Hatte es einfach nicht gekonnt.
Gerlinde wischte sich mit dem Ärmel ihres Nachthemds

über den Mund. Dann zwang sie sich, sich zu erheben. Sie hatte das Gefühl, wenn sie jetzt einfach liegen bliebe, starr auf dem Rücken, den Würmern und dem Schweiß ergeben, würde sie niemals wieder aufstehen.
Sie schlüpfte in die Pantoffeln. Sie waren riesengroß und plüschig. Zwei flauschige Tigerpranken. Kim hatte sie ihr geschenkt. Sie fand die klobigen Dinger witzig, sie sollten Gerlinde aufmuntern. Seitdem schlurfte sie als Raubtier durch die Wohnung. Als müdes, wurmstichiges Raubtier.
»Denk dran, Gerlinde«, hatte Paula ihr erklärt. »Es ist nicht die Krankheit, die dir in den nächsten Tagen zu schaffen machen wird. Es ist die Behandlung. Du musst kurzfristig leiden, um langfristig das Leiden zu beenden.« Es klang wie ein Eintrag auf einem dieser kitschigen Lebenshilfe-Abreißkalender. »Sorgenfrei durchs Jahr«, »Glück ist machbar«, »Der große ›Grüble nicht, genieße!‹-Kalender«. Gerlinde konnte es nicht ausstehen, wenn man simple Dinge so blumig formulierte.
»Rede nicht so geschwollen, Kindchen«, hatte sie zu Paula gesagt. »Ich muss die Krankheit auskotzen. So ist es doch, oder?«
Die hatte gelacht. »So ähnlich. Ja.«

Gerlinde schlich durch den Flur, um sich aus der Küche einen Saft zu holen. Der, so hoffte sie, würde den rissigen Schmerz in ihrer Kehle mildern. Da sah sie, dass das Wohnzimmer noch beleuchtet war. Sie warf durch die offene Küchentür einen Blick auf die Uhr, die über der Spüle hing. Es war kurz vor zwei.
Sie trat ins Wohnzimmer und stellte fest, dass ihr Sohn am Tisch saß, das Telefon in der Hand. Als er seine Mutter bemerkte, schreckte er zusammen.

»Kim ist nicht da«, flüsterte er.
»Was?«, rief Gerlinde.
»Sie ist einfach nicht aufgetaucht. Ihr Handy hat sie nicht dabei. Und ich weiß nicht, wen ich anrufen soll.« Markus' Stimme brach.
»Ruf die Polizei an!«, rief Gerlinde. »Es ist mitten in der Nacht, um Himmels willen. Und das Mädchen ist erst fünfzehn!«
Gerlinde musste sich am Türrahmen festklammern. Es fühlte sich an, als hätte jemand eine Ladung Druckluft gegen sie geschossen. Als würde sie weggeblasen. Ihre Beine gaben nach. Sie sackte zusammen. Markus sprang auf, konnte sie noch halb auffangen, einen ernsthaften Sturz verhindern. Dann stützte er sie und führte sie langsam zum Sofa, wo sie ächzend Platz nahm.
»Natürlich hab ich die Polizei schon angerufen«, sagte Markus. »Aber die klangen nicht besonders interessiert. Sie haben alle Daten aufgenommen. Aber spätestens als ich Kims Beschreibung durchgegeben habe, waren sie offenbar davon überzeugt, dass sie bloß auf einer Party ist. Oder irgendwo sonst versackt. Du weißt schon: schwarz gefärbte Haare. Viel Kajal. Schwarze Lederjacke, schwarzer Rock, schwarze Netzstrumpfhosen. Umgekehrte Kreuze als Ohrringe ...«
»Wahrscheinlich haben sie ja sogar recht«, sagte Gerlinde aufmunternd. »Sie ist ein wildes Mädchen.«
»Eigentlich nicht«, flüsterte Markus. »Sie tut nur so.«
Gerlinde sah ihn lange an. Dann fragte sie nach: »Und was macht die Polizei jetzt?«
»Sie sagt, sie gibt die Beschreibung an alle Streifenwagen durch. Und wenn Kim morgen immer noch nicht da ist, starten sie eine richtige Suche.«

»Hast du die Krankenhäuser angerufen?«
Markus zeigte auf das Telefonbuch vor sich. Etliche Einträge waren durchgestrichen. »Ich hab alle durch. Und ich habe überall meine Nummer hinterlassen, falls sie noch eingeliefert wird.«
Markus zog Rotz hoch. Gerlinde sah, dass er nicht weinen wollte. Es war ihm wichtig, dass er nicht weinte. Weinen war für ihn aufgeben.
»Wart's nur ab«, sagte Gerlinde. »Gleich steht sie vor der Tür. Betrunken vielleicht, aber in Ordnung.«
Markus nickte. »Ja, bestimmt.«
»Den möchte ich sehen, der es wagt, Kim zu überfallen«, sagte sie. »Das würde er bereuen!« Gerlinde ließ ein geheucheltes, aufmunterndes Lachen hören. Markus lächelte gequält zurück. Dann nahm er Kims Handy und drückte ein paar Tasten.
»Ich werde ihr Adressbuch durchtelefonieren«, sagte er. »Vielleicht weiß ja irgendjemand irgendetwas.«
»Gute Idee«, sagte Gerlinde.
Markus drückte ein paar weitere Tasten. Dann hielt er inne.
»Ihr Adressbuch ist leer«, sagte er und starrte seine Mutter an. »Bloß ADAC, E-Plus-Kundendienst, dieser ganze vorgespeicherte Kram. Oh – hier ist noch ein Eintrag. Alex. Kenn ich nicht. Ich probier's mal.«
Markus wählte die Nummer. Er lauschte eine Weile, dann drückte er die Off-Taste.
»Vorübergehend nicht erreichbar«, seufzte er.

Kapitel 36

Als Paula Markus' Wohnung verließ, fühlte sie sich leer. Sie hatte nicht gehen wollen. Nicht in diesem Moment und schon gar nicht für immer. Wie konnte man ihr das wegnehmen? Sie war für Gerlinde da gewesen. Gerlinde baute auf sie. Gerlinde brauchte sie, verdammt noch mal! Paula kochte vor Wut. Ihre verdammte Chefin. Diese frustrierte, alte, widerliche Wachtel! Durch Paulas Kopf zischten abstruse Rachefantasien. Sie brannte darauf, ihrer Chefin – ihrer Ex-Chefin! – das Leben schwer zu machen. Sie konnte zum Beispiel auf ihren Namen und ihre E-Mail-Adresse Dutzende von Fetisch-Sexsites abonnieren. Dann würde die Alte überschwemmt werden mit Bildern von Menschen, die sich gern anpinkelten, an fremden Schuhen schnüffelten oder es geil fanden, in Latexanzügen und mit Gasmaske vor dem Gesicht Sex zu haben. Das hätte sie verdient, die blöde Kuh. Warum hatte sie sie gefeuert? Was hatte Paula ihr denn getan? War es Neid? Konnte Paula denn etwas dafür, dass sie jünger war, attraktiver, fröhlicher, beliebter …
Paula spürte, dass sie etwas milder wurde. Eigentlich war ihre Ex-Chefin schon geschlagen genug. Geschlagen mit der bloßen Tatsache ihrer Existenz. Geschlagen damit, die sein zu müssen, die sie war. Eine fade, verkniffene Planschkuh.

Paula ging an einem Baumarkt vorbei und hielt inne, um ihre Reflexion in der Schaufensterscheibe zu mustern. Sie mochte, was sie sah. Paula mochte sich. Sie mochte nur gewisse Aspekte ihres Daseins nicht. Dass andere einfach über sie bestimmen konnten – das hasste sie!
Paula justierte ihre Augen. Jetzt sah sie nicht mehr ihr Spiegelbild, sondern das Innere des Ladens. Regale voller Farbtöpfe stapelten sich dort in mannshohen Regalen.
Farbe.
Mmmh …
Zehn Minuten später trat Paula aus dem Laden, bepackt mit zwei großen Farbeimern und einer Tüte voll Pinsel, einem Abroller und Krepp-Klebeband. Sie würde ihr Wohnzimmer neu streichen. Sie brauchte eine neue Farbe in ihrem Leben.
Der Verkäufer, von dem sie sich beraten ließ, hatte mit ihr geflirtet. Die waren immer auf der Jagd, die Typen. Und sie kapierten nicht, dass es am Ende meistens ihre Beute war, die mit ihnen spielte. Sie waren den Frauen ausgeliefert. Weil sie von ihnen abhängig waren.
Das war einer der Gründe, warum Paula keinen Mann auf Dauer haben wollte. Wer würde sein Leben freiwillig in die Hand einer solch willensschwachen, würdelosen, schwanzgesteuerten Kreatur legen? Okay, Millionen von Frauen taten das. Aber *sie* nicht. Sie hatte es schlicht nicht nötig.
Paulas Vater hatte zeit seines Lebens Affären gehabt. Paula konnte sich an all die Streitereien erinnern, die nachts durch verschlossene Türen in ihr Kinderzimmer dröhnten. Sie erinnerte sich an den leeren, müden Blick ihrer Mutter, an die kaum unterdrückte Aggression ihres Alten. Vor vier Jahren war er mit einem Herzinfarkt zusam-

mengebrochen und nicht wieder aufgestanden. Es hatte Paula geschockt, dass sie trotz allem über seinen Tod traurig war. Und noch mehr hatte es sie geschockt, dass ihre Mutter den Tod ihres Mannes nicht als Neubeginn sah, sondern auch als ihr eigenes Ende. Sie blühte nicht auf. Sie verwelkte.
Das würde Paula nicht passieren. Niemals. Kein Mann würde jemals über sie bestimmen können! Niemals.

Paula hatte die Möbel in der Mitte des Raumes aufgestapelt und mit einer Plane abgedeckt. Sie hatte alles ausgelegt und abgeklebt und dann kurz überlegt. Eigentlich, dachte Paula, müsste sie tapezieren. Sie hatte ihre nackten Rauhputzwände in den letzten zwei Jahren schon dreimal überstrichen. Momentan besaßen sie einen ziemlich ungesund anmutenden Ocker-Ton. Ursprünglich sollten sie gelb werden, doch zwei Schichten zitronengelbe Wandfarbe hatten nicht gereicht, um die vorherige Farbschicht – ein heimeliges Rostrot – zu überdecken.
Paula musterte einen der beiden Farbeimer, die sie dem hormonell aufgeladenen Baumarktmann abgekauft hatte. *Dämmerblau* stand auf dem kreisrunden Aufkleber. Es war ein warmes Blau, nicht zu hell, nicht zu dunkel. Paula öffnete den Deckel und rührte die Farbe mit einem Holzlöffel um. Sie war gespannt, wie sich Dämmerblau mit Auswurf-Ocker vertragen würde.
Als sie eine gute Stunde später die erste Wand des Wohnzimmers mit einer ersten Schicht bedeckt hatte, starrte sie auf eine Fläche, deren Schattierung sich im klassischen Farbspektrum nicht eindeutig einordnen ließ. Paula fand, *Labskaus* wäre ein guter Name für diesen Farbton. Oder *Urgh!*

Es klingelte. Paula schaute auf die Uhr. Es war kurz vor 22 Uhr. Wahrscheinlich war es wieder einer der Nachbarn, der sich über den Lautstärkepegel in ihrer Wohnung beschweren wollte. Paula hörte beim Renovieren gern Klezmer-Musik. Das gab ihr den gewissen Schwung. Doch als sie öffnete, stand da keiner der vorwurfsvoll seufzenden Menschen an der Tür, mit denen sie sich gelegentlich auseinanderzusetzen hatte. Nein, es war Niels. Ihr abgelegter Lover hielt eine Flasche Rotwein in der Hand und lächelte.
»Gibt ja keinen Grund, warum wir nicht Freunde bleiben können«, sagte er. Paula konnte förmlich spüren, wie er diesen Satz geübt hatte. Dass er locker klang. Entspannt. Klappte aber nicht wirklich.
Paula schaute ihn lange an. Dann lächelte sie auch. Was soll's, dachte sie. Er ist ja ein netter Kerl.
»Kannst du malen?«, fragte sie.
Niels musterte sie. Sie trug ein altes, mit Farbspritzern übersätes Herrenoberhemd und eine gleichfalls besudelte Cordhose. Es war offensichtlich, dass sie nicht von Landschafts- oder Aktmalerei sprach.
Niels trat ein, drückte ihr die Weinflasche in die Hand und sagte: »Hast du einen Kittel für mich?«

Als Paula erwachte, brauchte sie ein paar Sekunden, um das Geräusch einzuordnen. Es war ein dissonantes Knurren und Knirschen. Dann hatte sie plötzlich einen Namen dafür: Man nannte es Schnarchen. Sie schlug die Augen auf und erschrak kurz, als sie Niels sah. Sie war es nicht gewohnt, neben jemandem aufzuwachen. Ganz und gar nicht gewohnt.
Jetzt erinnerte sie sich. Sie hob die Decke an. Dort, zu-

sammengeknüllt neben ihr, lag ihr farbverschmierter Kittel. Sie würde die Bettwäsche waschen müssen. Paula grinste. Es war guter Sex gewesen. Ein bisschen wie das Fingerfarben-Malen früher im Kindergarten. Nur geiler. Doch dann zog sich etwas in Paula zusammen. Sie hatte nicht die geringste Lust, mit Niels zu frühstücken. Er würde sie triumphierend angrinsen ob ihrer ersten vollständig gemeinsam verbrachten Nacht. Oder, noch schlimmer, er würde womöglich seinen seligen Dackelblick aufsetzen, die nonverbale Frage stellen, ob sie jetzt ein richtiges Paar wären.
Nein, Niels, sind wir nicht!
So leise sie konnte, erhob sich Paula. Sie war nackt. Auf ihrem Bauch, auf ihrer Brust, in ihrem Schamhaar prangten dämmerblaue Flecken. Sah besser aus als an der Wand. Blauer. Sie nahm ein paar Klamotten aus dem Schrank – zum Glück hatte sie die quietschenden Türen neulich geölt –, dann schlich sie ins Bad. Sie duschte. Hastig zog sie sich an. Als sie die Wohnung verließ, waren ihre Haare noch feucht. Sie hatte nicht riskieren wollen, mit dem Lärm des Föhns Niels aufzuwecken.
Im *Balzac* holte sie sich einen *small latte to go*. Der Fremdgeher mit dem falschen Namen war nicht da. Paula hatte die starke Vermutung, dass sich Lars/Mark generell in diesem Coffeeshop nicht mehr blicken lassen würde.
Paula hätte zu Hause bleiben können. Sie hätte sich ihren eigenen Kaffee kochen können. Sie hätte nicht aus dem Haus gehen müssen. Sie war schließlich gefeuert worden. Hatte keine Verpflichtungen. Sie war ihr eigener Herr. Sie fällte die Entscheidungen. Und sie entschied, dass sie Gerlinde sehen wollte. Ihr zumindest erklären, warum sie nicht mehr ihre Pflegerin war.

Als Paula an Markus' Tür klingelte, öffnete ein Polizist. Sie sah ihn erstaunt an. Der Mann in Uniform musterte sie mit einem professionellen Gesetzeshüter-Blick von oben bis unten.
»Und Sie sind?«, fragte er.
»Verblüfft?«, schlug Paula vor.
Sie hörte Markus' Stimme aus dem Wohnzimmer. »Das ist Paula. Sie ist die Pflegerin meiner Mutter.«
»*War* die Pflegerin«, korrigierte Paula und schob sich, wie es eben ihre Art war, an dem Polizisten vorbei in die Wohnung.
»Was ist denn hier los, um Himmels willen?«, wollte sie wissen, als sie ins Wohnzimmer trat. Ein zweiter Polizist saß in einem Sessel, in der Hand einen Becher Latte macchiato. In dieser Wohnung wurden offenbar mehr koffeinhaltige Getränke ausgeschenkt als in der kompletten *Balzac*-Ladenkette.
Gerlinde trug ihren Hausmantel und kauerte grau und müde neben ihrem Sohn auf dem Sofa. Markus sah aus wie mehrfach verdaut und wieder und wieder ausgekotzt. Er hatte Ringe unter den Augen, die wie mit einem Edding gemalt wirkten. Sein Haar war zerzaust, und Paula bemerkte selbst aus einem Meter Entfernung seinen Mundgeruch. Es war kein Alkohol, der seinen Atem verseuchte. Es war altes Essen und eine zu lange Zeit der Zahnbürsten-Abstinenz.
»Kim ist verschwunden«, flüsterte Markus.
»Seit wann?«, fragte sie und riss die Augen weit auf.
»Sie ist gestern nicht aus der Schule nach Hause gekommen. Niemand weiß, wo sie ist«, erklärte Gerlinde. Ihre Stimme klang ein wenig stärker als die von Markus. Trotz allem.

»Habt ihr alle Krankenhäuser...«, begann Paula, wurde aber von dem Polizisten an der Tür unterbrochen.
»Alles Nötige wurde in die Wege geleitet, das versichern wir Ihnen«, sagte er. Er sprach mit Markus und Gerlinde, nicht mit Paula. »Jeder Streifenwagen hat die Beschreibung des Mädchens.« Er zögerte. Dann fuhr er fort: »Und Sie sind sich wirklich sicher, dass sie keine Drogen oder...«
»So eine ist Kim nicht!«, fuhr Paula dazwischen. »Sie sieht vielleicht so aus, aber sie ist nicht so.«
Es war nicht so, dass Paula viel mit Kim gesprochen hatte. Kim war ein verschlossener Teenager, sie sprach mit niemandem viel. Aber Paula erkannte Menschen, sie konnte sie lesen und deuten. Und in den kurzen Momenten, wenn sie ein paar Worte mit Kim gewechselt hatte, während sie gleichzeitig aufräumte oder Gerlindes Wäsche zusammenpackte oder ihren roten Kotzeimer ausspülte, hatte sie zumindest ein wenig in das Mädchen hineinschauen können. Sie hatte auf Anhieb erkannt, wie porös Kims bockige, zynische Fassade war.
Einmal hatte Kim ihr erzählt, dass ihre Mutter ihr vergeblich das Stricken hatte beibringen wollen. Kim war damals sechs oder sieben Jahre alt gewesen, und die Wolle, die beiden Nadeln und ihre kindlichen Wurstfinger hatten offenbar einen grotesk-vergeblichen Kampf ausgefochten. Kims Mutter hatte unermüdlich versucht, es ihr zu erklären, zu zeigen, vorzumachen. Doch am Ende war klar, dass Kim niemals in ihrem Leben einen Pullover oder auch nur einen Schal produzieren würde. Es war eine winzige Anekdote gewesen. Doch der Blick, der in Kims Augen trat, als sie sprach, die Stimme, in der sie die Anekdote erzählt hatte, machten diese Erinnerungs-

miniatur zu einer der herzzerreißendsten Geschichten, die Paula je gehört hatte.
»Kim ist ein kleines, trauriges Püppchen. Sie ist ein Kind, verstehen Sie?«
»Traurig«, murmelte der Polizist und musterte Paula. »Sie ist traurig?«
»Natürlich ist sie traurig! Ihre Mutter ist vor kurzem gestorben, ihre Großmutter ist schwer krank, ihr depressiver Vater schleppt sich durch die Tage wie ein Zombie!«
Paula biss sich auf die Lippe. Verdammt! Warum besaß sie nicht diesen Filter, den fast alle anderen Leute hatten? Diesen Filter, der einen bremste, bevor man etwas dummes, taktloses, unsensibles, etwas komplett Scheißblödes sagte? Sie wandte sich Markus zu. »Es tut mir leid«, sagte sie. »Wirklich. Ich ...«
Markus schaute sie ohne klar identifizierbare Regung an.
Die beiden Polizisten warfen einander vielsagende Blicke zu. *Die Kleine wurde ganz sicher nicht gekidnappt*, sagte der Blick des einen. *Die ist abgehauen. Und wer kann es ihr verdenken?*
Eine Ausreißerin, klarer Fall, sagte der Blick des anderen. *Können wir jetzt endlich gehen? Ich habe Kohldampf. Pizza?*
Der Sessel-Polizist stellte seinen leeren Macchiato-Becher auf dem Tisch ab und erhob sich.
»Ich weiß, dass das kein großer Trost ist«, sagte er. »Aber wir erleben solche Sachen sehr oft. Fünfzehn ist ein schweres Alter. Ich bin mir sicher, dass wir, äh ...«
»Kim. Sie heißt Kim!«, sagte Gerlinde.
»Äh ... ja. Also, ich bin mir sicher, dass Kim bald wiederauftaucht«, beendete der Polizist seinen Satz. Er war dabei aus dem Zimmer und näher an seine Mittagspause getreten.

»Was natürlich nicht heißt«, ergänzte der andere Uniformierte eilig, »dass wir nicht auch aktiv nach ihr suchen. Wir nehmen das Ganze sehr ernst.«
»Ich weiß«, murmelte Markus. »Vielen Dank.«
Die beiden Polizisten verabschiedeten sich und gingen. Als die Tür hinter ihnen ins Schloss fiel, musterte Paula Markus und Gerlinde, die wie eingefallene Menschenhäufchen auf dem Sofa saßen.
»Okay!«, rief Paula und stemmte die Hände in die Hüften. »Wo fangen wir an zu suchen?«

Kapitel 37

»Scheiße«, sagte Kim. »Es ist bewohnt.«
Sie zeigte vom Weg aus in die Mulde in den Dünen, in der ein Holzhaus kauerte, als würde es sich dort verstecken. »Das haben meine Eltern immer gemietet, wenn wir hierher in den Urlaub gefahren sind.«
»Nett«, sagte Alex.
»Ich hätte gern noch mal darin gewohnt«, sagte Kim. »Aber geht ja nicht«.
Sie zeigte auf das Auto, das neben dem Haus parkte. Es war ein alter schwarzer Volvo, ein Oldtimer, dessen Nummernschild den Eigentümer als Duisburger auswies.
»Geile Karre«, fand Alex.
»Ja. Sieht aus wie ein Leichenwagen.« Kim grinste. »Cool.«
»Komm, wir suchen ein Haus, das so ähnlich aussieht«, schlug Alex vor, legte Kim den Arm um die Schulter und zog sie sanft, aber bestimmt mit sich.

»Das hier sieht doch gut aus«, sagte Alex, nachdem sie zwei weitere Wege abgesucht hatten, und wies auf ein imposantes Steinhaus mit Wintergarten und Swimmingpool.
Kim schüttelte den Kopf. »Wir müssen eines finden, wo die Nachbarn nicht reinschauen können. Es fällt doch auf,

wenn jemand drin ist und kein Auto vor der Tür steht. Und bei Pool-Häusern kommt außerdem regelmäßig so ein Heini, der das Wasser prüft und reinigt und so.«
»Schade.« Alex grinste. »Du und ich im Pool hätte ich mir gut vorgestellt.«
»Vor allem, weil wir keine Chance hatten, unsere Badesachen einzupacken, oder?«, sagte Kim.
Alex grinste noch breiter.
Die beiden gingen einen Weg nach dem anderen ab, immer weiter in Richtung der Dünen. Die Ferienhäuser an den größeren Straßen und nahe an der kleinen Stadt waren zu gefährlich. Da konnten die beiden zu leicht entdeckt werden.
»Gott sei Dank ist Nebensaison«, sagte Kim. »Alles schön leer. Mitten im Sommer ist hier die Hölle los.«
Alex schaute sich um. Auf ihn wirkte das dänische Kaff Vejers, als hätte hier kürzlich eine ominöse Seuche die Bevölkerung stark dezimiert und das Ende des Tourismus besiegelt. Nicht einmal jedes zehnte Haus war belegt. Totentanz.
»Was macht man denn hier so?«, fragte er. »Ist doch voll öde!«
»Die haben einen total fetten Strand!«, ereiferte sich Kim. »Und in der Stadt gibt's Minigolf. Und man kann Rad fahren und spazieren gehen und am allergeilsten ist es, im Haus oder auf der Terrasse zu sitzen und Karten zu spielen oder zusammen zu kochen und zu reden und so.«
Ihr wurde kurz schwindelig. Sie war in der Zeit gereist. Sie war für einen kurzen, schmerzhaft schönen Moment wieder acht Jahre alt gewesen. Für einen Augenblick hatte sich das Leben wieder richtig und leicht angefühlt. Ihre Mutter war da gewesen und hatte mir ihr gelacht, ihr Zöpfe ge-

flochten, Federball gespielt, ihr heimlich beim Kniffel-Spielen einen Würfel umgedreht, damit sie die große Straße anrechnen und gegen ihren Papa gewinnen konnte. Sie war nachts mit dem Kopfkissen unter dem Arm ins Schlafzimmer ihrer Eltern gestolpert, einen Alptraum noch im Genick, hatte sich zwischen Mama und Papa gekuschelt, rundum beschützt, ganz warm und weich. Und sie war wieder eingeschlafen. Wie in einem Kokon.
Doch jetzt war alles anders.
»Es ist schön hier«, sagte sie trotzig zu Alex. »Voll schön!«
Alex schaute sie an. Er legte einen Arm um ihre Schulter. »Sie fehlt dir echt, was?«, sagte er.
»Hier war unser letzter gemeinsamer Urlaub«, flüsterte Kim nun. »Und ich hab sie ganz oft angezickt. Warum war ich nicht netter zu ihr?«
»Weil sie die Mutter war und weil man das eben so macht als Tochter«, sagte Alex.
»Ich muss meinen Vater anrufen. Er soll wissen, dass ich okay bin«, sagte sie, ihre Stimme nun wieder betont resolut. »Das ist echt voll dämlich, dass ich mein Handy vergessen habe.«
Alex seufzte. Er hatte sein Handy mit. Aber nicht das Ladegerät. Doch selbst wenn es aufgeladen wäre, hätte er es nicht riskieren wollen, dass Kim damit zu Hause anruft und seine Nummer auf dem Display ihres Alten erscheint. Womöglich würden sie ihm dann auch noch Kidnapping unterstellen. Zusätzlich zur Körperverletzung.

Als die Polizei in die Schule gekommen war, war ihm fast das Herz stehengeblieben. Dieser kleine Pisser hatte ihn tatsächlich angezeigt! Franz hatte behauptet, Alex hätte ihn überfallen und zusammengeschlagen. Einfach so, ohne Grund. Kim hatte er jedoch mit keiner Silbe erwähnt. Und auch Alex hatte sie nicht ins Spiel gebracht. Er sagte nur, der kleine Spinner hätte einen großen Knall und dass er lügt, der Spasti. Die Polizei schien nicht überzeugt.

Das Problem war die Akte. Die Akte, in der drinstand, dass Alex letztes Jahr mit zwei Kumpels eine Autoscheibe eingeschlagen und einen Laptop vom Rücksitz geklaut hatte. Wer Autoscheiben zertrümmert, der macht auch Neuntklässler kaputt, oder? Er hatte ein paar Wodka-Maracuja getrunken bei dieser Sache mit dem Auto, und als seine Kumpel gesagt hatten: »Ey, Alex. Smash mal die Scheibe«, da hatte er eben einen Stein genommen und die Scheibe zertrümmert. Hatte sich gut angefühlt. Den Laptop hatte er nicht angerührt. Das war Dennis gewesen. Alex hatte bloß grinsend danebengestanden und war zu dämlich gewesen, die Kurve zu kratzen, als es noch ging. Er war einfach zu blöd, um sich vernünftige Kumpel zu suchen. Bis jetzt. Denn Kim war vernünftig. Kim war erstaunlich. Gar nicht wie fünfzehn. Sie war so reif! Tief in seinem Inneren spürte Alex, dass nicht er sie beschützte, sondern sie ihn.

Mit seinem Autoknacker-Background aber hatte man ihn auf der Wache nicht mehr vorurteilsfrei behandelt. Die Aussage vom braven Franz wog schwerer als Alex' brummelige Erklärungsversuche. Die Bullen hatten getan, als wäre er ein Berufsverbrecher, und alles, was er sagte, hatte für sie wie Ausreden geklungen. Alex war irgendwann nur noch wütend gewesen und bockig und hatte es aufgegeben, irgendetwas erklären zu wollen. Nach etlichem Papierkram hatte Alex das Polizeirevier allein verlassen. Er hatte dem Polizisten erzählt, seine Eltern wären für drei Tage irgendwo hingefahren, er wüsste jedoch nicht, wohin. Und sie hätten auch keine Handys. Für einen kurzen Moment hatte er Angst, diese Lüge würde ihn zu einem Kurzaufenthalt in irgendeinem Heim verhelfen, doch der Polizist hatte nur genickt. Er wusste, dass Alex log. Aber es war ihm egal. »Die Anzeige kommt auch noch mal schriftlich zu euch nach Hause. Per Einschreiben. Glaub also ja nicht, dass du das vor deinen Eltern verheimlichen kannst«, hatte er bloß gesagt. Dann durfte Alex gehen. Er war erst nach Hause gelaufen, um ein paar Sachen zusammenzuklauben, und dann zurück zur Schule. Dort hatte er vor dem Haupttor gewartet. Als Kim herauskam, war sie auf ihn zugestürzt und hatte ihn umarmt. Er hatte ihr alles berichtet. Und er erzählte ihr, dass er abhauen würde. Sein Alter würde ihm die Hölle heißmachen, wenn er abends nach Hause kam. Und seine Mutter würde jammern, dass er *ihr* das Leben zur Hölle mache. Und er würde nicht in den Jugendknast gehen, wegen diesem irren kleinen Spinner! Kim hatte nur gesagt: »Ich komme mit.« Mehr nicht. Sie überlegte nicht lange. Es war eine klare Sache für sie.

Alex hatte sein gesamtes erspartes Geld eingesteckt. Über 600 Euro. Er hatte sich davon eigentlich einen Acht-Spur-Mixer und einen Turntable kaufen wollen. Doch jetzt würden Kim und er damit ihr neues Leben beginnen. Er packte außerdem hastig eine Tasche mit ein paar Klamotten, einer Wolldecke, seiner Zahnbürste.

»Magst du Dänemark?«, hatte Kim gefragt.

»Ich war ein paarmal auf einem Festival in Roskilde«, antwortete Alex.

»Ich meine eher Jütland«, hatte Kim gesagt.
»Da wo die ganzen Ferienhäuser sind? Nee«, sagte Alex.
»Das ist ganz toll da!«, sagte Kim.

Den Großteil der Strecke fuhren sie in einem Laster mit. Der Trucker – ein dicker Typ mit Rauschebart und einer Körperausdünstung, die nach einer Mischung aus altem Bratfett und süßsaurer Soße roch – war regelrecht begeistert, als sie in seine Führerkabine kletterten.
»Wow, Tramper!«, hatte er gejubelt. »Das sieht man ja kaum noch. Früher sind wir alle getrampt, Mann! Das war total normal, früher. Bis nach Indien bin ich getrampt!«
Und dann hatte er geredet und geredet und geredet. Von damals. Als offenbar alles toll war, die ganze Welt eine große, blaue Murmel voller Spaß. Kim verstand nicht, warum solche Leute immer von der alten Zeit schwärmen mussten. Waren die mental schon zu abgenutzt, um noch nach vorn schauen zu können? Andererseits: Bevor Alex in ihr Leben trat, hat sie sich auch am liebsten zurückgeträumt. In die Zeit, als ihre Mutter noch da war. Man brauchte offenbar einen Anker, der einen im Hier und Jetzt hielt. Sonst trieb man ab, in eine Welt der Tatenlosigkeit.

Als sie die Grenze nach Dänemark passierten, zeigte der rückwärtsgewandte Tramperfan auf die leer stehenden Zollhäuschen.
»Früher gab es hier Riesenschlangen«, sagte er. »Speziell in den Sommerferien und zu Weihnachten und Silvester gab's hier Mörderstaus. Das kennt ihr jungen Typen gar nicht mehr. Grenzen!«

»Warum reißen die die Gebäude nicht ab, wo sie sie jetzt nicht mehr brauchen?«, fragte Alex.
Der Trucker brummte. Darüber hatte er noch nie nachgedacht. »Schätze, die halten sich die Möglichkeiten offen«, sinnierte er schließlich. »Vielleicht denken die, wir in Deutschland könnten irgendwann einen neuen Hitler kriegen, und dann machen sie die Grenze lieber wieder dicht.«
»Ja, drei Zollgebäude werden die neue deutsche Wehrmacht bei ihrem Vormarsch auf Jütland bestimmt beeindrucken«, sagte Kim.
Der Trucker lachte laut und dröhnend. »Die ist clever, deine Freundin!«, sagte er zu Alex.
»Ja«, lächelte der. »Und dazu ist sie auch noch hübsch!«
Kim schaute Alex verblüfft an. Noch nie hatte jemand sie hübsch genannt. Außer ihren Eltern natürlich, als sie noch klein war. Aber das zählt nicht. Eltern müssen so etwas sagen, das ist Vorschrift.
Alex lächelte sie an. Nicht sein übliches, freches Grinsen. Ein echtes Lächeln, ganz sanft. Und Kim lächelte zurück.
Der Trucker lachte noch einmal laut auf. Vielleicht stellte er sich vor, wie Tausende bis an die Zähne bewaffnete deutsche Soldaten an der dänischen Grenze brav einen Rückstau bis Flensburg bildeten.

»Das hier!«, sagte Kim.
Alex betrachtete das Haus, auf das sie zeigte.
»Och nö«, maulte er. »Das ist so klein.«
»Es ist perfekt«, beteuerte Kim. »Guck mal, rundherum ist ein Wall, da kann kein Mensch in die Fenster schauen. Und eine Alarmanlage hat es ganz sicher auch nicht.«

»Okay«, gab Alex nach. »Hast ja recht.«
Sie gingen um das Holzhaus herum, rüttelten kurz an der Terrassentür, die aus ziemlich morschem Holz bestand und in den Scharnieren mehr ächzte und nachgab, als das Türen eigentlich tun sollten. Öffnen ließ sie sich aber leider nicht. Kim bückte sich, nahm einen der faustgroßen Steine, die die Kinder früherer Mieter am Strand gesammelt und auf der Terrasse gestapelt haben mussten, schlug mit ihm kurzerhand eine der kleinen Scheiben in der Tür ein, griff durch das Loch, drehte am Türgriff und öffnete die Tür.
»Scheiße!« Alex lachte. »Du bist ja voll die Gangsterbraut!«

Sie inspizierten das Haus. Es hatte einen mit Kiefernmöbeln eingerichteten Wohnraum samt integrierter Küchenzeile. Davon ging ein Flur zu zwei kleinen Schlafzimmern ab. Eines mit Doppel-, eines mit Etagenbett. Es war Kim unangenehm, neben Alex zu stehen und mit ihm gemeinsam auf ein Bett zu schauen. Eilig schloss sie also die Türen. Die letzte Tür führte in ein winziges Badezimmer: ein Klo, ein Waschbecken und in der Ecke eine Dusche.
Die Einrichtung des Hauses war ziemlich alt und abgenutzt. Kim fand das irgendwie beruhigend. Sie hatte das Gefühl, es machte ihren Einbruch etwas weniger schlimm, wenn es sich um ein so schäbiges Haus handelte. Wenn man Sushi klaute, war es Diebstahl, Kartoffeln dagegen waren bloß Mundraub. Vielleicht war das bei Einbruch ja ähnlich.
»Am Freitag müssen wir wieder raus«, verkündete Kim. »Am Samstag ist nämlich in ganz Dänemark Bettenwech-

sel. Da müssen wir uns den Tag über draußen rumtreiben und abends schauen, ob niemand eingezogen ist.«
Alex zuckte bloß mit den Schultern. »Sonst nehmen wir einfach ein anderes.«
»Lass uns gleich mal in die Stadt gehen und ein paar Lebensmittel holen. Ich brauche außerdem eine Zahnbürste. Und Tampons«, sagte Kim. Sie bemerkte, wie Alex leicht zusammenzuckte. Tatsächlich war ihre Periode erst irgendwann nächste Woche fällig, doch sie hielt es für eine gute Idee, eine Begründung in petto zu haben, wenn Alex mehr von ihr wollte als bloß Knutschen. Ein Teil von ihr sehnte sich danach, es mit ihm zu tun. Das hier, diese ganze Situation, schien die denkbar romantischste Art zu sein, seine Unschuld zu verlieren. Und sie liebte Alex. Sie liebte ihn wirklich. Ein anderer Teil von ihr aber reagierte bei der Vorstellung, Sex zu haben, zutiefst verängstigt.
»Du bist so weit, wenn du es willst«, hatte ihre Mutter gesagt, als Kim sie mal gefragt hatte, wie das sei mit der Lust. »Du spürst es einfach. Und wenn du es nicht willst, dann lass es bloß sein.«
»So einfach ist das?«, hatte Kim ungläubig gefragt.
Ihre Mutter hatte gelacht: »Nein, nicht wirklich. Aber ich weiß nicht, wie ich es dir besser erklären soll. Außerdem bist du doch ein kluges Mädchen mit gesunden Instinkten, oder?«
Wen würde Kim in Zukunft solche Sachen fragen können? Niemanden.
»Wir könnten grillen!« Alex' euphorisch hinausposaunter Vorschlag riss Kim aus ihren Gedanken. »Da steht ein Grill im Garten.«
»Sicher«, sagte Kim. »Wir suchen uns extra ein Haus aus,

in das niemand durch die Fenster schauen kann, damit unser Einbruch nicht bemerkt wird, und dann setzen wir uns auf die Terrasse und signalisieren unsere Anwesenheit mit Rauchschwaden und Würstchenduft.«
Alex lachte. »Scheiße, du hast recht.«
»Aber ich muss in der Stadt jemanden finden, der mir kurz sein Handy leiht. Mein Vater ist bestimmt schon voll panisch.«
»Du sagst ihm doch nicht, wo wir sind, oder?«, sorgte sich Alex.

Kapitel 38

Als das Telefon klingelte, sprang Markus auf.
»Hallo?«, rief er in den Hörer.
»Papa.«
Markus atmete tief aus. »Kim, Gott sei Dank! Wo bist du? Was machst du? Geht's dir gut?«, rief er. Dabei hielt er das Telefon ein wenig vom Ohr ab und warf einen Blick auf das Display. *Anrufer – Nummer unterdrückt* stand da.
»Es ist alles okay«, sagte Kim. Ihre Stimme drang durch ein Rauschen zu ihm. Es klang, als stünde sie in einem Windkanal.
»Was soll das heißen?! Wo bist du?!«, rief Markus.
»Mach dir…«
»Was?«
»Mach dir keine Sorgen! Mir geht's gut«, sagte Kim laut.
»Kim!«
Wieder das ominöse Rauschen. Ein paar andere Geräusche, schrill und keifend, dann noch einmal kurz Kims Stimme: »Ich liebe dich, Papa. Und grüß Oma.«
Klick.
Markus starrte das Telefon ungläubig an.
»Nun sag schon, um Himmels willen! Was hat sie gesagt?«
Paula und Gerlinde saßen kerzengerade nebeneinander auf dem Sofa und blickten erwartungsvoll auf Markus, der stumm und mit dem Telefon in der Hand dastand.

»Markus!«, rief Gerlinde. »Was ist?«
»Ich soll dich schön grüßen«, murmelte er, während er das Telefon apathisch auf die Ladestation legte, zu seinem Sessel ging und sich hineinplumpsen ließ.
»Sie sagt, es geht ihr gut. Wir sollen uns keine Sorgen machen. Und schönen Gruß an Oma.«
Gerlinde und Paula warfen einander einen sprachlosen Blick zu, dann brach die alte Frau in ein schrilles Lachen aus.
»Du sollst mich grüßen?«, kreischte sie. »Was für ein höfliches Mädchen!« Sie lachte bellend. Tränen liefen ihr über das Gesicht. Paula fiel in das Lachen ein. Die beiden Frauen steigerten sich in einen immer größeren Lachkrampf, während Markus weiterhin kerzengerade dasaß und sie irritiert betrachtete. Paula trommelte lachend auf die Lehne des Sofas, während Gerlinde prustend ständig wiederholte: »Schönen Gruß an Oma! Ich glaub es nicht! Schönen Gruß an Oma!«
Markus war irritiert. Hatte er irgendetwas verpasst? Hatte er irgendetwas nicht kapiert? Was war so komisch?
Paula wischte sich die Augen. Ihr Eyeliner hinterließ dunkle schwarze Schlieren, und ihr Lachen verebbte zu einem Giggeln. Auch Gerlinde versuchte, ihr Bedürfnis loszuprusten zu unterdrücken.
»Entschuldige«, kicherte Paula. »Es liegt an den Keksen.«
Sie wies auf die Tupperware auf dem Tisch. Mandelkekse, die sie selbst gebacken hatte. Markus begriff: Das Gebäck enthielt offenbar einen Wirkstoff, der im Backbuch nicht vorgesehen war.
»Es ist einfach das Beste, was man Krebspatienten geben kann. In vielen Ländern gilt Cannabis als Heilkraut.« Paula lächelte.

»Du hast meine Mutter mit Haschisch gefüttert?« Markus konnte es nicht fassen.

Gerlinde kicherte immer noch. »Reg dich nicht auf, Schatz«, sagte sie zu Markus. »Ist doch besser als Morphium, oder? Und schmeckt auch gut.« Sie zwinkerte Paula zu und kicherte erneut.

»Die Hauptsache«, sagte sie dann, um einen ernsthaften Tonfall bemüht, »ist doch, dass es Kim gut geht.«

»Sie hat nicht gesagt, wo sie ist, oder?«, fragte Paula.

»Nein«, antwortete Markus.

»Und es war keine Nummer auf dem Display?«, fragte Paula weiter.

Markus schüttelte nur den Kopf.

»Habt ihr mal ihre E-Mails gelesen, ob es da irgendeinen Anhaltspunkt gibt?«, wollte sie wissen.

»Ich kenne ihr Passwort nicht«, sagte Markus.

»Und ihr Handy?«

»Das Adressbuch ist leer.«

»Was ist mit SMS?«, wollte Paula wissen.

Markus schaute sie an. Daran hatte er noch nicht gedacht. SMS hatte er nicht auf der Rechnung. Er schrieb nie welche. Tasten, die mehrere Buchstaben gleichzeitig beherbergten, waren ihm zu kompliziert. Für zwei simple Sätze würde er eine Viertelstunde brauchen. Er erhob sich und ging zu dem Regal, auf dem er Kims Handy abgelegt hatte. Er reichte es Paula, die sofort und souverän zu tippen begann.

Es war faszinierend: Wenn es um die Programmierung eines DVD-Rekorders ging, um die Einrichtung eines Computerprogramms oder auch nur die fachgerechte Bedienung der Stereoanlage, behaupteten die meisten Frauen steif und fest, sie wären mit der Flut an Tasten und

Reglern überfordert. Technik sei Männersache. Bei Handys allerdings waren sie alle plötzlich Meisterinnen der Konfiguration. Gerlinde nahm noch einen Keks, während Paula verblüfft das Mobiltelefon hochhielt.

»Kim hat zweiundvierzig nicht abgesendete SMS«, verkündete sie.

»Was heißt das?«, fragte Gerlinde.

»Das heißt, sie hat zweiundvierzig SMS getippt, sie aber nur im internen Speicher abgelegt und nie abgeschickt.«

»An wen sind sie?«, fragte Markus.

Paula tippte ein paar Tasten, las kurz und schaute dann wieder auf.

»Sie sind an ihre Mutter«, sagte sie.

Markus nahm Paula das Handy aus der Hand. Er warf einen kurzen Blick auf das Display, dann verließ er wortlos das Zimmer. Paula machte Anstalten, ihm zu folgen, doch Gerlinde hielt sie zurück. Paula setzte sich wieder. Die beiden Frauen saßen für eine Weile schweigend nebeneinander, dann zwinkerte Gerlinde Paula zu und reichte ihr die Kekse. Beide nahmen einen und bissen ab.

»Mein Kopf platzt gleich«, sagte Gerlinde. »Da sind viel zu viele Gedanken drin.«

Gerlinde griff zur Fernbedienung und schaltete den Fernseher ein.

»Ich brauche eine Abwechslung«, sagte sie.

Auf dem Bildschirm versuchte eine überdrehte Blondine in den Vierzigern zwei karibisch anmutenden und sichtlich desinteressierten Handwerkern etwas zu erklären. *Fernweh – Die Auswanderer-Soap* stand unten rechts in der Ecke.

Komisch, dachte Paula. Das ganze Land schaut Reality-TV, aber niemanden interessiert es, wie es dem eigenen Nachbarn geht.

Markus hatte sich am Küchentisch niedergelassen. Er las die erste SMS, die Kim nie abgeschickt hatte. Er hatte ein schlechtes Gewissen, so brutal in die Geheimniswelt seiner Tochter einzudringen. Und er hatte auch ein wenig Angst vor dem, was er dort erfahren könnte.

Liebe Mama! Du fehlst mir! Papa ist ein richtiger Zombie geworden, sogar zu schlapp zum Weinen. Ich glaube, er hat dich sehr geliebt. Wusstest du, wie sehr? Ich habe dich auch geliebt, und ich hasse mich, weil ich es dir so selten gezeigt habe.

Markus räusperte sich.

Liebe Mama! Fast 20 % aller deutschen Frauen glauben, dass es Engel gibt. Aber nicht einmal 2 % der Männer. Ich gehöre zu den 80 %. Aber ich bete, dass ich unrecht habe. Sind da Engel bei dir?

Markus drückte die Weiter-Taste.

Ich habe mich verliebt, Mama. Ich schäme mich so, dass das ausgerechnet jetzt passiert. Eigentlich sollte ich nur an dich denken, an nichts sonst. Er ist älter als ich und so stark. Einer, der einen hält. Ganz anders als Papa. Weißt du was: Ich bin nicht wie du, Mama. Ich (keine weiteren Zeichen möglich)

Markus schluckte. Weiter.

Entschuldige, habe zu viel getippt. Ich bin nicht wie du, Mama. Ich brauche einen, der mich stützt. Nicht umgekehrt. Das ärgert mich. So will ich nicht sein. Ich will notfalls auch allein stehen können.

Weiter.

Manchmal würgt mich meine Traurigkeit. Dann denke ich an unseren letzten Urlaub. Wie wir Scrabble gespielt haben auf der Terrasse. Du hast darauf bestanden, dass Gnatsch ein Wort ist. Wir haben so gelacht.

Die Schrift begann vor Markus' Augen zu verschwimmen.

Oma hat Krebs, Mama! Alles auf einmal! Wenn es A nicht gäbe, würde ich durchdrehen.
Markus ging zum Ende der Nachrichten, zu den aktuellsten. Vielleicht würde er dort etwas über Kims Aufenthaltsort erfahren. Die allerletzte SMS lautete:
Heute hat A mich gerettet. Ich würde alles für ihn tun. Mein Leben gehört ihm. Es tut mir leid für Papa und Oma. Weißt du noch, die Sache mit den Engeln? Ich habe meinen gefunden.
Markus schloss die Augen. Er sah einen Engel vor sich. Weiß, mit Flügeln. Und plötzlich traf es ihn wie ein Schlag.
»Möwen!«, rief er und sprang auf. Er rannte ins Wohnzimmer.
»Möwen!«, rief er den beiden Frauen zu. »Das waren Möwen, die am Telefon geschrien haben. Kim ist am Meer!«
Paula und Gerlinde blickten ihn verblüfft an. Im Fernsehen grillte die Blondine auf ihrer Terrasse Fische.
Markus öffnete den Mund. Plötzlich war alles klar.
»Sie ist in Dänemark«, sagte er. »Sie macht Urlaub mit den Engeln!«

Kapitel 39

Kim bedankte sich bei den beiden Mädchen, die ihr das Handy geliehen hatten, und drückte ihnen fünf Euro in die Hand. Dann schlug sie den Kragen ihrer Jacke hoch und hakte sich bei Alex ein. Der Wind blies wild. Sie hatte ihren Vater kaum verstanden.
Eng an ihren Freund gepresst, ging Kim zu dem kleinen Supermarkt am Ende der Straße. Als sie eintraten, nahm Alex einen Einkaufswagen. Zielstrebig durchquerte er die Obst- und Gemüseabteilung.
»He!«, bremste ihn Kim. »Nicht so schnell.«
Alex, bereits an der langen Reihe von Mikrowellengerichten angekommen, drehte sich verblüfft um. »Oh, okay«, murmelte er und blieb stehen, ohne den Wagen zurück in die Frischzone zu schieben. Er musterte aus sicherer Entfernung, wie Kim probeweise eine Salatgurke drückte, das Grün von zwei Kohlrabi entfernte und einen Beutel Kartoffeln aus der Auslage nahm. Er sah aus, als hielte er Gemüse für gefährlich. Als stünde Kim in einer Sperrzone und müsse jederzeit mit einer fatalen Vitaminattacke oder einem heimtückischen Angriff durch Ballaststoff-Bomben rechnen.
Kim kam zu ihm, legte Gurke, Kartoffeln und Kohlrabi in den Wagen. Fast entschuldigend lächelte sie Alex an. »Mein Alter ist Koch, weißt du? Catering. Ich ging noch

nicht mal zur Schule, als er mir schon beigebracht hat, wie man Sauce Hollandaise anrührt. Ich bin zwischen Gewürzen und Gemüse groß geworden.«
»Hey, kein Problem«, versicherte Alex gönnerhaft. »Wenn mein Baby Grünzeug will, kriegt mein Baby Grünzeug.« Er schob den Wagen weiter in Richtung der Kühltheke. »Cheeseburger?«, fragte er und hob ein Paket mit sechs wuchtig anmutenden, tiefgefrorenen Fleischbrötchen hoch.
Kim zögerte. »Ich hatte eigentlich gehofft, wir könnten heute Fisch essen. Irgendwie, na ja ...« Sie schaute zu Boden. »Das gehört für mich zu Dänemark immer dazu. Meine Mutter hat immer...«
Alex hob die Hand in einer großmütigen Du-brauchst-nicht-mehr-zu-sagen-Geste, legte das Cheeseburgerpaket zurück, schob den Wagen ein Stück weiter die Tiefkühlreihe entlang und nahm ein Paket Fischstäbchen heraus.
Kim seufzte.
Zehn Minuten später verließen sie das Geschäft. Sie hatten zwei große, frische Rotbarschfilets gekauft, das Gemüse, sechs Eier, ein Brot, Sonnenblumenöl, Cola Light, Instant-Kaffee, ein Mohnbrot, ein Glas Marmelade, Bier und Wasser. Alex hatte außerdem drei Tüten Kartoffelchips und eine kleine Packung mit nur zwei tiefgefrorenen Cheeseburgern dazugelegt. (»Falls ich von dem Fisch nicht satt werde.«) Kim hatte auch eine Zahnbürste, Zahnpasta und eine kleine Flasche Duschgel, das auch als Shampoo zu funktionieren versprach, in den Einkaufswagen gepackt. Schließlich hatte sie noch zwei billige Handtücher in einem hässlichen Grünton gekauft. Es waren die einzigen Badezimmertextilien, die der Laden anbot.

Alex trug alle drei Tüten, während Kim neben ihm herschlenderte. Sie hatte ihm angeboten, ihm eine abzunehmen, doch er gefiel sich in der Rolle des starken Mannes.
»Wie so'n altes Ehepaar, was?«, sagte sie zu Alex.
Der grinste. »Ja. Gruselig, oder?«
Kim hatte es eigentlich positiv gemeint.

Als sie am Haus ankamen, achteten sie darauf, dass niemand sah, wie sie durch die Terrassentür traten.
»Scheiße«, sagte Alex, als er durch das Wohnzimmer zur Küchenzeile ging. »Wir hätten Klebeband kaufen sollen. Dann hätten wir irgendetwas vor das Loch in der Scheibe kleben können.«
»Morgen«, sagte Kim.
»Ich muss dringend duschen«, verkündete sie dann. »Kannst du schon mal mit dem Essenmachen anfangen? Ich sterbe vor Hunger!«
»Klar«, sagte Alex und begann, den Inhalt der Tüten auf die Anrichte zu legen. Kim ging in das kleine Badezimmer. Sie überlegte kurz, ob sie die Tür von innen abschließen sollte, aber dann ließ sie es bleiben. Wie ein altes Ehepaar, dachte sie.
Als sie sich einseifte, musterte sie ihren Körper. Zum ersten Mal freute sie sich über ihre großen Brüste. Alex schien sie zu mögen, diese Riesendinger. Ihre Titten waren Kims Verbündete geworden. Sie wollte Alex gefallen.
Als sie sich unter den Armen einschäumte, fiel ihr ein, dass sie vergessen hatte, sich Einwegrasierer zu kaufen. Morgen wollte sie unbedingt daran denken.
Sie hatte Fotos ihrer Mutter gesehen, von ganz früher. Da

war sie mit Freundinnen auf einer Fahrradtour gewesen, in Holland. Ihre Mutter, ein Teenager noch, hatte oben ohne auf einer Wiese gesessen. Sie hatte viel kleinere Brüste als Kim. Und sie war in den Achselhöhlen nicht rasiert gewesen. Damals tat man das noch nicht. Es sah lustig aus. Kim hatte ihre Mutter damit aufgezogen. »Hast du unter deinen Armen einen Hamster versteckt?«, hatte sie gefragt. »Der kriegt doch gar keine Luft ...«
Kim hob den Kopf und schnupperte. Was war das? Sie drehte die Dusche ab und roch noch einmal. Es stank. Kim zog den Duschvorhang zurück und riss die Augen auf: Durch den Spalt unter der Badezimmertür drang Qualm herein!
Sie sprang aus der Dusche, ergriff das Handtuch und wickelte es sich hastig um den Körper. Es war zu klein. Kim musste sich entscheiden, ob sie ihre Brüste oder ihre Scham bedecken wollte. Sie wickelte sich das Handtuch um die Hüfte, ärgerte sich, dass sie nicht beide Tücher mit ins Bad genommen hatte, und stürmte aus dem Bad. Mit vor der Brust verschränkten Armen rief sie: »Alex! Was ist los?!«
Sie sah ihn nicht. Sie sah nur Rauch.
»Alex?«
Dann hörte sie ihn schreien: »Scheiße, der Fisch! Krasse Scheiße, ey! Das ist voll kompliziert! Der ist voll angebrannt!«
Kim sah Alex' Silhouette durch den Qualm und ging auf ihn zu. Er hielt eine Pfanne in der Hand, die alle Schwefelschwaden der Hölle auszuspucken schien. Er warf die Pfanne gegen die Wand. Kim zuckte erschrocken zurück.
»Die sind voll kleben geblieben an der Pfanne, die Fische.

Angebrannt!«, schrie Alex. »Fuck! Nichts kann ich richtig machen! Meine Eltern haben recht! Ich bin ein Loser!«
Kim zögerte, dann legte sie Alex vorsichtig die Hand auf die Schulter. Er schreckte zusammen, drehte sich zu ihr um – und beruhigte sich dann langsam. Immer noch erregt, aber nicht mehr aggressiv, sagte er: »Die verfickten Fische sind voll auseinandergefallen. Und die Fischkrümel sind in der Pfanne festgeklebt. Und dann fiel mir ein, dass man die ja panieren muss. Im Schrank war eine Tüte Mehl, und ich hab davon einfach was über die Fische geschüttet. Aber da qualmte es nur noch mehr!«
»Hast du Öl in die Pfanne getan?«, fragte Kim.
Alex schaute sie verdutzt an, dann begann er plötzlich zu lachen. »Fuck! Ich wusste doch, dass ich etwas vergessen hab!«
Seine Wut war verschwunden. Er war jetzt wieder der schräge, lockere Alex.
»Mach die Terrassentür auf und die Fenster!«, sagte Kim grinsend. »Ich krieg ja kaum noch Luft.«
»Ey, dann stinkt das durch die ganze Straße. Dann wissen alle, dass wir hier sind«, widersprach Alex.
Kim nickte. Er hatte recht. Jetzt stand sie direkt neben ihm. Er bemerkte, dass sie fast nackt war.
»Aber hallo«, sagte er. »Was wird das denn?«
»Eine Scheiß-Brandschutzübung«, sagte Kim.
Alex hustete.
»Ist der Herd ausgeschaltet?«, fragte Kim, immer noch die Arme vor dem Oberkörper verschränkt.
»Alles aus«, versicherte Alex.
»Komm mit«, sagte Kim und drehte sich um. Er folgte ihr den Flur entlang. Als sie zwei Schritte gegangen war, rutschte ihr das Handtuch von der Hüfte. Sie konnte es

gerade noch festhalten, bevor Alex ihren kompletten nackten Hintern zu sehen bekam. Oder auch nicht. Dank an den Qualm.

Kim öffnete eine der beiden Schlafzimmertüren und trat ein. Es war das Zimmer mit dem Doppelbett. »Beeile dich!«, rief sie Alex zu, der ihr nur zu gern folgte. Sie schloss die Tür hinter ihm und ließ sich auf das Bett fallen.

»Hier ist die Luft noch ganz okay«, sagte sie. Und bemerkte, dass Alex nun alles sehen konnte. Dass er *sie* sehen konnte. Und dass er sie tatsächlich unverhohlen betrachtete. Was er sah, gefiel ihm offenbar. Und ihr gefiel es, was sie in seinem Gesicht entdeckte. Sein mimischer Ausdruck war ein einziges Kompliment. Es lag Anerkennung in seinem Blick, Bewunderung sogar. Und, na ja, natürlich eine gehörige Portion Geilheit.

Er ging einen Schritt auf sie zu.

Ist das jetzt der Moment, Mama?

Sie lag neben ihm und hielt seine Hand. Sie hätte sich gern an ihn gekuschelt, den Kopf auf seine Brust gelegt, doch sie hatte das Gefühl, das wäre zu viel des Klischees.

Sie lagen beide schweigend da und starrten an die Decke. Alex roch nach Alkohol. Er musste etwas getrunken haben, während er den Fisch vernichtete. Das war okay. Es störte sie nicht. Kim drehte sich zu ihm um. Er hatte die Augen geschlossen. Wahrscheinlich würde er einschlafen, wenn sie ihn ließe. Und auch das war okay. Vielleicht würde sie sich an ihn kuscheln, wenn er schlief. Wenn er es nicht merkte.

Es war anders gewesen, als sie erwartet hätte. Weniger spektakulär. Es ging schnell. Alex war nicht einmal zwei Minuten in ihr gewesen, als er kam. Er hatte ein Kondom

in der Tasche gehabt. Das war gut. Sie hatte ihn nicht darum bitten müssen, es zu benutzen. Es war selbstverständlich gewesen.
Er war nicht zärtlich, das hatte sie überrascht. Aber auch das war völlig in Ordnung. Er hatte sie wild geknutscht, ihre Brüste regelrecht geknetet, zu grob, aber so euphorisch, dass es sie rührte. Alex war ebenso begeistert wie tolpatschig, und Kim begriff, dass es keinen anderen Moment gab, in dem eine Frau mehr Macht über einen Mann hatte als diesen. Es schmeichelte ihr, wie begeistert er von ihrer Nacktheit war. Seine Küsse waren glitschig, ruppig, aber auch ein Betteln nach Zuneigung. Alles in allem: schön. Ausbaufähig, ja – aber Kim verstand, warum alle Welt so ein Theater um Sex machte. Es war eine Sache für sich.
Aber das jetzt, dieser Moment hier, diese einvernehmliche Stille, dieses Zusammensein. Das war richtig irre. Das war das Beste daran.
»Geht's dir gut?«, fragte Alex leise und sah sie an. Von wegen schlafen.
»Ja«, sagte sie.
»Das war dein erstes Mal, oder?«, fragte er.
»Ja«, sagte sie. »Und bei dir auch, oder?«
Alex richtete sich empört auf. Kim lachte schallend. »Sorry! War'n Scherz.«
Alex zögerte, dann stimmte er aber in das Lachen ein.
Kim hatte keine Ahnung, was sie jetzt tun sollte. Sollte sie ihn loben, ihm ein Kompliment machen?
»Ein westeuropäischer Mann ejakuliert durchschnittlich siebentausendzweihundert Mal in seinem Leben. Alles zusammengenommen produziert er dabei ungefähr dreiundfünfzig Liter Samenflüssigkeit«, sagte sie.

Alex schaute sie verblüfft an.

»In eine durchschnittliche Badewanne passen ungefähr hundertzweiunddreißig Liter Wasser. Man bräuchte also nicht einmal drei Männer, um eine Badewanne mit Sperma zu füllen. Vorausgesetzt natürlich, sie würden ihr gesamtes geschlechtsreifes Leben lang unermüdlich ejakulieren«, fuhr sie fort. Warum erzählte sie ihm das? Das war doch voll peinlich!

Alex lachte. »Du bist voll das schräge Babe«, sagte er. »Wollen wir aufstehen?«

»Zurück in den Nebel des Grauens?«, sagte Kim. »Ich hab's nicht eilig.«

»Okay«, sagte Alex und legte sich wieder hin. Kim hielt kurz den Atem an. Hoffnungsvoll. Und tatsächlich: Er hob ihren Kopf ein Stück an, legte seinen Arm darunter und zog sie zu sich. Nun war ihr Kopf da, wo er hingehörte: auf seiner Brust. Sein Atem hob und senkte ihn leicht. Beruhigend. Warm.

»Wie geht's weiter?«, fragte sie. »Was machen wir jetzt?«

Alex schwieg.

»Wir brauchen einen Plan«, sagte sie.

»Spanien oder Portugal oder so, das fände ich geil«, sagte er. »Ich könnte Musik machen. Erst mal auf der Straße, dann eine Band suchen.«

Kim schloss die Augen. »Hmm«, murmelte sie skeptisch.

»Oder wir könnten …«, hob Alex an – und verstummte dann, weil ihm auf die Schnelle kein Alternativplan einfiel.

»Wir denken noch mal in Ruhe nach«, sagte Kim. Sie begann sich zu fragen, welche Konsequenzen es hätte, wenn sie einfach nach Hamburg zurückkehrten. Betrachtete man die Sache logisch, war das hier alles doch sehr

Bonnie-&-Clyde-mäßig. Romantisch und aufregend – ja. Aber schon irgendwie übertrieben. Dieser Vorfall mit Franz – das ließ sich sicher erklären und hinbiegen. Und Kim wollte auch zurück zu ihrer Familie. Sie fragte sich, ob sie sich mit dieser Eskapade gerade der letzten Chance beraubte, ihre Großmutter noch einmal zu sehen.
Andererseits ...
Alex strich ihr gedankenverloren mit den Fingern über die Schulter. Kim schnurrte innerlich.
Solange man nicht darüber nachdachte, dass Bonnie und Clyde am Ende ihres Abenteuers in einem Kugelhagel ihr Leben aushauchten, war es nicht schlecht, Bonnie zu sein. Zumindest nicht, wenn Alex Clyde war.
Plötzlich richtete sich Alex ruckartig auf. Ihm war eine Idee gekommen – förmlich in ihn hineingeschossen, nach seiner ruckartigen Euphorie zu urteilen.
»Magst du Hunde?«, rief er. Ohne ihre Antwort abzuwarten, fügte er sofort hinzu: »Ich kenne jemanden in Finnland, der Huskys züchtet!«
Kim richtete sich nun auch auf und schaute Alex erstaunt an.
»Huskys?«
»Ja, diese Schlittenhunde! Du weißt schon! Ich hab den Typen letztes Jahr beim Festival in Roskilde kennengelernt«, begeisterte sich Alex weiter. »Der züchtet die und macht mit den Touris Schlitten-Touren und so was. Der hat gesagt, ich kann jederzeit vorbeikommen. Es sei so einsam da oben, der freut sich über Besuch!«
»Huskys?«, wiederholte Kim und gab sich keine Mühe, die Zweifel in ihrer Stimme zu verbergen.
»Ich weiß sogar noch, wie der Ort heißt«, fuhr Alex ungebremst euphorisch fort. »Hyvinkää! Geiler Name, oder?

Wir haben total gelacht über den Namen. Echt, du lachst dich schlapp, wenn ich dir sage, wie der buchstabiert wird. Ey, da fahren wir hin! Stell dir vor, wie geil das wird – du und ich, im Schnee und überall Wildnis. Und diese geilen Hunde. Voll die Freiheit, ey!«
Kim war hin- und hergerissen. Einerseits klang es wie die wundervollste Idee der Welt, was Alex da vorschlug. Doch gleichzeitig war da eine Stimme in ihrem Hinterkopf, die sie auf dem Boden der Tatsachen hielt.
»Ich hab Hunger«, verkündete Kim und stieg aus dem Bett. »Was für ein Glück, dass ich noch die Cheeseburger gekauft habe«, sagte Alex grinsend.
»Was ist mit deinen Eltern?«, fragte Kim, während sie ins Bad ging, um ihre Klamotten zu holen.
»Die brauchen mich nicht«, rief Alex ihr nach.
»Du musst sie anrufen«, sagte Kim, während sie ihr T-Shirt überstreifte.
»Vielleicht morgen.«

Kapitel 40

Die Psychiaterin Elisabeth Kübler-Ross hatte 1969 in einem Buch die sogenannten fünf Stufen der Vorbereitung auf den Tod zusammengefasst. Nach ihrer Ansicht geht jeder Mensch, der erfährt, dass er bald sterben wird, durch fünf verschiedene emotionale Phasen: Verleumdung (*»Nein, das muss ein Irrtum sein!«*), Wut (*»Warum ich? Das ist nicht fair!«*), Handel (*»Lass mich wenigstens noch leben, bis meine Kinder aus der Schule sind.«*), Depression (*»Alles ist so traurig, warum sich noch um etwas kümmern?«*) und schließlich Akzeptanz (*»Es wird okay sein.«*).

Gerlinde hatte von diesen fünf Stufen gehört. Kim hatte ihr davon erzählt. Und ein übereifriger Zivildienstleistender im Krankenhaus später noch einmal. Gerlinde hatte ein Problem damit gehabt, fundamentale Aussagen über ihre Gefühlswelt von einer 15-Jährigen zu akzeptieren. Oder von einem Typen, der ständig Kaugummi kaute und drei Ringe in seiner Augenbraue trug. Oder von einer Frau mit Doppelnamen.

Außerdem gab es da ein logisches Problem: Was ist, wenn der Tod Frau Kübler-Ross nicht kennt? Wenn sich der Tod nicht an den Zeitplan hält? Wenn ein Sterbender schon über die Wupper geht, bevor er bei der Akzeptanz angekommen ist? Muss man sich bei extrem schweren

Krankheiten beeilen, flott durch Wut und Depression hetzen, um rechtzeitig zum Finale alles durchgemacht zu haben?
Gerlinde stank es, dass es sich jemand anmaßte, sie in eine Verhaltensnorm zu pressen. Sie war ein Individuum. Sie würde fünf maßgeschneiderte Stufen haben. Oder sechs, sieben. Ihre ganz persönliche Leiter zum Tod. Es war ihr Leben. Und ihr Sterben.
Frust, Sarkasmus, Randale, Erschöpfung und glorioser Abgang – warum nicht?
Doch jetzt, wo sie auf dem Sofa saß, neben Paula, mit einem ziehenden, reißenden Schmerz in den Gedärmen und einem milchigen Blick auf den Fernseher, musste sie sich eingestehen, dass diese Kübler-Ross nicht völlig falschlag. Aber auch nicht ganz richtig. Verleumdung, Wut – ja, das kannte sie. Doch was sie jetzt fühlte, war keine Depression. Und es war auch nur bedingte Akzeptanz.
Gerlinde saß auf dem Sofa, sah ihren Sohn mit dem Handy seiner Tochter in die Küche gehen – aufgelöst, leer, voll Angst und Bedauern –, und Gerlindes Krankheit, ihr eventueller Tod, das brennende, innere Toben der Vernichtung hatte schlicht zu warten. Es gab jetzt tatsächlich Wichtigeres. Gerlinde musste ihrer Familie helfen.
Sie mussten nicht nur Kim finden. Gerlinde war sich insgeheim ziemlich sicher, dass ihre Enkelin in Sicherheit war. Die Kleine war eine Kämpferin und clever obendrein. Cleverer, als es ihr manchmal guttat. Nein, es ging nicht darum, das Mädchen zu finden. Es ging darum, sie zu retten. Denn sie war schon verlorengegangen, als sie noch zu Hause war. Und auch Markus brauchte Rettung. Der hatte sie mindestens genauso nötig.

Vielleicht würde sie sterben, vielleicht auch nicht. In diesem Moment war es Gerlinde seltsam gleichgültig. Wenn es so kam, dann kam es so. Sie konnte es sowieso nicht ändern. Sie wollte nur auf jeden Fall so lange durchhalten, bis sie die beiden Menschen, die sie mehr liebte als sich selbst, wieder ins Leben zurückgeholt hatte.
Hoppla. War das jetzt Handel? Verdammt, Frau Kübler-Ross!

Drei Stunden später saßen sie zu dritt im Auto. Markus war sich absolut sicher, dass sich Kim in Vejers aufhielt. In gleich dreien ihrer SMS hatte sie den Urlaub dort erwähnt. Der letzte Urlaub mit ihrer Mutter war für das Mädchen offenbar eine wunderschöne, sorgenfreie, von keinerlei Alltagsroutine grau gefärbte Erinnerung. Und gleichzeitig repräsentierte dieser Dänemark-Urlaub eine schmerzhaft verpasste Chance. Das arme Kind zerriss sich offenbar vor schlechtem Gewissen, dass es seiner Mutter nicht oft und nicht deutlich genug gesagt und gezeigt haben mochte, wie sehr es sie liebte.
Was tat Kim dort in Vejers? Hatte sie Geld? War sie allein? Es gab diesen »A«, der in mehreren SMS erwähnt wurde. Der Junge, in den sich Kim offenbar verliebt hatte. War der mit ihr zusammen in Dänemark? Markus hatte die Klassenliste hervorgekramt, die sie zu Jahresbeginn bekommen hatten und in der alle Mitschüler von Kim alphabetisch aufgelistet waren. Keiner der Jungen darauf trug einen Vornamen, der mit A begann. Und immer wenn Markus die Nummer wählte, war der Anschluss nicht erreichbar.
Egal. Ob A oder nicht – Markus wusste, wo seine Tochter war. Und er musste sie holen!

Markus hatte sich sofort ins Auto setzen und losfahren wollen. Er hatte Paula gebeten, sich in dieser Zeit um Gerlinde zu kümmern. Er würde sie natürlich bezahlen. Doch Gerlinde hatte darauf bestanden, ihren Sohn zu begleiten. Sie duldete keinen Widerspruch.
»Du hast doch noch Chemo-Termine«, hatte Markus eingewandt.
»Nein. Der letzte war gestern«, hatte Gerlinde behauptet und Paula einen flehenden Blick zugeworfen, ihre Lüge zu decken.
»Ich komme auch mit«, hatte Paula daraufhin kurz entschlossen gesagt und Markus angelächelt. »Und du brauchst mich nicht einmal dafür zu bezahlen.«
Paula war noch einmal kurz nach Hause gefahren, um eine kleine Tasche zu packen. Konnte ja sein, dass es etwas länger dauerte. Als sie die Tür aufschloss, war sie zusammengeschrocken. Niels war immer noch da! Er hatte das ganze Zimmer zu Ende gestrichen, sogar die Fußleisten hatte er lackiert. Die Möbel wieder an ihren Platz gestellt, den Tisch gedeckt und gekocht. Es roch nach etwas Arabischem. Koriander lag in der Luft. Warum kochten die Männer neuerdings alle? Niels stand vor dem gedeckten Tisch – er war voller Kerzen, natürlich – und strahlte sie erwartungsvoll an.
»Überraschung!«, rief er fröhlich. »Das Essen steht auf Warmhaltestufe im Ofen. Kann jederzeit losgehen.«
»Das ist ja echt süß und so«, hatte Paula nur gesagt, als sie an ihm vorbeizischte, »aber ich muss gleich wieder weg. Und zwar für ein paar Tage. Ist wichtig. Tut mir leid. Bitte achte darauf, dass du die Tür hinter dir richtig einschnappen lässt, wenn du gehst.«
Jetzt saß sie auf der Rückbank von Markus' Auto. Sie

überlegte, ob sie Niels anrufen sollte. Sie fühlte sich ein bisschen mies wegen ihres Verhaltens. Aber nicht mies genug, um es wirklich zu tun. Wenn sie sich jetzt bei Niels meldete, hatte sie ihn erst recht an der Hacke.

Als sie auf der Autobahn kurz hinter Flensburg an dem ehemaligen Grenzhäuschen vorbeifuhren, vorbei an den abgebauten Schlagbäumen und ungesicherten Sicherheitszonen, sagte sie: »Erinnert ihr euch noch, was für Riesenstaus es hier früher immer gab? Die Dänen hatten furchtbare Angst, dass man Alkohol ins Land schmuggelte.«

»Wir sind immer nachts gefahren«, sagte Markus. »Die Staus begannen immer erst ab zehn Uhr. Babette hat gesagt, sie sitzt lieber übermüdet in einem fahrenden Auto als quietschfidel im Stau.«

»Kluge Frau«, antwortete Paula.

»Ja, das war sie«, sagte Markus.

Sie fuhren direkt zu dem Haus, in dem Markus, Babette und Kim im Jahr schon oft ihren Urlaub verbracht hatten – der logischste Ort, um mit der Suche zu beginnen. Es war ein relativ großes Haus, allerdings schon etwas älter, ohne Pool und Whirlpool, wie sie die Neubauten fast alle besaßen. Das Haus hatte nur eine kleine Sauna. Babette hatte es geliebt, darin zu schwitzen. Sie hatte sich fast jeden Tag dort hineingesetzt.

Markus hielt auf der Sandstraße, von dem aus ein kleiner Weg zu dem Haus führte. »Wartet hier«, sagte er zu den beiden Frauen und stieg aus.

Als er die Abkürzung über den grasbewachsenen Hügel nahm, der das Haus umgab, als er sich dem weißgestrichenen Gebäude näherte, überfiel ihn eine Woge der Erinnerungen. Die Bilder und Gefühle brachen regelrecht über ihm zusammen, spülten nicht nur durch seinen Kopf, sondern durch sein ganzes System, seinen Bauch, sein Herz. Es tat weh.

Er sah plötzlich die leibhaftige Babette dort stehen, in ihrem dünnen, langen Seidenrock mit dem Batik-Muster. Barfuß. Lachend. Sie stand oben auf dem Wall, blickte zum Meer hinüber, ließ sich vom Wind streicheln. Sie war sich ständig allem sehr bewusst gewesen. Sogar der Wind war ein Geschenk, das sie dankbar entgegennahm. Das Leben war an ihr nicht verschwendet gewesen. Sie wusste es zu schätzen, sie begrüßte es, umarmte es, liebte es.

Markus ging auf Babette zu, die ihn aufmunternd anlächelte. Er wusste, dass sie nicht wirklich da war. Doch er genoss die Illusion. Er näherte sich dem Haus von der Rückseite, stand nun auf der hinteren Terrasse des Hauses und schloss die Augen. Babettes Hand streifte seine Wange. Er spürte ihren Atem. Ein leichter Kuss, wie der Wind so leicht. Unter Markus' geschlossenen Augenlidern wurde es feucht. Dann riss ihn ein Schrei abrupt aus seiner Traumwelt. Als Markus die Augen öffnete, starrte er auf einen imposanten, nackten Frauenhintern, der sich wild wackelnd von ihm fortbewegte. Markus brauchte ein paar Sekunden, um zu begreifen, dass er eine Bewohnerin des Hauses aufgeschreckt hatte, die gerade nackt aus dem Bad gekommen war. Er stand am Fenster eines fremden Hauses und wirkte wie ein verdammter Spanner. Dann brauchte Markus noch ein paar weitere Sekunden, um den Plan zu fassen, die Flucht anzutreten. Doch da war es bereits zu spät: Ein bulliger Mann mit Glatze, in

Jogginghose und Trainingsjacke kam aus der Terrassentür geschossen und schlug ihm kräftig gegen die Brust. Markus blieb die Luft weg, und er fiel nach hinten. Er lag auf dem Boden und starrte in das wutverzerrte Gesicht des Männerbrockens, der sich über ihm erhob. Jetzt sah er auch die dicke Frau, die sich eilig einen Bademantel übergeworfen hatte, im Rahmen der Terrassentür stand und im Ruhrpott-Dialekt keifte, sie würde jetzt die Polizei rufen.
Ich mache in letzter Zeit alle Leute wütend, dachte Markus, während er da lag. Es war ein irritierender Gedanke.
Ich bin ein Ärgernis, dachte Markus.

Paula war aus dem Auto gestiegen, hatte sich gestreckt nach der langen Fahrt, war ein paar Schritte auf und ab gegangen, als sie plötzlich laute Schreie hörte. Ein schrilles, weibliches Kreischen und ein dröhnendes männliches Pöbeln. Der Tumult kam direkt von dem Haus. Paula schaute kurz ins Auto, sagte: »Warte hier, bin gleich wieder da«, zu Gerlinde und eilte dann den Weg hinunter. Sie versuchte den Stimmen zu folgen, lief erst am Haupteingang des Hauses vorbei, vor dem ein alter, schwarzer Buckel-Volvo stand, dann folgte sie dem kleinen Weg, der rund um das Haus führte, bis sie Markus entdeckte. Er lag auf dem Boden. Über ihm erhob sich ein fetter Mann, der einen Fuß auf Markus' Brustkorb gestellt hatte.
»Ich hab schon gehört, dass sich hier polnische Einbrecherbanden herumtreiben«, sagte er in einem Tonfall, als käme er aus Bottrop oder Duisburg. Paula hatte bei ihren Improvisationsübungen oft versucht, den Dialekt

des Ruhrpotts glaubwürdig hinzubekommen. Es war ihr nie richtig gelungen.

»Dat ist kein Einbrecher!«, rief eine wuchtbrummige Frau, die im Bademantel aus dem Haus trat. »Dat ist ein Voyeur! Ein Triebtäter!«

»Markus!«, rief nun Paula, und alle Augen wandten sich in ihre Richtung. »Da bist du ja!«

»Wer sind Sie denn?«, wollte die Frau wissen. »Vorsicht, Horst! Der hat eine Komplizin!«

»Siehste, Jutta!«, rief der Mann. »Doch 'n Einbrecher! Spanner haben keine Komplizen!«

»Wir sind doch keine Einbrecher«, sagte Paula und reichte dem bulligen Mann höflich die Hand. Der war so perplex, dass er sie tatsächlich ergriff. »Mein Name ist … Inga …«, begann Paula, zögerte kurz, schaute sich um und ergänzte dann, als ihr Blick auf eine kleine Ansammlung von Bäumen fiel: »… Grünwald. Inga Grünwald.«

Markus starrte Paula ungläubig an.

»Ich bin zertifizierte Alten- und Krankenpflegerin. Von der … Therese-Giese-Klinik in … Flensburg«, fuhr Paula fort. »Wir machen einen Ausflug mit einer Gruppe Demenz- und Alzheimerpatienten. Wir wohnen in dem großen gelben Haus, am Strand. Vielleicht kennen Sie das ja?«

Der bullige Man schüttelte skeptisch den Kopf. Die Bademantel-Frau wedelte mit dem Handy. »Was für eine Nummer hat die dänische Polizei? Und brauche ich da eine Vorwahl, wenn ich mit 'nem deutschen Handy anrufe?«

»Wart mal noch 'n Moment«, knurrte der Mann und nahm den Fuß von Markus' Brust.

»Unser Markus hier …«, fuhr Paula fort, »… der hat Alzheimer. Und manchmal, wenn er an einem Haus vorbeikommt, denkt er, es ist seins. Er hat hier früher oft Urlaub gemacht.« Sie streckte ihre Hand aus, die Markus dankbar ergriff und sich von ihr hochhelfen ließ. »Nicht wahr, Markus?«, sagte sie zu ihm und benutzte eine Stimme, die gemeinhin kleinen Kindern und Idioten vorbehalten war. »War immer schön in Dänemark, oder?« Markus konnte es selbst kaum glauben, dass er nun tatsächlich zaghaft mitzuspielen begann und auf das Haus zeigte.
»Hier wohne ich«, sagte er.
Der Jogginghosen-Mann war noch nicht überzeugt. »Der ist doch viel zu jung für Alzheimer«, sagte er zu Paula.
Markus kam langsam auf den Geschmack. »Ich will da rein!«, quengelte er und ging ein paar Schritte in Richtung Haus, bevor der Mann ihn mit einem festen Griff am Arm stoppte.
»Das ist ein häufiger Irrtum«, begann Paula eilig zu erklären. »Alzheimer ist keine reine Alterskrankheit. Es ist eine chemische Imbalance im Gehirn. Selbst Kinder können schon Alzheimer bekommen.«
Alle schauten Paula ungläubig an. Auch Markus. Paula, die begriff, dass sie sich mit ihrer improvisierten Geschichte auf sehr dünnem Eis bewegte, beeilte sich hinzuzufügen: »Das ist aber sehr, sehr selten.«
»Ich muss mal!«, sagte Markus und kniff sich demonstrativ in den Schritt.
»Dat ist nicht dein Haus. Verstehste? Dat is unsers!«, brüllte der Mann Markus an, als wäre der nicht nur dement, sondern auch noch schwerhörig.
»Nicht mein Haus?«, fragte Markus – erleichtert, dass

Paulas hanebüchene Vorstellung tatsächlich zu funktionieren schien.
»Nee! Nicht dein Haus! Unsers!«, wiederholte der Mann.
»Dat ist ja furchtbar!«, sagte die dicke Frau, die nun neben Paula stand und Markus mitleidig betrachtete.
Paula strich Markus über den Kopf. »Er selbst merkt es ja nicht. Er ist glücklich in seiner Welt«, sagte sie.
Der Mann wischte mit der Hand ein paar Flecken von Markus' Jacke ab.
»Nix für ungut«, sagte er zu Paula. »Aber der hat uns echt erschreckt, wie er da so stand mit seinem verwirrten, dämlichen Gesichtsausdruck!«
Paula musste sich ein Lachen verkneifen. »Ich wünschte, alle Leute wären so verständnisvoll wie Sie«, sagte sie, und nahm Markus' Hand. »Komm, Markus«, sagte sie, und Markus nickte artig, während er sich von Paula vom Grundstück führen ließ.

Markus und Paula mussten sich sehr zusammenreißen, als sie den Weg zurück zum Auto gingen. Erst als sie um die Ecke gebogen und außer Sichtweite der gut genährten Ruhrpottler waren, platzte das Lachen aus ihnen heraus.
»Wow! Das war knapp!«, prustete Paula.
»Alzheimer!«, feixte Markus kopfschüttelnd. »Völlig irre!«
Paula imitierte Markus' weinerliche Stimme von zuvor. »Ich muss mal. Das ist mein Haus.« Sie kicherte. »Das war gut improvisiert. Respekt!«
»Du hast aber auch Ideen, Paula«, sagte Markus. »Da drauf muss man erst mal kommen.«
»Tja, ich hab eben Talent. Ich schlüpfe spontan in jede Rolle«, brüstete sich Paula. Falsche Bescheidenheit war

noch nie ihr Ding gewesen. »Ich spiele dir alles und jeden!«
»Na ja, genau genommen ...«, wandte Markus ein. »Ich meine, eigentlich bist du ja nicht in eine Rolle geschlüpft.«
Paula schaute ihn fragend an.
»Na ja, du bist ja wirklich Alten- und Krankenpflegerin«, sagte Markus.
Paulas Gesicht versteinerte unverzüglich. Das war ein Dämpfer, den sie gerade überhaupt nicht gebrauchen konnte. Ein grobes Foul. Und es tat doppelt weh, weil sie insgeheim wusste, dass Markus recht hatte.
»War Kim nicht da?«, fragte Gerlinde, als die beiden beim Auto ankamen.
Markus und Paula schüttelten den Kopf.

Ein paar Minuten später parkte Markus den Wagen vor dem kleinen Supermarkt. Er ging hinein und sprach die Frau an der einzigen Kasse an. »Entschuldigung. Haben Sie vielleicht ein Mädchen gesehen? Fünfzehn Jahre, aber sie sieht älter aus. Sie hat schwarz gefärbte Haare, schwarze Kleidung, schwarzes Augen-Make-up.«
Die Kassiererin – eine sportliche Frau Anfang vierzig mit rotem Haar – lächelte ihn an. »Deine Tochter?«, fragte sie mit einem nur leichten und sehr sympathischen Akzent.
Markus hatte sich nie daran gewöhnen können, dass die Dänen jeden duzten.
»Ja«, antwortete er. »Sie ist weggelaufen. Hat sie bei euch eingekauft?«
»Ich habe sie nicht gesehen«, antwortete die Dänin. »Aber ich bin auch nicht immer hier. Wir haben fünfzehn Stunden lang auf. Schichtarbeit, weißt du. Es gibt noch drei

Kolleginnen. Die eine ist krank, aber die anderen beiden frage ich morgen. Und ich halte die Augen auf. Ein Grufti-Mädchen, richtig?«

»Grufti«, seufzte Markus. »Ja.«

»Warst du gemein zu ihr?«, fragte die Kassiererin. »Hast du sie geschlagen?«

Markus starrte sie entsetzt an. »Um Himmels willen, nein!«

»Gut«, sagte die Kassiererin. »Sonst würde ich dir auch nicht helfen.«

»Ihre Mutter ist kürzlich gestorben«, flüsterte Markus. Er wusste selbst nicht, wieso er das dieser wildfremden Frau erzählte. Vielleicht wollte er den letzten Verdachtsmoment ausräumen, er könnte ein gewalttätiger Vater sein. »Kim … Meine Tochter nimmt das sehr mit.«

Die Kassiererin schaute ihn mitfühlend an.

Er gab ihr seine Handynummer, bedankte sich und verließ den Laden. Auf dem Parkplatz blieb er stehen, dachte kurz nach und ging noch einmal in den Supermarkt zurück. Zehn Minuten später kam er mit drei vollen Plastiktüten wieder heraus. Lebensmittel.

Sie fuhren zu einer der zahlreichen Ferienhausvermittlungen der Gegend und buchten ein Holzhaus mit drei Schlafzimmern. Das würde ihr Hauptquartier sein, solange sie nach Kim suchten.

Der Plan war simpel: Während Markus die Gegend durchstreifte und nach Anhaltspunkten für Kims Existenz Ausschau hielt, würden sich Paula und Gerlinde die meiste Zeit im Café gegenüber dem Supermarkt aufhalten. Dieser Laden war die einzige zu Fuß erreichbare Einkaufsmöglichkeit. Früher oder später würde Kim sie nutzen müssen.

Jetzt allerdings war es Abend. Es dämmerte, und die drei machten ihr Haus wohnfertig. Markus bezog die Betten, während sich Paula um Gerlinde kümmerte.
Markus' Mutter versuchte die Haltung zu bewahren, doch sie war völlig erschöpft. Sie würde sich hinlegen müssen und schlafen. Paula gab ihr zwei Valium.

Markus und Paula saßen nebeneinander auf Liegestühlen auf der Terrasse. Paula hatte sich in eine Wolldecke gewickelt, die in einem der Schränke lag, Markus trug seine Jeansjacke. Auf dem Tisch neben ihnen standen zwei Flaschen *Faxe*-Bier, eine Flasche Aquavit und zwei kleine Schnapsgläser. Hinter den Dünen ging die Sonne unter. Der Himmel sah aus, als würde er brennen. Paula kuschelte sich noch inniger in ihre Decke. Markus goss ihnen beiden erneut Aquavit ein, leerte sein Glas mit einem schnellen Schluck und lehnte sich dann wieder zurück.
»Hast du sie mal betrogen?«, fragte Paula völlig unvermutet.
»Was?«, wunderte sich Markus.
»Bist du mal fremdgegangen? Früher, meine ich.«
»Nein«, entrüstete er sich. »Natürlich nicht!«
»Na ja, es ist nicht gerade die absurdeste Vorstellung, oder?«, sagte Paula. »Ich kenne kaum einen Mann, der nicht seine Frau betrügt.«
»Vielleicht kennst du die falschen Männer«, knurrte Markus.
»Ich stelle es mir schrecklich vor, wenn man jemanden verloren hat und rückblickend damit klarkommen muss, dass man ihm Unrecht angetan hat«, sagte Paula. »Dass man ihn betrogen hat oder angelogen oder sich sinnlos

mit ihm gestritten hat, über Lappalien. Dass man gemeinsame Zeit mit negativen Dingen verschwendet hat. Zeit, die sich nachträglich als unglaublich wertvoll erwies.«

»Was soll denn das jetzt?«, seufzte Markus und rollte mit den Augen. »Wird das jetzt eine Therapiestunde, oder was?«

»Nö«, sagte Paula. »Ich denke nur oft über so etwas nach.«

Markus musterte sie. »Und du?«, fragte er dann. »Hast du einen festen Freund?«

Paula schüttelte den Kopf.

»Weil er dich sowieso betrügen würde?«, hakte er nach und schämte sich noch, während er es sagte, ein wenig für seinen Sarkasmus. Paula allerdings fasste es gar nicht als Gemeinheit auf.

»Nein«, sagte sie nüchtern. »Weil es mich nicht interessieren würde, ob er fremdgeht.«

Markus sah sie fragend an.

»Ich bin nicht das kleinste bisschen eifersüchtig«, erklärte sie. »Ist einfach so. Und ich hatte noch nie in meinem Leben das Gefühl, dass mich jemand ergänzt. Irgendwie hingen alle immer nur an mir dran.«

»Ballast«, sagte Markus.

»So in der Richtung«, nickte Paula.

»Ist das nicht einsam?«

Paula lächelte. »Nein. Einsam bin ich nicht.«

»Sondern?«, fragte er.

Paula musterte ihn. Sie machte keinerlei Anstalten, das Gespräch fortzusetzen. Stattdessen sezierte sie ihn mit ihrem Blick. Das Schweigen wurde Markus unangenehm. Doch gerade als er anhob, etwas zu sagen, beugte sie sich ein wenig zu ihm herüber.

»Hast du schon mal darüber nachgedacht, Sex mit mir zu haben?«, fragte sie. »Ganz ehrlich.«
Markus zögerte. Irgendwie hatte er das Gefühl, sich vor der Antwort nicht drücken zu dürfen. Vielleicht weil er wusste, dass nichts, was er sagen würde, sie aus der Fassung bringen konnte.
»Manchmal«, sagte er, »würde ich dich gern anfassen. Küssen. Einfach halten. Du bist so weich.«
Paula verzog das Gesicht. »Ich weiß, dass ich ein paar Kilo abnehmen sollte …«
»Nein, das meine ich nicht. Du bist …« Er zögerte, dann grinste er. »Na ja, weich eben.«
Paula lachte. »Na, du weißt, wie man einer Frau Komplimente macht!«
»Ich hatte nicht den Eindruck, dass dir Komplimente besonders wichtig sind«, sagte Markus.
Paula grinste.
»Wollen wir Sex haben?«, fragte sie. »Vielleicht lenkt es dich ein wenig ab.«
»Nein«, sagte Markus. »Aber danke fürs Angebot.«
Paula zuckte mit den Schultern. »Kriege ich noch einen Aquavit?«
Markus goss ihr ein. Die beiden lehnten sich zurück und schauten wieder auf die Dünen. Die Sonne war inzwischen untergegangen.

Später, als er im Bett lag, drehte sich alles. Paula und er hatten zwei Drittel der Schnapsflasche geleert, dazu jeder noch zwei Bier getrunken. Eine bleierne Schwere lag auf ihm. Schlafen konnte er trotzdem nicht. Seine Gedanken tanzten wild in seinem Kopf hin und her. Er erinnerte sich an Babette, Momentaufnahmen, viele kleine Schnipsel. Wie der Trailer zu einem Filmklassiker.

Es war merkwürdig. Manchmal war er sich ihrer Abwesenheit nur theoretisch bewusst. Er nahm es zur Kenntnis, sein Hirn akzeptierte die Tatsache ihres Todes, aber sein Gefühl sperrte sich dagegen, den Verlust in voller Tragweite anzuerkennen. In diesem Moment aber war ihm brutal klar, dass sie nicht mehr da war. Nie mehr da sein würde. Es war das Gefühl einer monströsen Leere, eines Vakuums, einer absoluten Ausweglosigkeit.

Doch von einer Sekunde auf die andere war das Gefühl zweitrangig. Er wechselte von der Vergangenheit in die Gegenwart. Jetzt dachte er an Kim. Nur an seine Tochter. Er hatte keine Todesangst um sie. Sie war nicht entführt worden, verschleppt, in akuter Gefahr. Sie war ausgerissen. Natürlich sorgte er sich. Was, wenn sie an einen Triebtäter geriet? So etwas kam vor. Aber doch eher selten, oder? Er würde sie finden, da war er sich sicher. Doch was dann? Befand sie sich auch in diesem Vakuum? Wie würde er ihr helfen können? Wusste sie, wie sehr er sie liebte?

Er lag da, schwindelig, grübelnd, durch ein Sperrfeuer unterschiedlichster Gefühle stolpernd, als sich plötzlich leise die Tür seines Schlafzimmers öffnete. Paula trat ein. Sie trug nur einen Slip und ein T-Shirt. Als sie sah, dass seine Augen geöffnet waren, kam sie zu ihm ans Bett. Sie hob seine Decke an und legte sich zu ihm.

»Komm, wir halten uns«, sagte sie.

Markus zögerte zu seiner eigenen Überraschung nicht lange. Er legte seinen Arm um sie. Er erwartete, dass sie ihren Kopf auf seine Brust betten würde, doch sie ließ ihn auf dem Kissen liegen. Eine Minute lang lagen sie

einfach nur so da. Keiner bewegte sich. Dann hob er den Kopf und küsste sie. Ganz leicht, fast nur ein Picken auf ihre Lippen. Sein Mund blieb geschlossen, der ihre auch. Dann legte er den Kopf wieder zurück. Seine Hand berührte ihre Brust. Sie legte ihre auf seinen Schwanz.
Er schloss die Augen, als sie die Hand langsam zu bewegen begann.

Kapitel 41

Der toxische Fisch-, Fett- und Mehlnebel war zu einem erträglichen Grunddunst abgeflaut. Jetzt würden Kim und Alex lüften können, es war nicht mehr verräterisch. Niemand würde aufmerksam schnuppernd am Haus vorbeigehen und dann die Polizei rufen.
Alex hatte wieder Sex haben wollen. Kim hatte das bereits in irgendeiner Zeitschrift gelesen. Dass Männer es gern morgens taten. Sie hatte nicht wirklich Lust gehabt, aber sie hatte Alex auch nicht vor den Kopf stoßen wollen. Hinterher war sie froh gewesen. Denn es war noch schöner als beim ersten Mal. Vielleicht hatte Alex nicht mehr das Gefühl gehabt, er müsse ihr etwas beweisen, vielleicht war er morgens einfach nur anders drauf. Auf jeden Fall war er sehr sanft gewesen. Er hatte sich Zeit gelassen, sie viel mehr gestreichelt und mittendrin, als sie auf ihm saß und er in ihr drin war, hatte er plötzlich die Augen geöffnet und sie direkt angesehen. Er hatte gelächelt, nein, er hatte sie regelrecht angestrahlt. Als wäre es sein Geburtstag. Und sie genau das Geschenk, das er sich gewünscht hatte. Das war schön. Das war so unglaublich schön.
Jetzt saßen sie am Tisch, tranken löslichen Kaffee, ärgerten sich ein wenig, dass sie die Milch vergessen hatten, aßen Mohnbrotscheiben mit Marmelade. Einmal beugte

sich Alex kurz über den Tisch und küsste sie. Einfach so. Ein Ehepaar-Kuss.
»Schade, dass es zu kalt zum Baden ist«, sagte Alex. An seinem Kinn klebte ein Stück Erdbeergelee.
Kim nickte.
»Was ist, wenn ich bei der Polizei aussage, wie es wirklich war?«, fragte sie. »Das müssen die doch glauben.«
»Bullshit! Die denken bloß, du bist mein Baby und tust, was ich dir sage«, antwortete Alex. »Was meinst du, wem die glauben – Franz oder mir? Dem, der schon eine Polizeiakte hat, oder dem netten kleinen Streber?«
»Streber?«, wiederholte Kim.
»Na ja, ich meine, wenn man schon Franz heißt ... Das klingt doch wie Musterschüler.« Alex biss ins Brot. »Der heilige Franz, Schutzpatron der Loser.«
»Es gibt nur Franz von Assisi«, murmelte Kim. »Und der ist Schutzheiliger der Tierärzte.«
»Was?«, fragte Alex.
»Der heilige Franz ist der Schutzpatron der Tierärzte«, wiederholte Kim. »Hab ich bei Wikipedia gelesen.«
»Die Scheißtierärzte haben ihren eigenen Heiligen?« Alex konnte es nicht fassen. Er lachte. »Haben die Orthopäden auch einen? Und die Frauenärzte?«
»Nicht, dass ich wüsste«, sagte Kim.
»Ey, von mir aus können wir heute los!«, wechselte Alex abrupt das Thema. »Irgendwo oben im Norden gibt es eine Fähre nach Schweden. Wir können ja noch mal im Internet-Café nachgucken, wo genau. Und von Schweden nach Finnland ist nicht mehr weit!«
Er nahm eine angespannte Haltung an, sprungbereit, als wolle er sofort, in diesem Moment, losrennen.
Kim musterte ihn lange. War es das, worauf sie sich ein-

zustellen hatte? Immer die Vernünftigere zu sein? Die Bewahrerin der Realität?

»Wie willst du denn da hinkommen?«, fragte sie. »Und was machen wir dann da? Wir haben kein Geld und … Wir müssen das mal logisch…«

»Logisch?« Alex' Stimme wurde lauter. »Was weißt du denn von logisch? Du mit deinem Gemüsekoch-Vater. Wenn ich nach Hause gehe, schlägt mich mein Alter grün und blau. Völlig egal, ob die Polizei uns glaubt oder nicht.«

Kim schluckte. Sie legte ihre Hand auf seine. »So schlimm?«, fragte sie.

»Mit dir ganz allein wäre einfach geiler«, antwortete er grinsend. »Ich liebe dich, weißt du?«

Kim wusste nicht, was sie sagen sollte. Sie drückte seine Hand. »Wir stehen das durch. Gemeinsam«, sagte sie.

»Klar! Das wird richtig geil. Nur du und ich.«

Kim lächelte.

»Ey, komm! Wir verpissen uns noch heute!« Er strahlte sie an. »Das Haus stinkt sowieso nach Fisch.« Dann stand er auf, umarmte Kim, zog sie vom Stuhl hoch. Und dann küsste er sie. Euphorisch, nicht lüstern. Kim schlang ihre Arme um ihn. Sie spürte, wie sehr er es genoss, gehalten zu werden. Sie standen eine ganze Weile lang einfach nur da.

»Ey, das wird so geil!«, wiederholte Alex, als er sich schließlich von ihr löste. »Ich kümmere mich um alles, okay? Vertrau mir, Baby.«

»Ich geh an den Strand«, sagte Kim.

»Ich komme mit!« Alex wirkte wie ein mit illegalen Mitteln aufgeputschtes Rennpferd.

»Ich … Nimm's mir nicht übel, aber ich möchte ein bisschen allein sein«, sagte Kim.

Alex begriff. »Ja, klar. Erinnerungen und so was. Ich mach inzwischen alles klar. Operation Husky läuft!«
Kim zog sich ihre Jacke an. »Ich bin bald wieder da«, versprach sie.

Als sie über die Dünen ging, spielte Kim für einen kurzen Moment mit dem Gedanken, sich die Hosenbeine hochzukrempeln. Im Urlaub, im letzten Sommer, hatte sie meist eine kurze Hose getragen. Manchmal auch einen Rock. Das Dünengras hatte ihr in die Waden gestochen. Es war fest und scharf, das Dünengras. Unzählige Ratscher hatte sie am Bein gehabt. Sie hatte es nervig gefunden. Doch jetzt hätte sie es gern gespürt. Die kleinen Stiche, das feine Reißen. Alles, was damals war, sollte zurückkehren. Doch der letzte Sommer würde nicht zurückkehren, nur weil sie ihre Beine malträtierte. So einfach war das nicht.
Nichts war einfach.
Sie hatte mit ihrem Vater Federball gespielt, im letzten Sommer. Mama hatte sich im Liegestuhl gesonnt, ein Hörbuch auf dem MP3-Player. Sie hatte Kim und ihrem Mann zugesehen. Kim hatte knapp gewonnen, aber sie hatte den leisen Verdacht, dass ihr Vater sie absichtlich hatte gewinnen lassen. So einer war er nun mal. Eigentlich ließ man nur kleinen Kindern einen Vorsprung, gönnte Sechs- oder Achtjährigen den Triumph gegen die Erwachsenen. Weil sie ja sonst gar keine Chance hätten. Aber für ihren Vater war sie wahrscheinlich noch acht gewesen. Und würde es immer sein. Oder es war ihm einfach nicht wichtig, zu gewinnen.
Papa hatte viel gelacht in diesem Urlaub. Und Mama auch. Papa hatte sich gern an seine Frau angeschlichen,

sie dann von hinten fest umarmt und ihr freche Schmatzer auf den Nacken gedrückt. Manchmal hatten sich die beiden wie frisch verliebte Teenager verhalten. Zumindest im Urlaub, wenn der ganze Alltagsmist sie nicht niederdrückte. Mama hatte gelacht, wenn er so kindisch war. Sie hatte ein lautes Lachen gehabt. Kim fragte sich, ob sie irgendwann das Lachen ihrer Mutter vergessen würde. Und ob Papa je wieder lachen würde.
Sie verzog das Gesicht. Nicht, wenn seine Tochter nach Finnland abhaut, dachte sie grimmig.
Kim rannte die letzten Meter von der steilen Düne zum Strand hinunter. Hier war sie meist mit Mama allein gewesen. Papa hatte es nicht so mit dem Strand. Er hatte lieber im Haus gekocht, während Kim und ihre Mutter baden gingen oder auf ihren Handtüchern lagen, im Sand. Sie hatten sich unterhalten. Ihre Mutter fragte sie aber nie aus. Sie plauderten einfach, über dies und das. Und gleichzeitig signalisierte Babette ihrer Tochter, dass sie auch mit den größten Dingen zu ihr kommen könnte. Wenn sie es wollte. Und dass sie dann eine Freundin sein würde, keine Erziehungsberechtigte.
Als ihre Mutter gestorben war, hatte Kim erst das Gefühl gehabt, dass jemand ein Loch in ihre Welt gesprengt hatte. Dass da plötzlich ein ganz großes Stück fehlte. Doch so war es nicht. Ihre Mutter war kein großer Brocken gewesen, der mittendrin stand. Sie war vielmehr überall. Es war, als wäre Kims Leben ausgedünnt worden. Vergilbt. Als hätte es seinen Geschmack verloren. Ihre Mutter hatte eine Auswirkung auf alles gehabt. Wenn sie zusammen Klamotten kaufen waren und Babette immer versucht hatte, ihrer schwärzefixierten Tochter etwas Buntes anzudrehen, hatte Kim gemault. Aber tatsächlich

war es schön gewesen. Sie waren da, sie waren zusammen. Doch jetzt war das vorbei.
Der Wind blies in Kims Gesicht. Die Feuchtigkeit, die aus ihren Augen trat, brannte im schneidenden Wind.

Kim zwang sich, sich nicht völlig von den Erinnerungen forttreiben zu lassen. Es erforderte Überwindung, die Bilder ihrer Mutter freizugeben. Doch sie musste jetzt über anderes nachdenken. Über ihre derzeitige Situation. Über Alex. Über Alex und sich selbst.
Rein logisch betrachtet, machte es gar keinen Sinn, dass sie mit Alex abgehauen war. Die verdammte Geschichte mit Franz ließe sich sicher aufklären. Schlimmstenfalls würde Aussage gegen Aussage stehen. Trotz dieses blöden Vorfalls – dieser Autoknacker-Sache, bei der Alex ja eigentlich gar nichts Richtiges angestellt hatte, nur eben zur falschen Zeit am falschen Ort war –, trotz dieses blöden Akteneintrags: Es wäre ein Aussage-Patt. Und dann könnte Alex nicht verurteilt werden. *Im Zweifel für den Angeklagten*, so war's doch. Kim hatte genug Gerichts-TV-Serien gesehen, um das Prinzip zu kennen.
Und der Einbruch ins Ferienhaus? Niemand musste davon erfahren. Sie könnte sich eine Geschichte ausdenken. Dass sie in irgendeiner Scheune untergekrochen wären oder so. Niemand müsste erfahren, dass sie überhaupt in Dänemark gewesen waren. Das würde klappen. Ja, alles würde gut werden! Eigentlich war das Problem längst nicht so groß, wie es sich bisher angefühlt hatte. Wenn man auch nur fünf Minuten logisch darüber nachdachte, war das vermeintlich große Drama einfach nur ein ärgerlicher Mist. Mehr nicht. Aber warum, zum Teufel, hatte sie das nicht früher erkannt? Warum hatte sie statt-

dessen alles schlimmer gemacht? Warum war sie jetzt mit Alex hier?

Kim wusste es natürlich: weil Alex eben Alex war! Ihr Retter und strahlender Held. Ihre große Liebe! Und weil die Vorstellung, ihn nicht mehr neben sich zu haben, sich von ihm zu trennen, das Abenteuer und die Leidenschaft ziehen zu lassen und in die gnadenlose Tristesse zurückzukehren, unerträglich war. Sie brauchte Alex.

Sie wollte Alex!

Kim bemerkte plötzlich, dass sie schon mehrere Kilometer am Strand entlanggelaufen war. Also machte sie kehrt. Während des Rückwegs spielte sie alle Möglichkeiten durch, wie sie Alex zur Vernunft bringen konnte. Wie sie und er zusammenbleiben könnten, ohne solch traumtänzerische Pläne wie eine Husky-Zucht in Finnland zu verfolgen. Es musste doch möglich sein, Logik und Leidenschaft zu koppeln. Es musste irgendwie gehen, dass Kim ihre Familie und Alex zugleich haben konnte.

Sie würde Alex überzeugen, mit ihr nach Hamburg zurückzukehren und sich der Sache zu stellen. Sie würden füreinander da sein. Alles würde gut werden!

Als Kim nach über einer Stunde über die letzte Düne stieg und das Haus sehen konnte, in dem sie Zuflucht gefunden hatte, bekam sie einen Riesenschreck.

In der Auffahrt stand ein Auto!

Kapitel 42

Zigeunersoße! Der beißende Geruch von Zigeunersoße schwebte vom Nebentisch herüber. Gerlinde saß mit Paula an einem der schlichten Metalltische des Imbiss-Restaurants, dem Supermarkt gegenüber. Sie observierten das einzige Gebäude des Ortes, das früher oder später jeder betreten müsste, während Markus die Ferienhäuser absuchte. Straße für Straße wollte er inspizieren, ob er irgendwo eine Spur von Kim fand.
Es war gerade mal kurz nach elf, doch die ersten Touristen hatten sich bereits zum Mittagessen eingefunden. Während Paula ihren dritten Kaffee trank und Gerlinde sich an ihrem Wasserglas festhielt, gelegentlich von Paula ermahnt, tatsächlich auch etwas daraus zu trinken, damit sie nicht austrocknete, schoben sich an den anderen Tischen die Leute schon Hamburger und Pommes frites ins Gesicht. Oder eben Schnitzel mit Zigeunersoße.
Der Geruch zog direkt in Gerlindes Nase, presste sich, wie durch Druckluft beschleunigt, in ihr Inneres. Fegte wie ein süßsaurer Ekel-Tsunami durch Lunge, Magen direkt in ihr Gedärm. Es war, als ob der Geruch ihre Eingeweide würgte, zusammenpresste, erdrückte. Gerlinde hatte Angst, dass sie sich übergeben müsste. Sie würde aufstehen und den Leuten am Nebentisch direkt auf den Teller kotzen. Die Zigeunersoße sah eh aus wie Erbrochenes.

Noch schlimmer aber als der Würgereiz war die Angst. Die Angst vor Erniedrigung. Eben – sie konnte nicht anders – hatte sie gefurzt. Der Druck in ihrem Darm war zu stark gewesen, als dass sie ihn hätte zurückhalten können. Es war ein geräuschloser Furz gewesen, Gott sei Dank. Und ziemlich geruchsarm. Kein schlimmerer Gestank als diese gottverdammte Soße zumindest. Aber Gerlinde war sich nicht sicher, ob mit der Blähung auch etwas Kot ausgetreten war. Der war ziemlich flüssig in letzter Zeit. Sie war sich nicht sicher, ob sie sich in die Hose gemacht hatte. Sie würde gleich zur Toilette gehen, zur Toilette *schleichen*, genau genommen, und nachsehen. Aber dazu musste sie ihre Kräfte sammeln. Es war so entwürdigend, hilflos zu sein! Die Kontrolle zu verlieren. Das Leben zu verlieren.

Markus hatte ihr an diesem Morgen wieder Vorhaltungen gemacht. Dass es Wahnsinn gewesen sei, sie mitzunehmen. Sie hätte zu Hause bleiben müssen. Versorgt. In Krankenhausnähe. Es war rührend. Er war besorgt. Ein guter Sohn. Doch Gerlinde hatte ihm standgehalten. Sie hatte gesagt, es ginge schon. Es wäre kein Problem. Und jetzt war sie natürlich doppelt gezwungen, stark zu wirken. Markus ließ sich täuschen, das war kein ernsthaftes Problem. Er war ein Mann und als solcher mit erheblich weniger empfindlichen Sensoren für die Befindlichkeiten anderer Leute ausgerüstet als zum Beispiel Paula. Die wusste sehr wohl, wie es Gerlinde wirklich ging. Doch sie wusste auch, wie wichtig es war, dass sie hier sein konnte. Dass sie teilnahm am Leben. Dass sie dabei war, wenn etwas Wichtiges geschah. Zum vielleicht letzten Mal.

Die Leute am Nebentisch erhoben sich. Gott sei Dank.

Die halbleeren Teller ließen sie aber einfach stehen, anstatt sie auf den Geschirrrückgabewagen in der Ecke des Lokals zu stellen.
»In den Fernsehkrimis essen die Polizisten immer Donuts, wenn sie ein Haus beschatten«, sagte Paula.
»Was essen die?«, fragte Gerlinde.
»Krapfen«, übersetzte Paula.
Gerlinde verzog das Gesicht und wandte sich wieder der Scheibe zu. Sie blickte zum Supermarkt hinüber. Deswegen waren sie schließlich hier.
»Sie kommt bestimmt in den Laden, früher oder später«, fuhr Paula fort.
»Früher wär mir recht«, sagte Gerlinde.
»Geht's einigermaßen?«, fragte Paula.
»Ich sterbe«, sagte Gerlinde. »Was meinst du, wie's mir geht?«
»Du stirbst nicht«, antwortete Paula. Sie sah Gerlinde direkt in die Augen. Das beeindruckte die alte Frau. Paula sah nie fort.
»Du hast in Markus' Bett geschlafen, heute Nacht«, sagte Gerlinde. »Ich hab's gehört.«
Jetzt verlor Paula doch ein wenig die Fassung. Es war ihr unangenehm.
»Das ist gut«, fuhr Gerlinde fort. »Das braucht er jetzt. Ein bisschen Halt. Ein bisschen Liebe.«
Paula sah Gerlinde nur an.
»Bist du in ihn verliebt?«, fragte sie.
Paula schüttelte den Kopf. »Nein. Aber ich mag ihn«, fuhr sie fort.
Gerlinde nickte. »Er ist ein wirklich guter Junge. Zu sanft für einen Mann, manchmal. Er hat schon als Kind nie richtig getobt, immer getüftelt und gebrütet.«

»Wie war Babette?«, fragte Paula.
»Babette war etwas ganz Besonderes«, sagte Gerlinde. »Eigentlich will man seinen Sohn ja gar nicht an eine Frau weggeben. Man will ihn behalten. Mutter bleiben, auf ewig. Nicht teilen. Jungs sind ja auch so hilflos. Aber Babette ... Sie war wie geschaffen für ihn.«
»Seelenverwandte, hm?« Paula lächelte.
»Weißt du, was verrückt ist?«, sagte Gerlinde. »Babette hätte es gefallen, wie sie starb. Natürlich nicht, *dass* sie starb. Sie liebte das Leben. Und ich stelle mir immer wieder vor, wie sie gelitten haben muss, in diesen letzten Minuten, im Todeskampf, stranguliert, wissend, was kommt ...«
Der alten Frau traten Tränen in die Augen. Paula reichte ihr wortlos eine Serviette.
»Aber Babette hätte die Ironie gemocht. Erhängt als Clown. Ein ungewöhnlicher, kurioser und schneller Abgang. Sie hätte ...«
Gerlinde hielt inne. Paula legte ihre Hand auf Gerlindes.
»Kannst du nicht mal diese verdammten Teller da abräumen?«, rief Gerlinde plötzlich und zeigte auf den Nebentisch. »Die stinkt wie Kotze, diese verdammte Soße!«
Paula erhob sich nicht. Sie strich Gerlinde sanft über die Wange.
»Ich habe solche Angst«, flüsterte Gerlinde.

Kapitel 43

Kim schlich sich vorsichtig an. Sie kauerte hinter dem Zaun des Nebengrundstücks und lugte hinüber. Sie sah bloß das Auto, nicht die Besitzer. Sie kannte die Karre! Es war der alte Volvo, der vor dem Haus gestanden hatte, in das sie am liebsten eingebrochen wäre. Es war der Leichenwagen vom Erinnerungshaus. Warum stand der hier? Was hatte der Mieter eines anderen Ferienhauses hier bei ihnen zu suchen?

Kim überlegte gerade, ob sie das Risiko eingehen sollte, sich näher ans Haus heranzuschleichen, als plötzlich die Hintertür geöffnet wurde. Kim sprang hastig zurück hinter den schützenden Zaun. Ihr Herz schlug wie wild. Dann nahm sie all ihren Mut zusammen und linste vorsichtig um die Ecke.

Es war Alex, der fröhlich pfeifend auf das Auto zuging, eine Tür öffnete und eine Plastiktüte auf den Rücksitz legte!

Fassungslos kam Kim aus ihrem Versteck hervor und lief auf ihn zu. Er strahlte, als er sie sah.

»Da bist du ja!«, rief er, »Von mir aus können wir gleich los.«

»Was ist das für ein Auto?«, fragte Kim.

»Cool, oder?« Alex grinste. »Du fandst die Karre doch so geil! Da dachte ich, wir fahren einfach mit Stil nach Finnland. Gefällt's dir?«

»Du hast das Auto geklaut?« Kim konnte es nicht fassen.
»Irgendwie müssen wir doch nach Finnland kommen …«
Alex zuckte mit den Schultern. Er verstand nicht, wo das Problem lag.
»Aber … Du kannst doch nicht einfach ein Auto klauen!« Kim war fassungslos. Ihre Stimme war laut und überschlug sich.
Alex legte den Finger auf den Mund. »Pst! Muss ja nicht gleich ganz Dänemark erfahren.«
»Du … Glaubst du wirklich …« Völlig überrumpelt verstummte sie. Einerseits war das Wahnsinn. Diese Aktion ritt sie nur noch tiefer in die Scheiße, das war klar. Andererseits: Es war auch unglaublich süß. Ein Geschenk. Eine Aufmerksamkeit. Ein Liebesbeweis.
Als Alex nun auf sie zukam, ihren Kopf in die Hände nahm und sie innig küsste, war sie besiegt. Vernunft war nicht alles im Leben. Alex öffnete ihr die Beifahrertür. »Darf ich bitten?«, sagte er und machte eine galante, einladende Geste.
Kim kicherte, als sie einstieg.
Alex ging um das Auto herum und stieg ein. Er beugte sich unter das Armaturenbrett, von dem er die Plastikverkleidung abgerissen hatte und wo mehrere Kabel blank herunterhingen. Er hielt zwei davon aneinander. Es funkte kurz, dann sprang der Motor an.
»Ich dachte, so was funktioniert nur im Kino«, staunte Kim.
»Klappt auch nur bei den alten Karren, die noch nicht bis oben mit Elektronik vollgestopft sind«, erklärte Alex. »Bei einem Cayenne oder BMW kriegst du ja nicht mal die Verkleidung herausgebrochen.«
Als Alex aufs Gaspedal drückte und mit unangebracht

hoher Geschwindigkeit über den Sandweg kachelte, wurde Kim klar, dass Alex nicht das Unschuldslamm war, als das er sich präsentiert hatte. Dass der Autobruch, der ihm einen Eintrag ins Jugendstrafregister verschafft hatte, sicher keine einmalige kleine Dummheit gewesen war. Dass er vielmehr Glück gehabt hatte, bislang nur einmal erwischt worden zu sein.

Kims Gefühle kämpften miteinander. Sie hatte Angst, vor dem, was noch alles kommen würde. Sie wusste, dass sie Gefahr lief, ihre Zukunft nachhaltig zu ruinieren. Und es schmerzte sie, als sie sich fragte, wann sie wohl ihren Vater je wiedersehen würde. Und ihre Oma. Letzteres schien überhaupt nicht mehr wahrscheinlich. Sie würde abermals jemanden verlieren, ohne vernünftig Abschied genommen zu haben. Doch gleichzeitig war sie euphorisch. War aus dem Nebel ihrer Traurigkeit getreten. Sie hatte wieder zu leben angefangen. Intensiver als je zuvor. Sie war verliebt. Und sie wurde geliebt! Sie war auf dem Weg in das vermutlich größte Abenteuer ihres Lebens.

Kim drückte auf die Play-Taste des Kassettenrekorders. Die Uralt-Karre hatte nicht einmal einen CD-Player.

»Sieben Fässer Wein ...«, knödelte es laut aus den Lautsprechern.

»Fuck!«, rief Alex. »Was ist das denn für eine Schlagerscheiße?«

Er beugte sich hinunter und fummelte an den Knöpfen des Kassettenspielers herum, während er weiterhin mit ungebremster Geschwindigkeit die kleine Straße entlangfuhr.

Kim drückte die Off-Taste. Als die Musik erstarb, hob Alex wieder den Blick auf die Straße – und riss abrupt das

Steuer zur Seite. Der Wagen scherte hart nach rechts aus, schlingerte und kam dann zum Stehen.
»Fuck!«, rief Alex erneut. »Da war jemand auf der Straße!«
Kim und Alex drehten sich um. Ein Mann rappelte sich aus einem Gebüsch auf, in das er sich offenbar mit einem Sprung gerettet hatte.
»Shit! Schwein gehabt.« Alex lachte. »Der Alte lebt noch! Ey, das hättest du sehen müssen, wie der Knacker zur Seite gehechtet ist. Voll olympiareif!«
Während er sprach, gab Alex bereits wieder Gas. Kim sah noch einmal zu dem Beinahe-Unfallopfer und … Es war ihr Vater! Markus und Kim sahen sich in die Augen, eine Sekunde nur, bevor Alex das Auto um die nächste Kurve fegen ließ.
»Halt an!«, rief Kim. »Sofort anhalten!«
»Was denn?«, fragte Alex, ohne auch nur abzubremsen. Er war inzwischen kurz vor der Kreuzung angekommen, die das Ferienhausgebiet von der Hauptstraße des Ortes trennte. »Der Wichser ist doch okay. Der ist doch wieder aufgestanden!«
»Halt sofort den Wagen an, hab ich gesagt!«, schrie Kim.
»Ey, ich bin doch nicht wahnsinnig! Der holt doch die Bullen!« Schon bog Alex auf die Hauptstraße ab.
»Scheiße!«, schrie Kim und griff Alex kurz entschlossen ins Lenkrad. Der Volvo kam von der Straße ab, fuhr nun auf dem Gehweg und scheuerte an der Wand einer öffentlichen Toilette entlang, bevor er endlich zum Stehen kam.
»He, was soll denn der Scheiß, Bitch!«, schrie Alex.
Kim brauchte einen Moment, um Atem zu holen. Die Straße war leer. Nebensaison. Nur ganz weit hinten sah

man zwei ältere Leute beim Nordic Walking. Gott sei Dank. Niemand schien sie und ihr wildes Manöver gesehen zu haben. Außer ... Kim schaute hinüber zu dem Schnellimbiss. Dort saßen zwei Menschen an einem Tisch am Fenster und starrten sie an. Ihre Oma und Paula. Gerlinde winkte Kim strahlend zu und machte Anstalten, sich zu erheben. Doch Paula hielt sie sanft zurück. Kim drehte sich zu Alex um.

»Ich liebe dich«, sagte sie.

»Ey, ich liebe dich auch«, sagte er. Er war erstaunt. Er begriff nicht.

»Aber ich kann nicht«, sagte Kim und schaute wieder zu dem Fenster hinüber, hinter dem schwach und gebeugt ihre Großmutter saß.

Alex folgte ihrem Blick.

»Wer ist das?«, fragte er.

»Meine Familie«, sagte sie und öffnete die Beifahrertür.

Alex sah sie traurig an. Unvermittelt wusste er, dass er keine Chance mehr hatte.

»Kommst du nach?«, fragte er leise.

Kim lächelte traurig. Sie küsste ihn, dann stieg sie aus. Sie weinte.

»Ich melde mich«, sagte er, bevor er sich hinüberbeugte und die Beifahrertür schloss.

»Viel Glück«, sagte Kim, was Alex nur noch von ihren Lippen ablesen konnte. Er machte eine tapfer-traurige Hip-Hop-Geste, dann drückte er aufs Gas, und der Wagen preschte davon. Gerade als Kim den Schnellimbiss betreten wollte, aus dem ihr Gerlinde, gestützt von Paula, schon aufgeregt entgegenkam, traf Markus keuchend bei ihnen ein.

Kim umarmte ihre Oma innig, und auch Markus legte

unwillkürlich seine Arme um die beiden Frauen. Von dem Toilettenhäuschen aus, an dem Alex mit dem Oldtimer entlanggeschrammt war, beobachtete Paula zufrieden die drei Wiedervereinten. Paula mochte Happy Ends. Doch ihre friedliche Betrachtung wurde jäh gestört, denn in diesem Moment kamen die beiden Nordic Walker auf sie zu. Es waren die Ruhrpottler, denen sie das Alzheimer-Theater vorgespielt hatten. Sie begrüßten Paula freundlich. Der Mann entdeckte ein paar kleine Scherben auf dem Boden, bückte sich, was angesichts seiner Leibesfülle ziemlich mühsam erschien, und hob sie auf. Er lachte, als er sagte: »Sieht aus wie vom Scheinwerfer. Da hat wohl jemand die Bremse nicht gefunden!«
Die Frau schaute zu Markus, Gerlinde und Kim hinüber. Markus stützte gerade mit einem Arm seine Mutter. Gleichzeitig strich er mit der anderen Hand Kim, die total verstrubbelt aussah und weinte, sanft und unbeholfen über das Gesicht. Der Anblick rührte die Frau offenbar, denn sie wandte sich zu Paula um und sagte: »Ich finde es toll, wie Sie sich um diese Menschen kümmern. Hat das Mädchen etwa auch …? Ist sie auch …?«
»Ja«, lächelte Paula. »Sie ist auch etwas Besonderes.«

Kapitel 44

Paula saß auf einem Sessel in der Ecke des geräumigen, mit landestypischen Kiefernmöbeln eingerichteten Wohnzimmers. Sie hielt eine Tasse Tee in der Hand und beobachtete Markus, Gerlinde und Kim am Esstisch. Eine gute Studie, sagte sie sich. Die interessante Nahansicht einer Familie. Versöhnung, Aussprache, mentale und emotionale Katharsis. Sie würde die Blicke und Gesten, den Duktus und den Habitus der drei sehr genau studieren und später verwerten. Als Schauspielerin.
Kim hatte ihrem Vater und ihrer Großmutter alles erklärt. Sie hatte erzählt, was passiert war. Eine ziemlich pubertäre Geschichte, fand Paula. Niedlich in ihrer ungestümen Unlogik. Markus und Gerlinde waren so erleichtert, das Mädchen unbeschadet wiederzuhaben, dass es ihnen schwerfiel, streng zu sein und Vorhaltungen zu machen.
Paula beobachtete interessiert, wie Markus' Hand immer wieder Anstalten machte, nach Kim zu greifen. Wie alles an ihm ihre Nähe suchte, wie er sie ganz offensichtlich halten und drücken wollte, es aber nicht über sich brachte, mehr als kleine, flüchtige Gesten zu wagen. Jetzt, da die große Wiedersehenseuphorie verflogen war, die ganz große Erleichterung verebbt war, ging er wieder auf vorsichtige Distanz.
Ja, Markus war vorsichtig. Das hatte sie auch am eigenen

Leib festgestellt. In der Nacht zuvor, als sie ihm einen runtergeholt hatte – weil sie ihn mochte, weil er sie rührte und weil sie wusste, dass ein netter, kleiner Handjob Männer mehr beruhigte als zwei Valium. Er hatte seine Hand auf ihre Brust gelegt. Er hatte ihren Busen nicht gepresst oder gedrückt, wie es die meisten anderen Männer getan hätten. Seine Berührungen waren vielmehr so leicht und sanft wie die eines Schmetterlings. Er war der König der Softies. Es machte Paula absolut nicht an, so behuscht zu werden, aber es nahm sie für ihn ein. Es rührte sie.

Markus, Gerlinde und Kim hatten sich nicht einfach hingesetzt und losgeredet. Sie hatten sich zuerst ein emotionales Nest gebaut, einen schützenden Kokon aus familiären Ritualen. Gerlinde hatte zum Beispiel unbedingt kochen wollen.
Gerlinde hatte darauf bestanden, in den Supermarkt zu gehen und Lebensmittel zu kaufen. Das arme Kind wäre bestimmt halb verhungert. Paula hatte gesehen, wie schwer es Gerlinde fiel, die Reihen des Ladens nach Zutaten abzugrasen. Gerlinde schob den Einkaufswagen, weil sie eine Stütze brauchte, während sie Paula damit beauftragte, dies und das zu greifen und in den Wagen zu legen.
Als sie zahlten, saß an der Kasse die Frau, die Markus bereits kannte. Sie lächelte, als sie Kim sah.
»Aha! Du hast sie gefunden«, sagte sie zu Markus.
»Ja«, sagte Markus.
Die Kassiererin musterte Kim. »Sie sieht auch aus wie eine Ausreißerin«, sagte sie. Dann sprach sie Kim direkt an: »Dein Vater hat sich solche Sorgen gemacht! Schämst du dich denn nicht?«

»Na ja, geht so«, antwortete Kim.
Die Verkäuferin lachte.

Als sie eine Viertelstunde später im Haus angekommen waren – drei Tüten Lebensmittel in den Händen –, war Gerlinde viel zu erschöpft gewesen, um sich tatsächlich an den Herd zu stellen. Paula hatte sie in ihr Zimmer gebracht, ihr weitere Schmerzmittel gegeben und ihren schwachen Protest ignorierend zu ein wenig Ruhe genötigt. Markus hatte gekocht, während Kim unter die Dusche stieg.
Als Markus Paprika kleinschnitt und Zwiebeln anschmorte, hatte sich Paula neben ihn gestellt.
»Erleichtert, was?« Sie lächelte ihn an.
»Sehr«, sagte Markus. Er hielt mit seiner Küchenarbeit inne und wandte sich Paula zu.
»Hör mal«, sagte er. »Wegen gestern Nacht ...«
Paula grinste nur und legte ihm einen Finger auf den Mund.
»Ich weiß nicht, was du jetzt von mir erwartest«, sagte Markus. »Um ehrlich zu sein – ich bin noch längst nicht über Babette hinweg und du und ich, also, das kann ich mir eigentlich ...«
»Ich hab schon einen Freund, vielen Dank«, sagte Paula. »Mach dir keine Gedanken. Das war einfach eine dieser Sachen, die so passieren.«
»Du hast doch gesagt, du hättest *keinen* Freund!« Markus sah sie mit einer Mischung aus Neugier und Erleichterung an. Und wenn Paulas Sensoren nicht völlig falsch justiert waren, lag auch so etwas wie Amüsiertheit in seinem Ton. War es denn wirklich so komisch, sich vorzustellen, dass sie in einer festen Beziehung lebte?

»Ich hab gelogen«, sagte Paula bockig. »Er heißt Niels.«
»Soso«, sagte Markus und wandte sich wieder dem Gemüse zu.
Eine Weile schnippelte er schweigend eine Paprika, bis er den Blick wieder hob und Paula ansah.
»Danke«, hatte er ernst gesagt.
»Man bedankt sich nicht für Sex«, sagte Paula. »Das ist uncool.«
»Danke für alles«, hatte er gesagt und sie angesehen. »Ohne dich hätten wir das hier nicht geschafft. Vielen Dank, Paula.«
Paula hatte nichts erwidert. Sie hatte nur genickt.

Jetzt nahm sie einen weiteren Schluck Rooibos-Tee und stellte fest, dass Markus, Gerlinde und Kim am Tisch nun die logistischen Details am Wickel hatten. Sie hatten Vorwürfe, Sorge, Neugier und Liebesbeweise abgehakt und waren nun beim pragmatischen Teil der Ereignisabarbeitung angekommen.
»Es geht gar nicht um Alex«, sagte Markus. »Es geht um dich! Du musst Anzeige erstatten. Dieser …«
»Franz«, ergänzte Kim.
»Dieser Franz muss bestraft werden. Oder es muss ihm geholfen werden. Wie auch immer. Und dein Alex ist dann auch vom Haken«, versicherte Markus. »Obwohl ich finde, dass der kleine Mistkerl eigentlich ein paar Stunden Sozialarbeit gut gebrauchen könnte.«
»Sein Vater schlägt ihn«, murmelte Kim.
»Mein Vater hat mich auch geschlagen«, sagte Gerlinde. Ihre Stimme war schnarrend, und sie sprach sehr langsam. Paula horchte auf. Sie würde Gerlinde schnell ins Bett verfrachten und ihr weitere Schmerzmittel geben müssen.

»Er ist eigentlich total sensibel«, sagte Kim. »Aber irgendwie ...«
»Glaubst du, er schafft es wirklich bis nach Finnland?«, unterbrach Markus sie, der offenbar fürchtete, mehr Details über Alex zu erfahren, als er wissen wollte.
»Keine Ahnung«, sagte Kim. »Sind ja nur ungefähr tausendfünfhundert Kilometer.«
»Tausendfünfhundert Kilometer?«, sagte Markus.
»Knapp.«
»Woher weißt du so etwas bloß immer?«, wunderte sich ihr Vater.
Bevor Kim antworten konnte, erhob sich Paula und ging zum Tisch hinüber. Sie legte Gerlinde die Hand auf die Schulter. »Es war ein langer Tag«, sagte sie.
Gerlinde nickte. Als sie sich, von Paula gestützt, mühsam erhob, stand auch Kim auf. Sie umarmte ihre Großmutter innig, achtete aber darauf, nicht zu fest zu drücken. Paula sah, wie Gerlinde die Augen schloss und die Berührung intensiv aufnahm. Sie sah, dass Gerlinde ihre Enkelin gern kräftig gedrückt hätte, doch dass ihre Kraft nicht reichte. Stattdessen drückte sie ihr einen feuchten Kuss auf die Wange.
»Du bist ein gutes Mädchen«, flüsterte Gerlinde mit ihrer Papierstimme. »Du hast viel von deiner Mutter. Ein ganz besonderer Mensch. Mach etwas aus deinem Leben, Kind. Mach etwas Gutes daraus!«
Dann ließ sie sich von Paula in ihr Schlafzimmer führen.

Als sich Kim wieder zu ihrem Vater an den Tisch setzte, hatte sie Tränen in den Augen. Sie räusperte sich und fragte: »Was ist mit dem Auto und dem Haus?«

»Das Auto ist Alex' Sache«, sagte Markus. »Ich werde für den kleinen Scheißer nicht den Dreck wegräumen.«
Kim verzog das Gesicht.
»Was das Haus angeht ...« Markus sah seine Tochter eindringlich an. »Du wirst den Schaden bezahlen. Wir werden von deinem Konto Geld an die Ferienhausvermietung schicken. Genug, um alles zu reparieren, was ihr kaputt gemacht habt. Und eine Entschuldigungssumme obendrein.«
Kim sah ihn fragend an.
»Wir schicken es anonym«, sagte Markus.
Kim nickte.
»Es tut mir leid, dass ich in letzter Zeit so ein schlechter Vater war«, sagte Markus. »Deine Mutter hätte mir die Ohren langgezogen, wenn sie das mit angesehen hätte.«
»Na ja, ich hätte ganz sicher auch einen Anschiss von ihr bekommen«, erwiderte Kim grinsend.
»Sie ist sofort eingeschlafen«, sagte Paula, als sie zurück ins Wohnzimmer kam.

Kapitel 45

Markus fand, man solle seine Mutter ruhig noch ein wenig schlafen lassen. Es gab keinen Grund, sie zum Frühstück hochzuscheuchen. Sie würden ohne sie einen Kaffee trinken, einen Toast essen, und Paula sollte erst dann Gerlinde bei der Morgentoilette helfen, während Markus die Sachen zusammenpackte, ins Auto lud und anschließend pflichtschuldigst einmal mit dem Staubsauger durchs Haus ging.

Sie sprachen wenig beim Frühstück. Kim hatte ein paar interessante Fakten über Wanderdünen in petto, aber das war's auch schon.

Kim wollte noch einen kurzen Spaziergang machen, während Markus die Hausarbeit erledigte. Wollte ein paar Erinnerungen pflegen. Als sich Kim ihre Jacke überzog und Markus in der Abstellkammer einen Staubsauger suchte, ging Paula in Gerlindes Schlafzimmer.

Die alte Frau lag auf dem Rücken, mit geschlossenen Augen und offenem Mund. Sie sah aus, als ob sie schnarchen müsste, doch kein Geräusch war zu hören. Ihr Brustkorb bewegte sich nicht. Paula zitterte.

Sie trat ans Bett und sah Gerlinde lange an. Dann kniete sie sich hin und beugte sich langsam und zögernd über Gerlindes Gesicht, um zu prüfen, ob zumindest ein schwacher Atem zu erkennen war.

In diesem Moment schlug Gerlinde die Augen auf, riss den Kopf erschrocken hoch und knallte mit der Stirn gegen Paulas Nasenbein.
»Um Himmels willen!«, murmelte Gerlinde schlaftrunken. »Willst du mich küssen?«
Paula lachte und rieb sich die Nase.

Es lag eine warme Ruhe über allen, während sie in Richtung Deutschland fuhren. Es gab im Moment nichts zu sagen. Keiner von ihnen hatte das Gefühl, das Schweigen beenden zu müssen. Es fühlte sich alles richtig an, friedlich und versöhnt. Markus hatte eine CD in den Player geschoben und lauschte den *Blues Brothers*, während er das Auto mit gleichbleibenden 120 Stundenkilometern über die dänische Autobahn dirigierte. Paula hatte sich zurückgelehnt, sah aus dem Fenster und überlegte, was sie nach ihrer Rückkehr mit Niels anstellen sollte. Erstaunt stellte sie fest, dass sie sich irgendwie auf ihn freute.
Kim saß neben ihrer Großmutter auf dem Rücksitz. Sie hielt ihre Hand. Gerlinde war bis obenhin in ihre Wolldecke eingemummelt. Sie hatte die Augen geschlossen. Und als sie über die Grenze fuhren, die keine mehr war, atmete die alte Frau nicht mehr.

Kapitel 46

»Such uns doch schon mal einen Platz«, sagte Franz. »Ich hol das Essen. Ich lade dich ein.«
»Das hier ist kein Date«, sagte Kim und blickte Franz kühl an.
Die beiden standen hintereinander in der Warteschlange vor dem McDonald's-Tresen. Kim hatte Franz angerufen und gesagt, dass sie miteinander reden müssten. Franz war begeistert gewesen, als er ihre Stimme hörte. Er hatte aufrichtig erleichtert geklungen, dass sie wieder da war. Er hatte sich Sorgen gemacht.
Da Kim auf einem öffentlichen Ort für ihr Treffen bestand, hatte Franz die McDonald's-Filiale am Wandsbeker Markt vorgeschlagen. Kim war's recht. Ein belebter Ort, unpersönlich und unromantisch. Eine gute Umgebung, um einiges zu klären. Denn Kim würde McDonald's nicht verlassen, bevor Franz ihr versprochen hatte, die Anzeige zurückzuziehen und allen Leuten die Wahrheit zu sagen.
Seit sie aus Dänemark zurück waren, versuchte Kim, ihr Leben auf eine gerade Schnur zu ziehen, jedes einzelne Element ihres Daseins wie Perlen an einer Kette in eine plausible Ordnung zu bringen. Franz durfte nicht mehr aus der Reihe tanzen. Der ganze Mist musste aufhören. Auch darum würde sie sich kümmern. Gleichzeitig be-

täubte ihr Tatendrang ein wenig den Schmerz, den sie über den Verlust ihrer Großmutter empfand. Er war zugegebenermaßen nicht ganz so groß wie bei ihrer Mutter. Aber mächtig war er trotzdem, der Schmerz.

Kim war fest entschlossen, sich nicht wieder fallenzulassen, zusammenzurollen, sich leer zu trauern.

Als sie hinter Franz stand, an sechster Stelle in der Warteschlange, hatte sie das vage Gefühl, dass irgendetwas anders war als sonst. Etwas an Franz war anders. Und dann begriff sie, was es war: Er bewegte sich nicht! Seine Füße standen still auf dem Boden, nicht einmal seine Daumen pochten auf den Rand des Tabletts, das er vor sich hielt. Er stand einfach nur da. Ruhig und mit leicht hängenden Schultern. Als sei seine Batterie auf Reserve angekommen. Das zappelnde und trommelnde Duracell-Häschen schien sich für den Winterschlaf bereitzumachen.

»Wusstest du, dass in Südamerika ganze Regenwälder wegen McDonald's...«, begann Franz, als er neben Kim am Tisch Platz genommen hatte.

»Ja, weiß ich«, unterbrach Kim ihn. »Aber wir sind nicht hier, um über Umweltschutz zu reden.«

Franz senkte den Kopf. »Ich habe dir nie weh tun wollen«, sagte er leise.

»Du hast mich überfallen!«, sagte Kim. »Du bist nachts im Park über mich hergefallen!«

»Ich wollte nur reden«, sagte Franz. »Ich hatte ein bisschen getrunken, um mir Mut zu machen. Und dann ging alles schief und ...«

»Du hast mich überfallen«, beharrte Kim. »Und Alex hat mir geholfen. Und wenn du nicht die Wahrheit erzählst, werde *ich* Anzeige erstatten und ...«

»Wieso?«, wunderte sich Franz. »Hat Alex dir noch nicht

erzählt, dass ich bei der Polizei war? Ich hab alles richtiggestellt. Na ja«, fügte er kleinlaut hinzu, »meine eigene Rolle habe ich ein wenig ... äh ... beschönigt.«
»Die Anzeige ist vom Tisch?«, staunte Kim.
»Gleich einen Tag später habe ich es aufgeklärt«, sagte Franz. »Es tut mir leid.« Er musterte Kim. »Alex muss doch von der Polizei Bescheid bekommen haben, dass alles wieder okay ist ...«
»Alex ist fort«, sagte Kim. Jetzt war sie es, die den Blick senkte. »Ganz abgehauen. Ins Ausland.«
»Oh. Das tut mir leid«, sagte Franz.
»Nein, tut's nicht«, sagte Kim.
»Stimmt«, gab Franz zu.
Kim staunte. Er war nicht mehr Franz der Stalker, er war wieder der ganz normale Franz. Der ehrliche, nervige Franz. Der kleine Hund, den keiner streicheln will, weil er so bescheuert herumtobt.
Aber nein. Er tobte ja gar nicht. Er war ruhig. Franz brauchte für jeden Satz fast doppelt so lange wie sonst. Was angesichts der Tatsache, dass Franz seinen verbalen Output bislang mit der Geschwindigkeit einer Kalaschnikow auf die Menschen losgelassen hatte, immer noch schnell war. Aber eben nicht mehr so atemberaubend rappelig wie bisher.
»Geht's dir gut?«, wollte Kim wissen. Sie wusste selbst nicht, warum sie das fragte. Sie war hier, um Franz den Kopf zu waschen und diese ganze, verdammte Geschichte aus der Welt zu schaffen. Mehr nicht. Doch jetzt empfand sie plötzlich ein erstaunliches Gefühl von Mitleid für diesen Jungen.
»Als ich meiner Mutter alles erzählt habe«, sagte Franz, »zwang sie mich, Ritalin zu nehmen. Das Zeug will sie

mir schon seit einer Ewigkeit verabreichen. Und jetzt gab's eben kein Zurück mehr.«
»Und?«, fragte Kim. »Hilft's?«
»Alles ist langsamer geworden. Und es sind weniger Farben in der Welt. Ich hab auch keinen richtigen Hunger mehr. Und ich bin nicht mehr so gut am Schlagzeug.«
Kim musterte Franz, der nun mit zwei Chicken McNuggets herumhantierte, sie über das Tablett tanzen ließ, als würde er ein wortloses Puppentheater aufführen. Wenn er nervös war, schien das Ritalin den alten Franz doch nicht vollständig im Zaum zu halten.
»Ritalin gehört zur Gruppe der Amphetamine«, erklärte Franz. »In gewisser Weise ist es also dasselbe wie…«
»Speed«, ergänzte Kim. »Eigentlich eine Partydroge.«
»Witzig, oder?« Franz grinste. »Ich nehme Speed, um langsamer zu werden.«
Kim sah ihn lange an. Nein, es war nicht witzig.
Für eine Weile saßen die beiden einfach nur da. Franz schaute zu Boden, Kim blickte sich im Lokal um. In jeder Junior-Tüte befand sich eine von sieben Plastikfiguren aus dem neuen Disney-Film. Und den McBacon gab's jetzt auch mit Bärlauch-Ketchup.
»Ist es nicht auch ein klein wenig schmeichelhaft, dass ich dich liebe?«, fragte Franz plötzlich. Er schaute Kim erwartungsvoll an.
Sie musterte ihn, während er seine Chicken McNuggets-Puppen nervös auf dem Tisch tanzen ließ. Wie lautete die oberste Grundregel im Umgang mit Stalkern? Keine Ermutigungen! Doch war Franz wirklich ein Stalker? Oder war er nur ein verwirrter und verknallter Junge? Verwirrt und verknallt – dafür müsste Kim ja nun wirklich Verständnis haben.

»Du liebst mich nicht«, sagte sie. »Du bist nur in mich verliebt. Und das ist etwas ganz anderes. Als ich meine Mutter verloren habe, habe ich zum ersten Mal begriffen, was Liebe wirklich ist. Und meine Oma ...«
Kim spürte, dass Franz widersprechen wollte. Dass er ihr seine große, wahre Liebe offenbaren wollte. Doch er verkniff es sich. Sich etwas zu verkneifen – das war ungewöhnlich für ihn. Kim fühlte sich nicht bedroht von seinen Gefühlen. Sie fühlte sich gar nicht mehr von Franz bedroht. Und das lag nicht nur am Ritalin. Er war einfach nur überdreht und suchte nach etwas Großem, Erhebendem und Wahrhaftigem in dieser flachen, konfusen Welt. Etwas, worauf man zusteuern konnte. Ein Ziel. Einen Halt. Und das konnte man einem Menschen nun wirklich nicht übelnehmen.
»Ja«, gab sie schließlich zu. »Es ist ein bisschen schmeichelhaft, dass du in mich verliebt bist. Aber ich bin eben nicht in dich verliebt.«
Franz richtete sich auf. Sein Rücken straffte sich. »Kann ja noch kommen«, sagte er.
»Unwahrscheinlich«, sagte Kim.
»Man weiß nie«, sagte Franz.
»Träum weiter«, sagte Kim.
»Mach ich auch«, sagte Franz und ließ einen der Chicken McNuggets mit großer Geste in seinem Mund verschwinden.
»Vielleicht solltest du die Ritalin-Dosis noch etwas erhöhen.« Kim grinste.

Kapitel 47

»Die Temperatur bei der Einäscherung eines Menschen beträgt tausendzweihundert Grad«, sagte Kim und biss in ihr Toastbrot. »Bei Tierbestattungen dagegen wird der Krematoriums-Ofen nur auf achthundertfünfzig Grad erhitzt. Seltsam, oder?«

»Tiere sind eben kleiner als Menschen«, sagte Markus und band sich die Krawatte um. Er hatte einen Schlips in dezentem Blau ausgewählt.

»Was ist, wenn sie einen Elefanten verbrennen?«, fragte Kim. »Der ist größer als ein Mensch.«

»Der passt nicht in den Ofen«, antwortete Markus. »Den schneiden sie in Streifen. Auf Dackelgröße.«

»Was nimmt man denn da für Messer?«, wollte Kim wissen.

»Kein Messer, man nimmt eine Kettensäge«, antwortete Markus.

Kim hob die Hände und lachte. »Okay, ich geb auf!«

Sie spielten das öfter in letzter Zeit. Markus hatte begonnen, Kims Faktenvorträge nicht mehr bloß augenverdrehend zur Kenntnis zu nehmen, sondern sachlich zu kommentieren, was zumeist ein längeres Wortduell nach sich zog. Es war ihr kleiner persönlicher Vater-Tochter-Wettkampf geworden, wer dabei zuerst die rhetorischen Waffen streckte. Meistens gewann Kim, aber nicht immer.

»Wusstest du, dass viele Leute ihren verstorbenen Lieben ein Handy in den Sarg legen?«, fragte Kim nun.
»Wieso das denn?«, wollte Markus erstaunt wissen.
»Ein Aberglaube«, antwortete Kim. »Falls es tatsächlich ein Leben nach dem Tod gibt. Damit sie sich melden können. Dieser Brauch kam in Südafrika auf, da sind die ja alle voll abergläubisch. Inzwischen geht das aber um die ganze Welt.«
»Die müssen aber gute Akkus haben, die Handys, und einen tollen Empfang.« Markus lächelte.
Doch Kim nahm den verbalen Spielball nicht auf. Sie war nicht in der Laune zu spielen.
»Ich finde, das ist ein schöner Brauch«, sagte sie. »Ein letztes Ich-liebe-dich.«
Markus musterte seine Tochter. Sie hatte sich extra für die Beerdigung ihrer Großmutter einen langen schwarzen Rock gekauft und ihr Make-up an diesem Tag etwas weniger gruftig gestaltet. Trotzdem trug sie ein T-Shirt der Gothic-Band *Fields of the Nephilim*. Es zeigte ein von Rosen umranktes Kruzifix.
Markus ging auf seine Tochter zu und legte ihr eine Hand auf die Schulter.
»Wirst du's schaffen?«, fragte er.
»Ich möchte es«, sagte sie mit fester Stimme. »Ich möchte diese Rede halten.«
»Okay.« Markus nickte.

Paula ging mit Niels die Colonaden hinunter, eine edle Einkaufsstraße nahe der Alster. Niels, dessen Passion für kulinarische Genüsse ihr bis dato gar nicht richtig bewusst gewesen war, wollte hier in einem Spezialgeschäft Schokolade kaufen. Bizarre Schokolade mit Vanille, Chili und

Koriander. Neulich hatte er sogar Schokolade mit Wasabi-Rettich und Algen mitgebracht. Sie hatten sie im Bett gegessen. Lecker.
Später würden sie gemeinsam zur Beerdigung gehen. Niels hatte Paula überredet, ihn mitzunehmen. »Du brauchst dort jemanden«, hatte er gesagt. Sie hatte gezögert, musste sich dann aber eingestehen, dass es tatsächlich nett wäre, jemanden dabeizuhaben, der ihr nahestand. Markus und Kim würden schließlich vorwiegend mit sich selbst, all den Freunden und Verwandten beschäftigt sein. Und der Abschied von Gerlinde fiel ihr schwer. Sie war eine tolle Frau gewesen. Eine Kämpferin.
»Okay«, hatte Paula also zu Niels gesagt. »Du darfst mitkommen. Aber wenn du versuchst, am Grab meine Hand zu nehmen, schreie ich los.«
»Ich habe längst begriffen, dass du keine Händchenhalterin bist«, hatte Niels leicht schmollend geantwortet.

Wenn man Paula und Niels getrennt voneinander befragt hätte, was sie da eigentlich miteinander hatten, wären die Antworten völlig unterschiedlich ausgefallen. Niels war der Ansicht, er und Paula würden gerade eine Beziehung aufbauen, was angesichts Paulas emotionaler Widerspenstigkeit eben etwas langwieriger und holpriger vonstattenging als bei anderen Paaren. Aber das sei okay. Er sei ein geduldiger Mensch. Und sie sei es absolut wert.
Paula dagegen hätte gesagt, sie würde bloß mal das längst überfällige Experiment wagen, eine nette Freundschaft mit mehr oder weniger monogamem Sex zu kombinieren. Und außerdem müsse sie ja auch mal begreifen, wie das so sei mit Treue und Eifersucht und Bindung und so. Wahnsinnig viele tolle Frauenrollen würden um diese

Themen kreisen. Wenn sie die später überzeugend am Theater oder in Filmen spielen wollte, müsse sie sich schon jetzt ein gewisses emotionales Grundwissen aus diesen Gefühlswelten aneignen.
Tatsache war, dass sie es durchaus genoss. Mitunter brachte Niels Überfürsorge, seine ans Servile grenzende Aufmerksamkeit und seine irritierend maßlose Geduld sie zwar an den Rand des Wahnsinns. Aber sie fand es auch schön, für jemanden das Zentrum seiner Existenz zu sein. Niels war intelligent, witzig, einfallsreich und außerdem eine Granate im Bett. Seit sie ihm erzählt hatte, dass sie es beim Sex gern etwas ruppiger mochte, fickte er sie – ein wenig gegen seine Natur und Neigung, wie sie vermutete – wie eine Dampframme. Braver Junge.

Kurz vor dem Schokoladengeschäft hielt Paula plötzlich inne. Auf der gegenüberliegenden Straßenseite entdeckte sie eine zierliche blonde Frau, die eine Zwillingskarre schob. Daneben ging ein Mann. Paula grinste, bedeutete Niels, ihr zu folgen, und lief zu der Familie hinüber.
»Mark!« Paula strahlte den Mann an. »Wie geht's dir?«
Der Mann zuckte zusammen und blickte erschrocken auf.
»Ich ...«, stammelte er. »Ich heiße nicht Mark.«
Paula musterte ihn mit scheinbarem Erstaunen. Die Blicke der Frau wanderten skeptisch zwischen ihrem Mann und Paula hin und her. Niels linste derweilen in die Zwillingskarre. »Ach wie süß!« Lächelnd sah er die Frau an. »Beides Mädchen?«
»Beides Jungen«, antwortete die Frau, die immer noch nicht wusste, was sie von der ganzen Sache halten sollte.
»Entschuldigung, aber ...«, sagte Lars und machte Anstalten, weiterzugehen.

»O Gott«, sagte Paula nun. »Entschuldigung. Jetzt sehe ich's auch. Ich hab Sie verwechselt. Sie sehen jemandem unglaublich ähnlich ...«
Paula hielt inne. Das war er jetzt. Der Moment, in dem sie alles in der Hand hielt. Sie konnte ein Racheengel sein, ein Moralapostel, eine Zerstörerin. Oder sie konnte gütig sein, milde. Inkonsequent? Sie schaute Lars lange an. Er schwitzte.
»Also, sorry noch mal«, sagte sie. »Nichts für ungut.«
»Macht ja nichts«, versicherte Lars eifrig und erleichtert.
»Blblblblbl«, brabbelte Niels in die Kinderkarre. Einer der Zwillinge lachte über den albernen Mann, der andere schloss entsetzt die Augen.
Paula hakte sich bei Niels ein und ging mit ihm davon.
»Wer war denn das?«, fragte Niels, als sie außer Hörweite waren.
»Ein armes Würstchen«, antwortete Paula grinsend. Dann sah sie Niels nachdenklich an. »Weißt du was?«, sagte sie voller aufrichtiger Erstauntheit. »Es würde mich wirklich stören, wenn du mit einer anderen schläfst.«
»Das ist doch gut!« Niels strahlte.
»Da bin ich mir nicht sicher«, antwortete Paula.

Die Kapelle war klein, voller dunklem Holz und ziemlich schlecht gelüftet. Farbiges Licht fiel durch die Mosaikglasscheiben. Die Pastorin nickte Kim zu. Kim erhob sich von ihrem Platz in der ersten Reihe und ging nach vorn an das kleine Pult. Sie räusperte sich und begann dann zu sprechen.
»Das durchschnittliche menschliche Herz ist fünfzehn Zentimeter lang und wiegt etwa dreihundert Gramm«, sagte sie. »Aber das Herz meiner Oma war viel, viel größer.«

Kim blickte in die Trauergemeinde. Rund vierzig Menschen waren auf die Bankreihen der kleinen Kapelle verteilt. Einige von ihnen waren auch bei der Beerdigung ihrer Mutter gewesen. Manche blickten auf den Boden, die meisten aber musterten sie interessiert.
»Meine Großmutter hatte Krebs, aber sie starb an einem Herzinfarkt«, fuhr Kim fort. »Ihr Arzt hat ihr Betablocker verschrieben, die sie regelmäßig nehmen sollte. Ihre schwache Pumpe drohte den Stress der Chemotherapie und die Belastung durch die Krankheit nämlich nicht zu wuppen. Meine Großmutter war aber der Meinung, dass das Herz selbst entscheiden muss, ob es noch will. Irgendwann schien sie sicher gewesen zu sein, dass der Krebs gewinnen würde. Und sie fand die Vorstellung, von innen aufgefressen zu werden, wohl schlimmer als die Idee, dass die Pumpe einfach aufhört zu pumpen.«
Kim warf einen Blick zu der Pastorin hinüber, um zu sehen, wie sie auf die Information reagierte, dass die geliebte Tote ihr eigenes Ableben beschleunigt hatte. Die Pastorin nickte Kim jedoch aufmunternd zu.
»Wir sind mit ihr im Auto unterwegs gewesen, als sie starb«, sagte Kim. »Wir alle haben schnell begriffen, dass sie tot war. Aber es hat lange gedauert, bis einer von uns etwas gesagt hat. Wir haben alle so getan, als würde sie nur schlafen.«
Kim sah zu ihrem Vater hinüber. Der hatte Tränen in den Augen.
»Meine Oma war nämlich eine, die wir auf keinen Fall tot sehen wollten. Es ist voll Scheiße, dass sie tot ist!«
Durch die Reihen ging ein irritiertes Murmeln. Speziell die älteren Trauergäste äußerten dezente Missbilligung.
»Ich bin so etwas wie ein Hinterbliebenen-Profi«, fuhr

Kim fort. »Es ist noch nicht lange her, dass meine Mutter gestorben ist. Und das war noch beschissener. Denn die war im Gegensatz zu meiner Großmutter noch nicht mal alt. Das war echt total scheiß ungerecht.«
Wieder zwei, drei murrende Stimmen.
»In anderen Kulturen wird der Tod weniger knurrend zur Kenntnis genommen. In vielen arabischen Ländern kommt bei einem Todesfall die ganze Sippe zusammen und weint mit den engsten Angehörigen aus ganzer Seele. Drei Monate später kommt sie dann aber noch einmal zusammen und feiert, dass das Leben nun weitergeht. In anderen Kulturen nimmt man an, dass man sowieso als Tausendfüßler oder Kolibri oder Prinzessin wiedergeboren wird und es deshalb gar keinen Grund gibt, Frust zu schieben. Es gibt Völker, die tanzen sogar bei Beerdigungen. Das hätte meiner Oma gefallen. Sie hat mir erzählt, dass sie meinen Opa beim Tanzen kennengelernt hat. Und dass er, nachdem sie verheiratet waren, nie wieder mit ihr getanzt hat. Dass er sich einfach nicht mehr angestrengt hat, nachdem er sie bekommen hatte.«
Kim räusperte sich noch einmal. Sie wollte nicht weinen. Auf keinen Fall.
»Als sie mir das erzählt hat, habe ich beschlossen, immer mal wieder mit jedem zu tanzen, den ich mag. Und es nicht einfach als selbstverständlich hinzunehmen, dass die Menschen, die ich liebe, da sind. Verschwinden tun sie schließlich schnell genug.«
Kim sah zu ihrem Vater hinüber, der inzwischen hemmungslos weinte. Kim lächelte ihn an. Ihre Augen wanderten zu Paula, die ihr zunickte. Neben Paula saß ein Mann. Ein gutaussehender Typ. Paula hielt seine Hand.
»Meine Oma hieß Gerlinde, das wisst ihr ja«, kam Kim

zum Ende ihrer Rede. »Gerlinde ist althochdeutsch. Es bedeutet sowohl *Speer* als auch *sanft*. Meine Urgroßmutter muss eine Prophetin gewesen sein, als sie ihrer Tochter diesen Namen gegeben hat, denn meine Oma war tatsächlich auf eine sehr sanfte Art durchdringend. Sie steckt immer noch in mir drin. Und dafür bin ich sehr dankbar. Ich hoffe, ich werde später so sein können wie sie. Nur mit einer besseren Frisur.«
Paula lachte laut auf. Auch der verheulte Markus musste nun grinsen.
»Tschüss, Oma!«, sagte Kim mit Blick auf den Sarg neben ihr. Dann ging sie zurück zu ihrem Platz.
Markus erhob sich und ging zu dem Sarg. Andere Trauergäste folgten ihm in taktvollem Abstand. Markus beugte sich über seine tote Mutter. Sie sah aus wie eine Wachspuppe, geschminkt und präpariert. Er schaute sie lange an und spürte eine Liebe, die unendlich weh tat. Kurz entschlossen griff er in die Tasche seines Sakkos und zog sein Handy hervor. Unauffällig schob er es unter das Kissen im Sarg.
»Mach's gut, Mama«, flüsterte er. »Wo immer du bist. Und sag Babette, wie sehr ich sie liebe.«

Der Kaffee war getrunken, der Kuchen gegessen. Die meisten Trauergäste hatten sich bereits von Markus und Kim verabschiedet und den Heimweg angetreten. In dem Restaurant neben dem Friedhof herrschte Aufräumstimmung. Jetzt verabschiedeten sich gerade Paula und Niels.
»Wir sehen uns nächste Woche und besprechen die Details, ja?«, sagte Paula zu Markus.
»Okay«, sagte Markus.

»Ich denke, wir machen Giftmord«, strahlte Paula. »Das kann man gut mit dem Menü kombinieren!«
»Ja, schauen wir mal«, sagte Markus.
Paula hatte Markus vorgeschlagen, zweimal im Monat ein kulinarisches Krimi-Dinner zu veranstalten. Sie würde mit ihren Schauspielfreunden für eine spannende und witzige Inszenierung sorgen, während Markus die Gäste mit einem exklusiven Vier-Gänge-Menü fütterte. Markus war sich nicht sicher, ob das wirklich eine lukrative Geschäftsidee war, auch wenn ihm Paula versicherte, wie erfolgreich dieses Konzept in anderen Städten und Ländern bereits funktionierte. Aber er war bereit, es auszuprobieren. Vielleicht wäre es ja tatsächlich ein Spaß. Paulas Begeisterungsfähigkeit war zumindest ansteckend.
Paula umarmte nun Kim. »Eine tolle Rede«, sagte sie.
»Danke«, sagte Kim.
Auch Niels umarmte Kim, was sie erst etwas irritierend, aber dann doch nett fand.
»Du bist ein erstaunliches Mädchen«, sagte er.
Kim schaute ihn perplex an.
»Ja, das ist sie«, stimmte Markus zu, der zu seiner Überraschung nun auch von Niels umarmt wurde. Paula verzog das Gesicht. Markus musste grinsen. Dass sich Paula ausgerechnet solch ein gefühlsüberschwengliches Wesen zugelegt hatte, fand er sehr lustig.
Nun umarmte ihn auch Paula. Sie hielt ihn ganz lange fest.
»Es wird alles gut«, flüsterte sie ihm – ein wenig theatralisch natürlich – ins Ohr.
»Ich weiß«, sagte er. »Danke für alles.«
»Du hast dich schon bedankt«, sagte sie.

Als auch der letzte Gast fort war, ging Markus zum Tresen und sprach kurz mit der Bedienung. Die nickte, legte in die Stereoanlage eine CD ein und drückte auf eine Taste. Irgendein alter Swing-Song erklang.
Markus ging zu seiner Tochter und verbeugte sich. »Darf ich um diesen Tanz bitten?«, fragte er.
Kim sah ihn erstaunt an, lächelte dann aber und machte einen Knicks.
Markus umfasste die Hüfte seiner Tochter, und die beiden begannen, sich zwischen den Tischen zu drehen.
»He!«, sagte Markus nach einer Weile. »Du musst mich schon führen lassen.«
Kim lachte. »Sorry, aber du bist einfach keine Führungspersönlichkeit.«
Sie drehten noch zwei, drei ungrazile Runden, dann blieb Markus stehen. »Ich komme mir bescheuert vor«, gestand er.
»Ich mir auch«, sagte seine Tochter.
»Ich dachte … also … Na ja, weil du in deiner Rede gesagt hast, dass man mit denen tanzen soll, die man liebhat …«, murmelte Markus.
»Ich hab's verstanden, Papa. Und es ist auch voll süß und so. Aber es war eher, na ja, eine Metapher.«
Markus musste lachen. Seine Tochter war ein altkluges Monster. Kim grinste breit, drehte sich um, ging zur Garderobe und nahm ihre Jacke.
Markus öffnete die Tür, und gemeinsam traten sie aus dem Restaurant. Sie gingen über den Friedhof, auf das Auto zu, das nicht weit entfernt auf dem Parkplatz stand. Als Markus die Fahrertür öffnete, röhrte plötzlich eine knarzende, wütende Männerstimme: »Death comes as a treat, say hello, say helloooo!« Es war einer von Kims

Lieblingssongs, den sie als Handy-Klingelton gespeichert hatte.

Kim zog das Handy aus der Tasche und schaute aufs Display. Sie strahlte, als sie das Foto sah, das sie eben empfangen hatte. Es zeigte Alex, der in einem Wald zwischen zwei Huskys hockte und sein schiefes Alex-Grinsen grinste.

Kim strich sanft mit dem Finger über das Display.

Sie war fünfzehn. Sie war gespannt, was das Leben noch für sie bereithielt.

»Wollen wir?«, fragte Markus, nachdem sie eingestiegen war.

Kim nickte. »Schnall dich an«, sagte sie dann zu ihrem Vater. »40 Prozent aller Todesopfer aus Verkehrsunfällen könnten noch leben, wenn sie angeschnallt gewesen wären.«

Markus ließ den Sicherheitsgut einrasten und fuhr los.

Ein Held, der von der Bühne fällt, ein Fußballer, der nicht mehr trifft, eine Kämpferin für ein Land, das es nicht gibt, ein leeres Grab und ein Hoden, der fliegt.

Max Urlacher
Rückenwind – Eine Liebesgeschichte

Roman

Anton fühlt sich mit seinem besten Freund Tobias unverwundbar, mit Samar, seiner großen Liebe, einzigartig. Als ihn beide verlassen, ist er so verloren wie seit seiner Kindheit nicht mehr. Er tut alles, um sein altes Glück zurückzuerobern. In allen Winkeln der Welt sucht er nach sich und den – für immer? – verlorenen Freunden. Bis er sich auf der Großbildleinwand des Berliner Olympiastadions wiederfindet …

Eine Geschichte von Wünschen und Träumen, von Aufbruch und Hoffnung, von Freundschaft und der einen großen Liebe.

»Zauberhaftes Romandebüt«
Maxi

Knaur Taschenbuch Verlag